講談社文庫

スイッチ　悪意の実験

潮谷 験

講談社

目次

登場人物紹介

安楽是清（あらきこれきよ）　心理コンサルタント

箱川小雪（はこがわこゆき）　私立狼谷（ろうこく）大学文学部史学科二回生

三島大我（みしまたいが）　同

桐山玲奈（きりやまれな）　同

徐博文（じょはくぶん）　同大学大学院博士課程前期

香川霞（かがわかすみ）　同大学卒業生

茂木水観（もぎすいかん）　同大学勤行館（ごんぎょうかん）職員

鹿原弘一（しかはらこういち）　ベーカリー「ホワイト・ドワーフ」経営者
鹿原柚子（しかはらゆずこ）　弘一の妻・共同経営者
鹿原望（しかはらのぞみ）　弘一・柚子の娘
鹿原学（しかはらまなぶ）　同息子
鹿原衛（しかはらまもる）　同息子

スイッチ　悪意の実験

一　立秋

大学という施設は、とにかく座席が多い空間だ。

教室や図書館は当たり前として、図書館の外、ラウンジに生協のテラス、部室棟の合間、宗教施設の待合室等、無数のテーブルセットがさあ僕はイスだよ僕はテーブルだよさあ勉強しようよ学べよオラ学べと学習を強要してくる。

その魔力に負けて、私は夏休み中だというのに図書館裏で漢文の課題に取り組んでいた。ふと人の気配を感じて五メートルほど後ろのテーブルを顧みると、同じゼミの桐山玲奈(きりやまれな)と三島大我(みしまたいが)が着席したところだった。手を挙げて、「やー」とだけ挨拶(あいさつ)を交(か)わす。あっちも漢文のテキストを開いているようだ。

課題は同じなので協力して片付けたかったけれど、この二人の間で恋の駆け引きというやつが最近開始された模様なので、お邪魔虫にはなりたくなかった。野球部所属で、引き締まった全身に短髪が爽やかな大我と、ノースリーブのふんわりしたワンピースに麦藁帽子が似合っている玲奈。文学部史学科の中でも指折りの美男美女が、彼氏彼女の仲に発展するかどうかの瀬戸際なのだ。共通の友人である私としては、初々しい空気を大事にしてあげたい。

「あなたたち、ヒマよね？」

　空気の読めない人が現れた。

　座席の間につかつかと歩み寄ってきたのは、今年の春、卒業したばかりの学科の先輩だった。リクルートスーツに、ポニーテールとシルバーリムの眼鏡がきりっとした印象を偽装している。

「なんスか、香川さん」

　大我が背筋を伸ばす。体育会系なので、単なる学科の先輩に対してもそれなりに礼儀正しい。

「俺ら忙しいんですけど。課題、やってるんですよ」

「八月の上旬に、どこへも遊びに行かずに大学で漢文を読んでいる二回生」

　風に揺れるポニーテールを、香川さんは気ぜわしげに押さえる。

「一般的に、それを『ヒマ』と呼ぶのよ」

もう片方の手に持っていたクリアファイルからプリントを取り出し両方のテーブルに置いた。

「桐山さんに三島君に箱川さん、時間があるなら参加して。六名集めるのが私の仕事なの」

「香川さん、就職決まったんですか！　リクルートのお仕事？」

玲奈が朗らかに手を叩く。香川さんは現在、二十六歳。留年を三度もやらかしたせいか、卒業後も進路が決まっていないと、知り合いは全員、会うたびに愚痴を聞かされていたのだ。

「やめて、悪意ゼロのナイフで刺さないで。まだ決まってないの」

香川さんは眼鏡の下をくしゃくしゃに歪める。

「これは単発の仕事でね。大学に紹介してもらったのよ。ＯＢがスポンサーになってるアルバイトなんだけど、今夏休みで人が捕まらないから、知り合いでもなんでも連れてきてほしいって頼まれてて。人数が足りなかったら、私も参加するつもり」

説明を聞く前に、私はプリントを取り上げていた。「日当一万円」の表示に興味を惹かれたからだ。

勤務日数……八月十日から九月十日

日当……一万円

拘束時間……初日の説明会・三時間弱のみ。以降は自由

株式会社エンドワークス

「……何これ」

私は大我と顔を見合わせた。

「大学から紹介してくれるバイトって、ホワイトなやつだって思ってましたけど」

腕組みして大我が唸る。

「これ、どう見ても風俗系のバイトですよね。初日に……色々練習させて、後はその技術で稼いでこいっていう」

「ないない。余所はともかく、我が校に限っては」

香川さんは離れた座席に視線を動かした。禿頭に、袈裟をまとった若いお坊さんが

自販機のアイスティーを飲んでいる。彼も本学の学生なのだ。ここ、私立狼谷（ろうこく）大学は仏教系の団体が母体になっている教育機関であるために、信徒には色々と優遇措置が講じられるらしく、スキンヘッドの学生も珍しくない（ちなみにキリスト教徒は入学できない、とかそういうものでもない）。

宗教団体がバックに控（ひか）えている以上、そっち系のバイトを紹介するなんて言語道断という話なのだろう。

「まともなバイトだって言うんなら」

大我の目が、少し乗り気になっている。

「ちょっと興味あるな……でも、全然内容が予想できないのは怖い」

「香川さんには、中身の説明とか、なかったんですか」

私の質問に、香川さんは申（もう）し訳（わけ）なさそうに首を横に振る。

「全然。でも、スポンサーの正体はわかってる。エンドワークスは、心理コンサルタントの安楽（あらき）さんが出資している会社なの。みんな、安楽是清（これきよ）さんは知ってるでしょう？　うちのOBの中でも有名人だから」

知っている。横を向くと、大我も玲奈も熱っぽく頷（うなず）いていた。

心理コンサルタント。この肩書きが、公的なものかどうかは知らない。ただ、この半年くらい、浮気調査番組だの連続殺人犯の心理分析だの、とにかく「人の心」を取り扱う番組には必ずといっていいほどコメンテーターとして顔を見せている有名人だ。テレビだけじゃない。動画サイトにも頻繁に自分の番組をアップしているし、著作も本屋の店先で山積みになっている。

「有名人がスポンサーか。景気はよさそうだな」

「不払いとかは、なさそうだよねー」

大我と玲奈はうんうんと頷き合っている。

「依頼人が安楽さんってことは、心理学関係のアルバイトなんですか」

私の質問に香川さんは再び首を横に振った。

「残念ながら、それも当日になってからしか教えられないって」

三人して、視線を一巡させる。どうしよう？

「若者は冒険しなさいよー。私も若者だけど」

香川さんはプリントを裏返して示す。名前、住所、生年月日と、学生用に学生証番号を記す欄が印刷されていた。プリントがそのまま、申込用紙になっているらしい。

「私、やりますっ」

玲奈が手を出した。「遊ぶ金欲しさに！」

「言い方……」心配そうに玲奈を眺めながら、大我も申込用紙を受け取った。

こういう場合、私の対応は決まっている。空想の中でコインを投げるのだ。

だらだらと迷ったりしない。まず頭の中に、真っ暗な空間を作る。次に思い浮かべるのは、金色の球体。それを想像のナイフでスライスして、平べったい部分だけを残す。切っ先で両面に違う模様を彫り込み、裏表を区別したら、コイントス用コインの完成だ。

コインに重力を与え、落下地点を設定すると、勝手に落下して跳ね上がってくれる。この間、一秒もかからない。

表ならGO。裏ならNO。

表が出た。

翌々日、八月十日。私たちは集合場所に指定された校門前のロータリーへやってきた。時刻は午前十時五十分。集合時刻の十分前だ。

ロータリーには先客が一人。香川さんだ。スーツの襟がくたびれている。

「ハア……就職、全然決まんない」

「ご、ご愁傷様です」

玲奈が慰めたけれど、香川さんは口元を曲げたまま、

「あー、ムシャクシャする。日本はどうして銃社会じゃないのかしら」

やばいこと言い出した。どこでもいいから早く雇ってあげてほしい。

「あれ、箱川さんたちも参加しますか。私も混ぜてもらいます」

三分ほど経って現れた五人目の参加者も、私たちの知り合いだった。きれいにアイロンがけされたワイシャツ。ツーブロックに柔和な眼差し。私たちと同じ学科の院生で、中国からの留学生である徐さんだ。

「徐さん、里帰りしたと思ってました」

首を傾げる玲奈に、徐さんは指で丸をつくっておどけてみせる。

「そうしたかったけど、先立つものが不足で断念しました。だから、このアルバイトは渡りに船です」

集合時刻直前になって現れた最後のメンバーは、剃髪に僧衣をまとっていた。

「勤行館職員の茂木と申します」

二メートル近い長身。こんなに大きいお坊さんを見るのは初めてだった。背丈の割には細身で、目鼻立ちはくっきりしているけれど、表情があまり動かない。仏像に生命を吹き込んだら、こういう感じになりそうだ。眉が薄いので年が読み取りにくいけど、重厚に響く声から判断する限り、五十歳より若くはないだろう。

勤行館は大学構内に設置されている、信徒が精神修養を行うための施設だ。最近は一般の学生に対しても、「心の相談」というカウンセリングのような試みを始めていると聞くけれど、私はお世話になったことはない。

「お坊さんでも、アルバイトとかするんすね」

そこそこ失礼な大我の質問に、茂木さんは表情を変えずに応じる。

「僧侶といえど、俗世に生きる衆生にすぎませんからな……実家の寺で、修繕費がかさみまして、少々物入りになったもので」

ぴしゃりと頭を叩いた。

迎えは、集合時刻きっかりにやってきた。

緩やかにブレーキをかけながら、一台のキャンピングカーがロータリーへ滑り込んでくる。「すげえ、ハイマーだ」と大我が呟いた。車のことは詳しくないけど、キャンピングカーってそれなりに値がはるものだろう。銀色の車体は、同じ車種の中でも高級車を思わせる。

「やあやあ、全員揃っているみたいだね」

運転席から降りてきた男性を見て、私たちは驚いた。

「えー、皆さんはじめまして。今回、募集をかけさせていただきましたエンドワークス代表、安楽是清と申します。僕のこと、知ってる人もいるかな？」

まさか本人が来るとは予想外だ。生で初めて会う安楽是清は、テレビや雑誌で観るのとほぼ同じ風貌だった。

地黒なのか日焼けなのか、濃い肌の色。ウェーブのかかった黒髪を左右に垂らし、合わせるように波模様のアロハシャツを着込んでいる。

心理コンサルタントというより、引退して遊びまわっている元ＩＴ企業家みたいな見かけだけれど、切れ長の目から覗く瞳は単なる道楽者のそれとは違う。他の部分とは独立するように、重く、深い。色や形というより、「眼の佇まい」とでも言うべきものが独特なのだ。年齢は四十を超えているはずだけど、肌のつやは二十代でも通るくらい若々しい。

「どうもどうも、どうもどうも」

頼まれてもいないのに、参加者の間を回り、握手を繰り返す。テレビと同じで、ノリは軽い。でもこれは、仕込みなのかもしれない。これから始まるアルバイトのために、緊張を和らげようとしてるのかも。

「皆さん、ごめんなさいねー。何をさせられるバイトなのか、不安でたまらないかもしれないけど、まだ教えてあげられないんだよね。これから僕の車に乗って、少しおでかけしてもらいます。二時間くらいかな？　詳しい説明は、帰ってきてからです」

「どこへ移動するのですか」

徐さんが時計を眺めつつ訊(き)いた。

「近くだよ、車で十分くらい。中書島(ちゅうしょじま)の方に、とっても美味(おい)しいパンを焼いてくれるパン屋さんがあるんだよね」

パン屋さん？

私も含めた参加者全員の頭上に、クエスチョンマークが浮かび上がった。

「そうそう、美味しい美味しいパン屋さん」

流し目をつくり、心理コンサルタントは意味ありげに笑った。

「店先で食事もとれるんだ。ちょうどいい時間だから、皆さん、そこでお昼にしましょう」

狼谷大学は京都市伏見区にキャンパスを構えている。伏見区は京都市の南端に位置する行政区画で、南に車を走らせれば、すぐに隣接する宇治市との市境に行き着いてしまう。私は地元出身ではないのでこの辺の地理には不慣れだけれど、安楽さんの口にした中書島という地名が市境付近を横切る私鉄の駅名になっていることは知っていた。

「『中書』というのは中国の官職名でね。安土桃山時代、日本でそのポジションに当たる官僚が、この辺りの中洲に屋敷を構えていたそうだ。それが地名の由来らしいよ」

ゆったりと走るキャンピングカーの中、安楽さんが誰に言うでもなしに解説してくれる。近くの座席に腰掛けていた大我が首を伸ばした。

「そのお屋敷跡にあるパン屋さんなんすか？」

「いや、全然関係ないんだけどね」

なんなんだ……。

「どうにも要領を得ないのですが」

茂木さんが大儀そうに肩を揺らす。

「そこへお邪魔して、私どもは何をすればよいのですかな」

「美味しいパンを食べる、それだけですよ」

ハイマーのハンドルを操りながら安楽さんが答える。

「調査や、観察をお願いするわけでもありません。お店にいる間は、純粋にパン屋さんの魅力を楽しんでください」

ハイマーは宇治川にかかる観月橋（かんげつきょう）の手前で右折し、川沿いの道へと進んだ。舗装路が砂利道に変わる。左右には背の高い黄白色の草が、剣山のように空を差していた。

「こんなところで店を構えていらっしゃるんですか」

香川さんが眼鏡の位置を整えながら言った。

「こんな立地で、商売が成り立っているなんて……よほど美味しいパン屋さんなんですね」

「……まあ、ね」

籠もったような声を心理コンサルタントが出すと同時に、車が左折した。

剣山の切れ目に入り、河原へ下り始めたのだ。

宇治川は川沿いに広がる草原の面積がかなり広く、場所によっては、百メートル以上、草原が続いている。

ほう、と誰かが声を上げた。

緑の海の中に、高台が盛り上がっている。丘、と呼ぶにも小さいようなささやかな盛り上がり。その上に、煙突を生やしたレンガ造りの家がちょこんと乗っている。

「さあ、到着しましたよ、ベーカリー、『ホワイト・ドワーフ』です」

安楽さんがブレーキを踏みしめる。草の海の中、埋もれるようにハイマーは停車した。

「ハイジの家みたいだな」

勾配を上がりながら、大我が呟く。

「大我くん、ハイジとか観てたんだ……」

隣の玲奈が眼を丸くしている。「ちっちゃい頃は、わんぱくっ子ぽいのに」

「いや、観るだろ。夏休みの再放送とかでさ」

弁解するように大我は手のひらを動かした。

「つっても、ぼんやり観てただけだから、こんな感じかな、って程度だけどな」

安楽さんに先導されたメンバーは、ものの一分ほどで丘の上までやってきた。ハイヒールの香川さんは想定外の坂道に苦労している様子だった。年配の茂木さんの方は、それほど息をきらしてはいない。勤行で鍛えているのだろうか。

丸太で組まれたドアの前に、お揃いの白いユニフォームをまとった男女が立っていた。入道雲をデフォルメしたようなコック帽の下に、形のいい頭が並んでいる。女の人は四十代前半くらい、切れ長の瞳が印象的な美人だ。柔和な顔つきの男性は、二回りくらい年嵩に見える。

「いらっしゃいませ。ご予約いただきました、安楽様ご一行ですね」

男のコックさんが執事のように胸元を押さえた。外見よりも渋いバリトンだ。おおげさな仕草に安楽さんは噴き出しそうになっていた。

「どーも。今日はランチと、厨房の見学もお願いしたいんですけど」

「承知いたしました。七名様ですね？　焼きたてのパンをお出ししますので、少々時間がかかります。先に見学していただく形でよろしいでしょうか」

安楽さんが頷くと、ドアが開いた。内側に、同じユニフォームを着た大学生くらいの女の子一人と、就学前くらいの男の子二人。タイミングを計っていたらしい。顔立ちが似ているので、たぶん、きょうだいなのだろう。目鼻のパーツは、最初の二人とも共通点がある。家族経営のパン屋さんなのだろうか？

「自己紹介が遅れました。店長の鹿原弘一と申します。私どもは家族でこのホワイト・ドワーフを運営しております」

バリトンが補足する。見立ての通りだった。

「妻の柚子です。素材の仕入れを担当しています」

「長女の望です。将来は、この店を継いで全国チェーン店にすることが夢です」

「ちょうなんの学でーす。ごさいです。ふたごのあに、です」

「じなん、の衛です。ご、さい、です。いま、は、アサガオのかんさつをしています」

ちっちゃい男の子たちはさすがに違う服装だったけれど、ユニフォームに色合いの似たシャツを着ている。一人は半袖、もう一人は長袖だ。

仲のいい家族なんだな、と関係ないのに嬉しくなった。

「それでは、まず厨房をご案内しますねっ」

案内役を名乗り出たのは、望さんだった。バスケ部の先輩みたいな活発さをたたえる目元と、はきはきした口調が爽やかだ。滅菌スプレーで手を消毒した後、手袋・帽子・マスクをもらって、店内を進む。入り口正面に半円形の大きなテーブルが二つ並んでいて、片方が商品の陳列用、もう片方が精算用のレジカウンターに使われているようだ。二つのテーブルの間を直進すると、突き当たりに重厚な鉄扉が見える。望さんが扉を開くと、香ばしい空気が鼻腔に入り込んできた。

ぐうう、と誰かのお腹がなった。見回して犯人を探すと、香川さんが頬を赤らめて俯いている。「ええと、カレーパンかしら」

「はい。当店の主力商品の一つです。後で皆さんも召し上がってくださいね！」

パン屋さんの厨房なら、でっかいベーカリーオーブンが並んでいるものと予想していた私は、内部の光景に驚かされた。

そこにあったのは、南極で探検隊が氷を積み上げて作るような円形のドームが数基。左右に二基ずつと、突き当たりに一基。いずれも扉の隙間から、炎の橙が漏れている。

「石窯ですな」

茂木さんが首を伸ばす。

「知り合いの陶芸家が同じようなサイズのものを使っているのを知っております。しかし今時、パンの調理に使うところは珍しいのでは？」

「そうですね、チェーン店では廃れていると思います。大量生産するには調整も難しいですし」

望さんはぐい、と身を反らした。

「でも、味はオーブンなんかより断然いいですよ！　石窯は炎じゃなくて、炎で暖めた窯そのものの温度で焼くんですけど、その際発生する放射熱と、遠赤外線効果がパン生地やお肉を効率よく焼き上げることがわかっているんです。あとはミネラルですね。石窯から、ほんのちょっとだけ放出される金属元素の効能が実証されていて――」

そこまで早口で喋ってから、周囲を見回し、望さんは舌を出した。

「あー、ごめんなさい。わたし、石窯マニアなんですよ。お休みの日も、府外に足を運んで色んな窯を見学するくらいの超マニアで……次は売り場をご案内しますね」

扉を抜け、半円形のテーブルが並ぶ場所まで戻ってきた。私たちはお昼に食べる予定のパンたちを凝視する。

クロワッサン、チーズクロワッサン、メロンパンにフランクフルトパン。こういうフランチャイズじゃない店では、独自のアイデアパンを作ったりしそうなものだけれど、意外に陳列されているパンは「定番」だった。

ただし、ボリュームが段ちがいだ。

だいたいお店で売っている同種のパンは、違うチェーン店でも同じくらいのサイズになっているものだ。ところがこの「ホワイト・ドワーフ」のパンは、すべて、平均的なそれに一・五をかけたくらいのサイズに見える。

「お得な感じがするでしょう?」

私の視線から理解したのか、望さんに話しかけられた。

「外側だけ大きくて、中身だけスカスカ、なーんてこともありません。お値段は、他のお店とそんなに変わりませんよ」

適当にパンを眺めているうちにカレーパンが焼きあがったようだ。柚子さんが厨房に入り、焼きたてのカレーパンを持ってきてくれた。近くで匂いを吸い込むと、さっきより数倍、食欲を刺激される。

これにプラスして、陳列スペースのパンを好きなだけ選んでいいと言われたので、各々好みの品をチョイスした。私は定番のフランクフルトパンと塩パンを選ぶ。

代金は安楽さんが払ってくれるらしい。

「今日は割合涼しいので、裏手のオープン席でお召し上がりください。川からの風が気持ち良いですよ」

店の裏手、つまりハイマーを停めた位置から見て丘の反対側は、来た方向とは対照的に勾配が緩やかで、ちょっとした森林公園みたいなスペースが広がっていた。所々に生える低木の間に、ハンモックが数組設置されている。近くには木製のカップが備えつけられたウォーターサーバーと、ゴミ箱も。この場で飲食してもいいらしい。

「ハンモックの上でランチ……」

玲奈が眼を輝かせる。

「貴族じゃん」

　貴族の定義ってなんだっけ。

「お、おれの目方でも大丈夫かな」

　おずおずとネットに跨(また)がった大我は、支柱の樹(き)がまったく揺れないのを確かめて眼を輝かせる。

　男子って、ハンモック好きだよなあ……。

　弟が小学生のとき、ミカンのネットをつなげたハンモックを夏休みの自由工作にしていたことを思い出す。強度不足で、落っこちて傷だらけになっていた。

　まあ、私は弟と違うし、もう大人だからはしゃいだりしないけど、ちょっとくらいなら。

　少し背伸びして、全体重をネットに預ける。

　あれ、思ったよりいい心地かも。想像したより揺れない。網自体が柔らかく太い糸で編まれているせいか、体が食い込む不快さもなかった。浮遊感がちょうどいい。

　見下ろすと宇治川。見上げるとハイジの家。近くにはバイパスも通っているし、都会の真ん中といっていい場所なのに、まるでちょっとした異世界にお邪魔しているみたいだ。

きりり、と遠くで鳥が鳴いた。

持ってきたランチの中では、カレーパンが最上だった。主力商品というだけのことはある。上品な甘口で、他のパンに移っても味が残らない。

少し離れた位置にあるテーブルで、徐さんはコーヒーをすすりながら双子の相手をしていた。子供好きなんだろうか。中国はしばらくの間一人っ子政策が続いていたらしいから、きょうだいが珍しいのだろうか。

「君たちも、パン屋さんになりたいですか？」

「いいえ、ぼくはプラモデルをつくる仕事になりたいです」衛君が答えた。

「ぼくはパン屋さんになります。ここより、もっとすごい、パン屋さんのだいとうりょうになりたいです」学君がまくしたてる。

受け答えを眺めているうちに、双子の区別がつくようになった。半袖のシャツが学君。長袖が衛君。学君はご両親の仕事に興味を持っている様子だけれど、衛君はそうでもないらしい。

「うわー、わかる。めちゃくちゃわかるわ」

ハンモックでぶどうパンを齧り(かじ)ながら、大我が夢見る表情で呟く。

「俺が結婚してさあ、家族を持ったらさあ……こういう場所に住みたいって気持ち、超わかる。都会の中の、エアポケットみたいに浮世離れした土地でさ……自然に囲まれて楽しく暮らすんだよ。草原を駆け回りながらすくすく育つ子供、それを微笑み(ほほえ)ながら見守る妻。適度な労働。やりがいのある商い。これ、理想じゃねえ？」

「えー」

隣のハンモックで揺れる玲奈は眉を寄せている。

「大我くん、おっさん臭くない？」

「お、おっさん臭くねーし！」

大我はおおげさに眉を動かして否定する。玲奈はくすくすと笑った。

なんか、近くに居づらいな……。

私は二人から離れた位置のハンモックに移動した。恋愛一歩手前の探り合いというものは、当事者はスリリングなのかもしれないけれど、傍(はた)から見ると、ちょっと絡みづらい。

ぶらぶら揺れながら右を見ると、茂木さんが体を丸めてメロンパンを齧っていた。僧衣にハンモック。呆れるほど似合わない。香川さんはさらに右のハンモックで眠りこけている。

「美味しいかい？」

安楽さんがハイジの家から降りてきた。追加注文したのか、塩パンを六つも抱えている。

「はい、とっても」

笑顔で答えながら、でも、普通かな？　とも思う。平均以上の味なのは間違いない。家の前にこの店と、コンビニが並んでいたら、毎日お昼を買うのは確実にこっちだろう。ただ、「こんなに美味しいパン、食べたことないよ！」というほどのレベルじゃない。

この後、何日か経って、「あの店のパンが食べたいな」と思い立って再訪するかというと……ちょっと怪しいところだ。

「いい店だよね。本当にいい店だ」

安楽さんは快晴の空に視線を移した。

そう、雰囲気はすごくいいんだよな……むしろリピーターを呼ぶのは、この非日常感の方じゃないだろうか。どちらかといえば、雰囲気で勝負している店かもしれない。

その後、双子ちゃんたちがよたよたした足つきで運んできたアイスティーをいただいた。本当によく似た兄弟だ。長袖と半袖の違いがなかったら、区別できない。

レモンの清涼感が快かった。

二時間ほどのんびり過ごした後で、私たちはホワイト・ドワーフを後にした。一家全員で見送ってくれる。お土産のアップルパイまでもらった。

「基本的に年中無休ですので、いつでもいらしてください」

笑顔の弘一さんに、私は、ふと違和感を覚えた。何だろう？　どこかで会ったことがあったかな？　私は頭のデータベースを検索する。記憶力はいい方だと自任していたのに、思い当たる顔がなかった。小さい頃に会ったとか？　もしかして……。

いや、まさかそんな偶然はないだろう。不信感を吹き飛ばし、私は社交辞令を返した。

「しかし商才があるのですな。あのご夫妻は」

帰途のハイマーの中で、茂木さんがふいに言葉を吐いた。

「どう考えてもあの辺り、店舗としての立地条件はよろしいものじゃあない。あんな場所で商売を成り立たせるというだけで、大したものだ」

仏像めいた顔で立地条件、とか現世の言葉を吐くと、ギャップがすごい。

「全然成り立ってないんですよ」

安楽さんが硬い声を出した。

バックミラーの瞳が冷たく笑っている。

ただならぬ雰囲気を感じたのか、茂木さんの声が低くなる。

「火の車なのですか」

「パンの収益だけなら、そういう評価になります。お気付きでしょうが、あの店の魅力はパンの味でもボリュームでもない。店の雰囲気です」

言っちゃったよ。私が黙ってたことを。

「採算を重視するなら、不要なのですよね、石窯なんて」

徐さんも同意する。

「イメージをつくる、ディスプレイの役割だけです。普通の電気オーブンで焼いたらいいです。もしかしたら……フランチャイズに入って、パンは販売だけするのが賢明と思います」

……夢のかけらもない話になってきた。

「そうなんだよ。それが賢いやり方だ。でも、あのご夫妻は認めない。石窯でなかったら、自分たちでつくるパンじゃなかったら、パン屋を続ける価値はないって、頑(かたく)ななんだ。だからあの店、収益の上ではオープン以来、常に大赤字」

お手上げ、のポーズで肩をすくめるコンサルタント。信号が青に変わった。

「どうして知ってるんですか。あのパン屋さんの経営事情とか」

私が疑問を投げかけると、

「そりゃあ、この僕が援助しているからさ」

ステアリングを切りながら声を弾ませる。

「ちょうど一年前、ご夫妻は赤字で資金繰りが成り立たなくなっている個人事業主を支援するプロジェクトに応募した。藁(わら)を摑(つか)むような思いだったろうね。そして運よく、スポンサーのお眼鏡に適(かな)ったんだけど、それがこの僕だったわけ。素性は秘密にしてあるけどね。実験のために」

「実験、って何すか」

「ちょっと関係ない話をするけど、皆付き合ってね」

大我の質問には答えず、安楽さんは話題を転じる。

「皆はさあ、最大の悪、ってどういうものだと思う?」

びっくりするくらい、唐突な話題だった。皆、初めて光に当たった生き物みたいにきょとんとしている。

「それほど難しい問いかけじゃない。悪を『汚れ』に置き換えて考えたらいいんだよ。たとえばTシャツに付いた泥の汚れ、コーヒーの汚れ、油汚れ……洗濯機にぶちこんで、最終的に油汚れだけ落ちなかったら、一番たちが悪いのは油汚れ、って結論になるでしょう」

一瞬だけ、コンサルタントはこちらを振り返った。

「それではどのような洗剤でも拭いきれない悪とはどのようなものか例を挙げて考えて行こう。たとえば貧困のために盗みを犯す人間がいる。他国の富を求めて侵略戦争を仕掛ける国家が存在する。これらの悪行は、潤沢な資源が全世界に行き渡れば姿を消すだろう」

その、全世界に行き渡らせる、という部分が難しいような気がするけれど……ここは黙っておこう。

「では憎しみ、怒りが引き起こす悪行は？　これはさっきの悪に比べると厄介だけれど、対処が不可能ってわけじゃない。なぜなら怒りも憎しみも、その理由、対象がなければ発生しないものだからだ。社会への不満、対人関係のトラブル……これらはいつの時代にもあり得る厄介な要因ではあるけれど、まったく手に負えない要因とは言えない。対人カウンセリング、大衆を政治へ参加させるシステムの再構築、他者の精神と同調を可能にする感応システムの開発・普及等によって、漸進的に姿を消すだろう」

「あなたの仰りようですと」

茂木さんは無表情のまま、顎の位置だけ動かした。

「理由が存在する悪行であれば、いつかは解決できる、取るに足らぬものであると見なしておられるようですな。楽観的な考えだ」

「皮肉で仰っているようですが、それで正しいと思いますよ」

受け流すように安楽さんは肩で波を立てる。

「その通りですとも。突き詰めて考えると、理由の存在する悪は、文明の発展と共に減少することは確実です。私は在野の研究者ですので、宮仕えの方よりずっと未来を見つめています。だとすれば、そういった理由付きの悪が消滅した未来、人類の脅威となる悪とは」

「「理由がない悪」」

私と玲奈の言葉が被(かぶ)った。ちょっと気まずい。

バックミラーの安楽さんが目元を綻(ほころ)ばせた。

「そう……理由のない悪が最も恐ろしい。手に持ったボールペンをくるくる回すように、扇風機の前で『あああ』と口にするように発生する加害行為があるとしたら、それこそが最悪だ。理屈も意図もないものは予測も、抑制もできないからね」

沈黙が訪れた。

数十秒、間を置いて、私は探るように訊いた。

「……今の話、本当にパン屋さんと関係ないんですか」

「本当は関係あるんだけどね」

意味ありげに安楽さんは歯を覗かせた。

ハイマーは大学に入り、間もなく駐車場へ到着した。エンジンを切り、心理コンサルタントは運転席を回転させて身体（からだ）をこちらへ向ける。

「さて、皆さんお待たせしました。ようやく本題、アルバイトの内容説明に入ります。本当は大学の会議室とかを使いたかったけど、手続きが面倒でさ、ここで許してね」

そう言って、スマホをかざして見せた。

「事前に確認したんですけど、皆、スマホは持ってるよね。これからメールを送るので、各々受け取ってください」

すぐに送信されてきたメールには、用途不明のファイルが添付されていた。

「怪しいウイルスじゃあ、ないよ。皆さんに使ってもらうアプリケーションです。クリックしてもらったら解凍されます」

言われるままにファイルを解凍する。それほど重いアプリじゃないらしく、インストールは数秒で終了した。それまで使っていた他のアプリに混じってホーム画面に新しいアイコンが表示される。

シンプルなアイコンだ。豆腐みたいな白い立方体の上に、赤く、短い円柱が乗っかっている。

この形は……スイッチ？

クイズ番組の回答者が叩くようなわざとらしい形状だ。

「立ち上げてみてください」

安楽さんの指示に従ってアイコンをタップすると、メッセージが現れた。

スイッチを押しますか？

押す場合はパスワードを入力してください

「パスワードは申込用紙の生年月日で登録したからね」

安楽さんは自身のスマホを手のひらで弄ぶ。

「パスワードを入力した後、『本当に押しますか？』のメッセージが表示されるから、『はい』をタップすれば、スイッチが作動するよ。なお、作動は一回きり。誰かが押したら、他の五人はアプリを使えなくなってしまいます」

参加者全員、訊きたくて仕方がないことがあるものの、安楽さんがまくしたてるので割り込む余地がない。

「これから一ヵ月の間、皆さんにはこのスイッチを押す権利が与えられます。その期間、各人の銀行口座には毎日、一万円が振り込まれる。ひと月経ったら、皆さんにはインタビューをさせてもらいます。スイッチを押した人には、どうして押したかについて。押さなかった人には、どうして押さなかったかについてのね。一ヵ月間の心の機微を詳細に語ってもらうから、忘れっぽい人はメモ、よろしくー」

安楽さんは人差し指をこめかみにぐりぐりと押し当てる。

「もう一つ、嬉しいお知らせがあります！　インタビューの後で、皆さんそれぞれにボーナスを差し上げます！　その額、なーんとっ！　百万円！」

ざわめきが、ハイマーの中を吹き荒れる。

百万円を欲しがらない人間なんていない。にもかかわらず、純粋に歓喜する顔が見当たらなかった。

「あのう」

私は意を決して手を挙げる。

「そのスイッチを押したら、何がどうなるんですか」

「ああ……それね。このスイッチを作動させるとね」

心理コンサルタントはあっさりと告げた。どうでもいい洗面所のスイッチに触れるみたいに。

「さっきのパン屋さん……彼らが、破滅します」

二　実験

　小さい頃、私が通っていた保育施設では、園長先生が児童を検査にかけていた。血液や脳波のテストではない。変わった色の、変わった模様がたくさん描かれた本をめくらせて、記憶させた内容を画用紙に再現させるというものだった。滅多に声を張り上げたりしない、穏やかな園長先生だった。私のクレヨンが画用紙に描き出したものを眺めている間も、とくに気がかりな反応は見せていなかったと思う。

　それなのに翌日、先生は園に両親を呼び付けて、こう言った。

　大人になっても、この子に重大な責任を与えてはいけません。重要な舵取りを任せてはなりません。この子は、無意識に、一番悪いものを掴み取る才能に恵まれています。小雪ちゃんにとって一番の幸せは、彼女を世の中に触れさせない状態に留めておくことです……。

そして混乱している私に向かって、優しく諭した。

「小雪ちゃん、君はあってはならない『悪いもの』なんですよ」

両親は常識人だった。

だから二人とも、無言で微笑んだ後一礼して、私の手を引いて園を後にした。

私の頭を撫でながら、父親がどこかに電話をかけていたのを覚えている。

けっきょく社会的に「悪いもの」と見なされたのは園長先生の方だった。

当然の話だ。園児を邪悪の権化扱いする先生なんて言語道断だろう。件のテストも、保護者の同意なしに繰り返されていたものだった。この程度のこと、明るみに出てもダメージにはならない、と園長先生は高をくくっていたらしいけれど、当時はやらかした人間をネットで叩き、拡散させる風潮が盛り上がり始めた時期だった。悪評はまたたく間に電子の海を駆け巡り、退園希望者が相次いだのだ。

たった数日で園は閉鎖され、私は別の園へ移った。

悪魔みたいに扱われたことを、当時の私は深刻に捉えてはいなかった。

小学校に上がった頃には、園長先生の顔も忘れてしまったくらいだ。

それを再び自覚したのは、六年生の時分だった。

当時、私はクラスの女子たちから軽いイジメの標的にされていた。原因は今振り返ってもはっきりしない。女子の大事な取り決めを破ってしまったのかもしれないし、理由なんて存在しなかったのかもしれない。

イジメの内容は、無視。オーソドックスだが、結構堪えるものだ。クラスの誰とも会話できない日々が十日ほど続いたある日、私は学校をサボった。

春先だったので、家の近所にある森林公園で時間を潰して帰ろうと思った。四阿のイスでまどろんでいると、聞き覚えのある嬌声が耳を刺激した。柱に身を隠して外を覗くと、近くのベンチで女の子が男の人と談笑している。女の子はクラスのリーダー格で、イジメの首謀者だった。

男の人の方は知らない顔だった。着崩れたスーツは彼女の父親や兄弟には見えなかった。ベンチに、白い点々が散乱している。眼を凝らすと、錠剤の粒だった。けたけた笑いながら二人は手に持っていたペットボトルのコーラで手を濡らし、濡れた指を白い粒に擦り付けてから口元に運び、またけたけたと笑った。

目を背けた私は、近くの側溝に垂らされた排水パイプを見た。何かの工事だろうか。油の混じった泥水が滴り落ちている。ひどく醜い色だった。

その子と男の人がどういう関係なのか、白い粒が何なのかなんてわからないし、知りたくもない。

見なかったことにするか、誰かに教えるか——その選択が問題だった。思い出したからだ。この子は常に一番悪いものを掴み取る、という園長先生の予言を。

躊躇しながらも、私は二人がいなくなってから交番に駆け込み、ありのままの光景を伝えた。

翌日、二日ぶりに登校すると、彼女の姿が見当たらなかった。その翌日も、さらに翌日も……ＰＴＡを経由して、親から経緯を教えてもらった。

ようするに彼女は、「よくないお小遣い稼ぎ」に手を染めていたのだった。良家のお嬢さんだったから、お金に困っていたわけではないのだろう。悪いことをしているというスリルと、あの錠剤が目当てだった。

激怒した両親によって、彼女は民間の更生施設に送り込まれたらしい。「出来心で手を出しただけ」「悪い大人に唆されただけ」だからクラスに帰ってきたら温かく迎えてあげようね、というのが学校と、ＰＴＡの方針だった。

一ヵ月後、彼女は帰ってきた。

少し痩せた以外、変わったところは何もないように見えた。変貌したのは、周囲の方だった。

詳細は省く。結論から言えば、クラスの皆は彼女を「温かく迎えて」あげたのだった。「温かすぎる」激しさで。

人を傷付けるなんて、子供にだってできる。

ほんの数日で、再び彼女はクラスから消えた。

しばらく経って、飛び降り自殺のニュースを聞いた。

翌日の教室は涙声で包まれていた。誰一人として、彼女をそこまで追い詰めたつもりはなかったということだろう。

嗚咽まみれのクラスメイトの中には、私をいじめた子も、帰ってきた彼女を痛めつけた子も混じっていた。

涙って、泥水より価値のないものなんだな。そんな感慨を端っこに抱きながら、私は人間のあっけなさを思い知った。

人間なんて人生なんて、簡単に壊れる。壊してしまえる。コーラのこびりついた錠剤みたいな、くだらないきっかけ一つで。

私の決断一つで。

もちろんあのまま見過ごしていても、クラスメイトの行く末は明るいものにはならなかったかもしれない。それでも、迷った末に選んだ行動の結果が、アスファルトの血だまりだったという事実は私を脅かした。

（この子は、無意識に、一番悪いものを摑み取る才能に恵まれています）

自分で決断することの恐ろしさを、私は身に沁みて知った。黒い何かの影を、垣間見たように思った。

だとしたらこれからの人生、選ぶべきじゃない。

そう誓ったのだ。

とは言っても、生活のあらゆる局面で「選ばない」なんて不可能だ。でも、自分で重要だと考えた選択肢に関してだけは、私の意志を放棄しよう。石ころ、タンポポの花びら、サイコロ、コイン……なんでもいい。私以外の何かに決めてもらおう。

こうして、私の「大事な局面こそ選ばない」人生が始まった。

私立中学の受験を奨められたとき、受験先はサイコロで決めた。

合格した学校で、生まれて初めて告白されたとき、付き合うかどうかを石ころに判断させた。

その彼氏にキスを迫られたとき、どうするかをコインで決めようとした。迂闊な私は目の前でコインを投げたため、彼を怒らせフラれてしまったけど、そんなに悲しくはなかった。

十年近く経った今では、頭の中でコインを投げることさえできるようになった。断じて自分の意志で裏表を決めているわけではない。心の中のコインを自分の気持ちと切り離して転がすことさえ可能になったのだ。

おおむね、私は満足していた。少なくともコインに従う限り、園長先生の危惧していたような悲劇は発生しなかったからだ。

それどころか中学・高校と年を重ねるにつれて、私は周囲から、「決断が早い」と評価されるようになった。コイントスには、ほとんど時間を使わない。だから傍目に私は即断即決の人間に見えるようだ。

——箱川さんって、物事に迷わないっていうか、クールよね。

——君はアクシデントに見舞われても落ち着いているなあ。その沈着さは、社会に出たとき武器になるよ。

誤解されている。でも悪い気はしなかった。ちぐはぐでも、受け入れてもらえるなら嬉しい。大人になっても、問題なく社会に溶け込んで行けそうだ。

甘すぎる見通しだった。

そんなのは宿題をランドセルの底に押し込めておくような愚行だったと、成長してから思い知らされる。

そのきっかけこそが、このアルバイトだった。


しばらくの間、誰も、何も言わなかった。

「は、めつ」

最初に口を開いたのは徐さんだ。

「破滅というのは、経済的なニュアンスですか」

「経済的なニュアンスだね」

安楽さんは肯定する。

「さっき説明したように、あの一家の生活は僕の援助で成り立っている。直接の交渉はないけど、場合によっては毎月支払っているお金を予告なく打ち切る状況もあり得る、とは予め伝えてあるんだよ。君たちの誰かがスイッチを押した場合……それを実行する」

「援助がふいになったら、あの一家は路頭に迷うことになりますか」

香川さんが沈鬱な面持ちで尋ねると、安楽さんは即座に頷いた。

「援助を計算に入れても、あの一家に貯蓄をするほどの余裕はない。すでに借金がかさんでいるから、これ以上の上乗せも難しい。半年も経たないうちに、店舗と二束三文の土地を売り払って立ち退かざるを得なくなるだろうね。借金の返済を差し引いたら、余所で新たに開業できるほどの現金は残らないはずだ。つまり少なくとも、パン屋さんとしては立ち行かなくなってしまうだろう」

「待ってください。このバイトの意味がわからないんすけど」

大我の声が震えている。ホワイト・ドワーフを相当気に入っていた様子だったので、ショックが大きいのだろう。

「あのパン屋さんを廃業させるために……スイッチを押したら、百万円もらえるってことすか」

「混乱しているね。落ち着いて聞きなよ」

安楽さんは溜息をつき、

「スイッチを押しても押さなくても、一ヵ月経ったら百万円はもらえるよ。鹿原さん一家を気遣うなら、何もしなくていい」

「じゃあ、俺以外の誰かがスイッチを押したら、その時点でバイトは終わって、百万円もらえるんすか」

「いや、そういうわけでもないよ。仮にこの後すぐに誰かがスイッチを押したとしても、アルバイトは一ヵ月間継続するし、毎日一万円も入金する。ボーナスを渡すのも一ヵ月後だ。借金の返済日が近い人とかが、すぐに百万円が欲しくてスイッチを押したとしても、早くもらえたりはしない」

インタビューの方は繰り上げるかもしれないけどね、と安楽さんは補足する。

「ようするに、日当もボーナスもスイッチとは関係ない。押しても押さなくても、メリットもデメリットも発生しない」

押さなくてもいい？

「だったら皆、押すわけないじゃないですか」

私の言葉に、安楽さんは悲しげに首を横に振る。

「そうだね。押すわけがない。本来なら、そうあるべきなんだ」

疑問が頭の中を渦巻いている。

しばらく考えて、ようやく私は理解した。

「これが、さっき言ってた『理由のない悪』なんですね」

先程、心理コンサルタントは語った。

理由のない悪こそ、人類の脅威であると。

この場合、私たちはあのパン屋さん一家に何の恨みもなく、彼らを困窮に陥れたところで、何か利益が得られるわけでもない。

それでいてなお、スイッチを押すとしたら、それは単純に「人を傷付けたい」「他者を害したい」という行為に他ならない。

「そういうこと。およそ八百万円をばらまいて、僕が確かめたいのは、この状況下で、君たちの誰かがスイッチを押すかどうかという点だ」

「そんな理由のためだけに」

玲奈は苦しげに息を吐く。

「こんな大金を、私たちに？」

「そうは言っても、お金のあるなしは精神の安らぎに関わってくるものだろう？」

心理コンサルタントは指で丸を作った。

「よほどのお金持ちでもない限り、毎日一万円が口座に入り、さらに最後には百万円がもらえるという状況は、気分も上向くし、他者にも優しくできるというものだ。つまりあの幸せ家族に対して、妬みや八つ当たりめいた悪感情を抱く確率は低下するよね」

安楽さんは両手でピースサインを作る。

「それでもなお、あの家族を傷付けたいという悪意が生じるか――僕はその辺りを見極めたいんだよ」

「安楽さん、貴方、とんでもない方ですな」

茂木さんが表情を動かさずに論評する。

「アルバイト料には、精神的苦痛に対する代価も含まれているわけですな。最大で一カ月――スイッチを押してしまうかもしれないという怯えと、自身の奥底に潜む悪心に向き合いながら日々を過ごす羽目になる。なるほど。百三十万円強という報酬は、善良な人間にとっては、必ずしも高くはない」

まるで自分が善良な人間ではないような言い草だった。

「もちろん、現時点で辞退することも可能だよ」

安楽さんは両手を広げ、皆に呼びかけた。

「どうする？」

「教えてもらえますか」

大我が深刻な顔で挙手した。

「アプリをアンインストールしたら、その時点でクビですか？」

「ノーだ。スマホにデータが残るから簡単に再インストールできる。仮にデータが消えてしまっても連絡をくれたらデータを送り直してあげるから、スイッチを押す手段は失われない」

「俺がスマホを川にでも放り投げて、そのまま黙っていても？」

「後でどうしても押したくなったら、代わりのスマホを貸してあげてもいい。失格にはならないよ」

安楽さんはスマホを武器のように掲げる。

「遠方へ行くのはいいですか？」

徐さんが疑問を追加する。

「実験に参加した後で、どうしてもスイッチを作動させたくなくなりましたら、スマホを置いたままどこかに行ってしまうのもいいですか」

「全然問題ない。それでも押したくなったら、戻ってきたらいいからね」

「最後の一日になって、スマホを置いたまま旅行に行きます。セーフですか」

「えーとそれは、アメリカなんかに行っちゃったら事実上、それ以降はスマホを使えなくなるけどルール違反じゃないかって話だよね？　セーフです。参加者が罪を犯して、スマホを使えない刑務所へ収監されたとしても、バイト代は支払ってあげるからね。ただし」

人懐（ひとなつ）っこい笑顔を浮かべながら安楽さんは全員を見回す。

「刑務所に行っても、月面に着陸しても……何らかの手段で僕に連絡してくれたら、代わりにスイッチを押してあげるから」

背筋を、薄ら寒いものが走る。それはつまり、何をやってもこの一ヵ月、スイッチからは逃れられないという意味だ。

「私も一つ」

香川さんも疑念を口にする。

「仮に私がスイッチを押したとして、その事実は他の人たちに知れ渡るのですか？」

「いーえ。僕と、押した人だけの秘密になる。研究発表なんかで名前を暴露したりもしませんよ」

「後で、関係者と分かったら失格ですか？」

もう一度徐さんが訊いた。「人間関係、利害関係、色々です。本人は自覚ナシでも、実はパン屋さんと関わりのある人、いるかもしれません。それが分かったら、バイト代ゼロですか」

「いやいや、そこまで厳密に管理はしない。店長さんに親兄弟を殺されたとか、あからさまに動機がありそうな人だったらさすがに遠慮していただくけどね……現時点で、そういう人はこの場にいないって確認済みだ」

重要かもしれない発言が、飛び出した。参加者全員の身辺調査を済ませているという意味だろうか。それとも、ホワイト・ドワーフの周囲を洗ったとか？　胸が、少しだけ騒いだ。

「質問はこれくらいかな？　では、辞めたいという人がいたら名乗り出てください」

玲奈がゆっくりと手を挙げた。

「ゴメンナサイ、辞退させてもらいます」

「参考までに、理由を聞かせてもらえるかな」

「その、たしかに百三十万円は魅力ですけど」

玲奈は私と大我に一瞬ずつ視線を落とす。

「単純に、こういうことに荷担したくないんです」

「なるほど、こんな実験を企てる人間も、参加する人間も人でなしだと？」

「そこまでは言ってませんけれど……」

口ごもる玲奈に、心理コンサルタントは優しく諭す。

「桐山さん、もし君が、実験台にされるホワイト・ドワーフの人たちをかわいそうに思うのだったら、辞退はしない方がいいよ」

「……どうしてそうなるんです？」

「僕は実験の定員を、六名と定めているからです。当然、辞退するメンバーがいたら補充を行います。桐山さんはこの実験をよく思っていないのだから、スイッチを作動させないつもりでいるんだよね？　だったら、辞退はできない。補充されるメンバーが、どういう心根の人間なのかわかったものじゃないからね」

座席の端っこを握る玲奈の手が震えている。

この実験を嫌っている人間ほど、この実験から降りるのは難しい——そんな構図になってしまう。

玲奈の視線が、メンバー全員に送られる。訴えたいことはわかっている。玲奈からすれば、多少なりとも人柄（ひとがら）を知っている六人の方が、誰かわからない補充メンバーよりよほど信用できるのだろう。

「しかし私たちはいいとして、安楽さんは得をされないのでは？」

茂木さんが疑問を挟んだ。

「私たちが桐山さんに同調したなら、スイッチを押す確率が減ってしまうでしょう」

「僕はそう思わないんですよ」安楽さんは首を横に振る。

「今説明した純粋な悪という精神は、社会的通念や個人の感想に優先するものだと考えているからです」

「どんなに立派な方だろうと、押すときは押してしまうものだと？」

茂木さんの解釈に無言で頷いたあと、安楽さんは玲奈に向けて微笑んだ。

「だからこの実験に反感を抱いている人にも、ぜひとも参加してもらいたい。誰もスイッチを押さなかったら、良識が勝利したと言える。気分がよくなって、お金ももらえるし、パン屋の人たちも何事もなく済むわけだ。いいことずくめじゃないかな？」

この人、インチキじゃないんだな。

今更ながら、私は思う。心理コンサルタントという曖昧な肩書きはともかく、この人が人の心に通じていることは間違いない。今の言葉は、参加者から良心の呵責を取り除く悪魔のささやきだ。

「そういうことなら、私は」

玲奈は腕組みしながら顎を下げる。

「……やっぱり参加します。スイッチは絶対に使いませんけど」

「そうしてもらえると助かるかな。再募集の手間も省けるしね」

異論はないかと言いたげに、安楽さんは一同に視線を投げかけた。

私はコイントスを思い描く。乗るなら表。やめるなら裏。

表だった。

他のメンバーも、誰一人、手を挙げなかった。

「オッケ。それでは実験、開始です。インタビューの日程は、追って連絡します。最初に言ったけど僕が知りたいのは君たちの心理状態だから、期間中どういう気持ちになったか、よーく憶(おぼ)えておいてくださいねー」

最後に安楽さんは、人差し指を口に当て、おおげさに眉を上げた。

「言うまでもない話だけど、この件は『ホワイト・ドワーフ』の人たちには内緒ということで」


夜、マンションのベッドでスマホのホーム画面を眺めている。

スイッチのアプリは目立つデザインではない。一ヵ月くらいなら、邪魔には感じないはずだ。

実験、受けてしまった。コインが決めたから。

百数十万円に負けたわけじゃない。

私は大金持ちの令嬢ではないけれど、苦学生でもない。両親はさほど高給取りというわけでもない学芸員だけれど、資産家だった父方の祖父がかなりの財産を遺(のこ)してくれたおかげで、余程の贅沢をしなければ日々の暮らしに困ることはない。遠隔地の大学に合格した娘のために一人暮らしのあれこれを用立てるくらいなら、家計は傾いたりしないらしい。

だからコインが辞退しろと決めたなら、素直に従っていただろう。

とはいえお金が欲しくないと言えば嘘になるし、実際に振り込まれたら結構使ってしまうかもしれない。

深く考える必要はないと思う。何もしないでお金がもらえるアルバイト。その程度の認識で問題ないだろう。

私は心をからっぽにした。

やるべき課題もやりたいこともないときは、だいたい、ぼーっとして時間を潰す。夜遅くなったらそのまま寝てしまう。空気のように時間が消費されて行く中、頭の隅にコインが現れた。

表ならスイッチを作動させる。裏なら作動させない。

トス。

裏だ。作動はさせない。私は安堵する……。

あれ？

ベッドから起き上がる。今、私、コインを投げた。

冷汗が走る。

私は、なにもかもをコインで決定しているわけじゃない。日常の些事は適当に判断している。そもそも私が自分で判断したくない理由は、この子に重要な選択肢を任せるべきではない、という園長先生の鑑定を恐れているからだ。日常的な判断や他者に影響を及ぼさない選択ならコインの出番はない。

反対に、選択の余地のない事柄にも当然、コインは使わない。道端にマシンガンが落ちていた。警察に届ける？　スクランブル交差点で乱射する？　迷うまでもない。スマホの中のスイッチも――本質的にはマシンガンだ。作動させるなんて選択は論外のはず。

それなのに。

私はコインを投げてしまった。幸い裏が出たから問題はなかったものの、もし表なら、スイッチを押していた？

違う。そんなはず、ない。ぼーっとしてただけだよ。無意識に、意味もなく転がしてしまっただけ。意味なんてない。

考えないようにしよう。考えないのは得意だ。

それでも――不信が、羊のように囁く。

これまでお手軽に人を傷付けられる機会が与えられなかっただけで、本当は、そういう欲求が私の奥底に眠っているとしたら？　コイントスでさえコントロールできない、黒い太陽がぎらついているとしたら。

私はズル休みの森林公園を思い出した。小学校の頃、クラスメイトの非行を通報した結果、彼女を破滅に追いやってしまった。あれから私はコインに頼るようになったけれど、それは本当に、正しかったのだろうか？

答えが出せない。これぱかりは、コインに決めてもらうわけにもいかなかった。


二週間が経過した。

お盆明けの大学構内は、まだ開講期には入っていないものの、少しずつ活気を取り戻している。学食でからあげ定食を平らげてから、近くのＡＴＭで預金残高を確認した。

昨日より、一万円増えている。よしよし、本日も振り込まれている。

一日一万円、お小遣いをもらえるようなものだ。やっぱり、嬉しいなあ。

たとえば立ち寄った書店で、ふいに面白そうな本を見つけたとする。一般書のハードカバーなら、二千円前後。学術書なら、五千〜七千円はするだろう。

慎ましやかな生活を送っている学生なら、少しは躊躇する金額だ。けれども今の私なら、即座に決断できる！

さらに日当を使い切ったとしても、最終的に百万円のボーナスが手に入る！

もちろん、世の中はお金だけじゃない。けれども財布の余裕は精神の余裕につながるのも否定できない事実だ。私は満たされていた。

……あのスイッチのことさえ、忘れ去ることができたなら。

誰かと話して気を紛らわせたい。私は食堂を出て大学図書館へ移動した。

この図書館は地下二階、地上四階建てで、地下一階が談話スペースになっている。

最近の大学はカリキュラムにディスカッションや集団発表を取り入れているので、会話可能なスペースを設ける図書館が増えているそうだ。私もちょっとした話し合いをしたい場合、この地下一階を利用することが多い。夏休みでも、誰か、ゼミ仲間がたむろしているかもしれない。私は階段を降りた。

座席は一割程度しか埋まっていない。すぐに大我と玲奈を見つけた。やはりスイッチのせいで、読書もはかどらないという。

「ああ……二人もそうなんだ」

「なんにもしなかったら楽勝かと思ってたけどよ、結構キツい」

大我はスポーツ刈りを両手でかき混ぜた。

「まだ現物のスイッチだった方がましだったよな。スマホアプリだから、ソシャゲとか、他のことする間もちらついちまうんだよ！」

「君たち、ちょっとうるさいですね」

聞き慣れたアクセントに振り向くと、徐さんが口元に指を当てていた。談話スペースはあくまで「節度を守って」お喋りするのが建前だ。徐さんは「狼谷大学中央図書館」のロゴが入った紺色のエプロンをまとい、スーパーで使用するようなカートを引いていた。プラスチックのカゴを載せたカートで、図書館では、閲覧済みの図書を回収するための備品として活用されている。

大我がテーブルから身を乗り出して、

「徐さん、司書資格持ってたんすか」

「あー違う違う、私はただのアルバイト」

徐さんはカートから離した手を振った。

「図書館って、働くの司書さんだけと違いますよ。補助の人……裏方がたくさんいます。それだったら司書資格関係ない」

無人のテーブルに放置されていた本の山を、徐さんは一冊ずつ手に取り、反対の手に持っていた髭剃り（ひげそ）りのような形の機械を当てている。公共図書館でも見かけた憶えのある作業だ。たぶん、蔵書のバーコードを読み取っているのだろう。貸出されなかった本も、こうして読み取ることで、少なくとも誰かに一度は読まれたという記録が残るわけだ。

「つーか徐さんも、百三十万円入るじゃないすか」大我がつっこむ。「こんな時期までバイト入れなくてもいいんじゃ？」

「臨時収入だけを当てにしちゃいけない」

ちちち、と徐さんは指を振る。

「随分気がかりの様子ですね、あのスイッチの件」

「徐さんは怖くないんですか。自分が押してしまうかもって」

私の問いかけに、中国からの留学生は肩をすくめて笑った。

「怖くなんかないですよ。だって、押してもいいって思ってるから」

意外な発言が飛び出した。

「徐さん、案外、残虐超人だー」

玲奈が眼を瞬いた。残虐超人って何だ。

「だって、あのパン屋さんを潰すだけでしょう？　どうってことないよ」

非難を浴びても徐さんは涼しい顔だ。

「私の故郷にいる親戚、何度も事業を立ち上げて失敗してる。そのたびにすごい借金を抱え込む。銀行や共産党のえらい人に頭を下げる。でも潰れっぱなしじゃないよ。どこからかお金を引っ張ってきて、すぐに復活する。一回ぽっち店を失ったって、軽いよ」

はあ……そういう考えもあるのか。

「そもそも、安楽さんの援助がなかったら、パン屋さんはとっくに破産しているわけ。こんな実験に使ってる時点で、安楽さんはあのパン屋さんのこと、どうでもいいって思っているのは確定です。一ヵ月経って誰もスイッチを押さなくても、安楽さんが飽きたら援助はアウトになる。早いか遅いかの話だよ」

「でもですよ？　その引き金を引くのが自分になったら、イヤじゃないっすか」

大我は食い下がるが、

「いいじゃない。引いても」

徐さんは容赦がない。

「死刑囚がいるよね？　死刑執行の日に、役人がわたしの家にやってきて、抽選で電気椅子のスイッチを押す担当になったと聞かされる。私、別に断りません。私が押さなかったら、次の誰かが押すだけだよね」

まあ、極端に言えばそういう話になるかもしれないけど。

私はスマホのディスプレイを凝視した。

徐さんみたいに切り捨てることができたら、きっと楽になれる。誰が押しても同じ。押しても、押さなくても変わりはないだろうって。

だというのに、私たちは押してしまうことを恐れている。

それは、心が弱いからだろうか？

大我たちと別れた私は、図書館を出て隣の勤行館へ向かった。

勤行館は大学の敷地内で一際目立つ建物だ。エントランスの上方に、著名な版画家の作品を拡大した巨大壁画が飾られている。描かれているのは、夕闇の中巡礼を続ける僧侶たちの姿。輪郭線が空気に溶けるような淡いタッチが観る者に印象を残す。

建物の中へ入る。図書館に比べると照明が薄暗い。利用者が少ない時期だから節電しているのだろうか。私はあまり利用したことのない施設なので、判断できない。

「おや、この前の」

入ってすぐのカウンターに、茂木さんが座っていた。相変わらず顔の筋肉が動かない。

「こんにちは。ええと、『心の相談』をお願いしたいんですけど」

剃髪の下で瞳が鋭い光を発した。

「……それは、例のスイッチに関するご相談ですかな」

話が早い。

「まあ、そんなところです」

「では私がお相手しましょう。こちらの申込用紙に住所・お名前・生年月日などご記入ください」

　背後のドアの中へ声をかけた後、茂木さんは私を奥の廊下へ導いた。

「簡単に言うと、スイッチを押してしまいそうで怖いんです」

　畳敷きの十二畳間。部屋の中央にある黒檀の香炉で香木が焚(た)かれている以外、装飾の類(たぐい)が一切排されている部屋だった。相談すると言っても、悩みは単純なものだ。園長先生が告げた「悪いもの」になってしまうことが怖い、とまでは話さない。

「まったく厄介な玩具(がんぐ)ですなあ。あのスイッチは」

　崩れた香木を茂木さんは火箸(ひばし)で整えた。

「放り捨てても、遠ざけても作動させる手段は残っていると安楽さんは仰っていました。それでは逃げられない。実行すれば、かえって己の弱さを認める羽目に陥(おちい)ってしまうようです」

「そういうのを、克服する方法ってないんでしょうか」

「修行、修練のようなものを期待しておいでかな」

茂木さんは両手を緩く組み合わせた。

「雑学惑心という言葉があります。何にせよ知識や学問は系統立てて学ぶことが肝心で、独学の類はかえって正しい方向を見失いかねないという考え方です。そういう意味で、心根を落ち着けようと思い立った貴女が、勤行館を訪ねてこられたことは賢明な判断と思われます。しかしながら」

手を解き、こちらへ手のひらを向ける。

「仏教における精神修養というものは、スイッチを押さない強靭な精神力を身につけるという形ではないのですよ。むしろ、『スイッチを押そうが押すまいがどうでもいい』という境地にたどり着くことを目指しているのです……」

「スミマセン、不勉強で」

「いやいや、当方の『心の相談』は相談者の方を悟りに導くことが目的ではありませんからな。拙僧も含め、大抵の衆生は大悟に至ることなく一生を終えるものです。そうした人々を平穏に導くことも悪い行いではない、と阿弥陀様も仰ることでしょう」

茂木さんは香炉に向けて手を合わせた。

「というわけで、貴女がスイッチを押さずに済む方法ですが……お話を聞いているうちに妙案が浮かびました」

炭化し、赤く光っていた香木が、ぱちりと爆ぜた。

「箱川さん、あなたはあのパン屋さんたちを窮地に追い込むスイッチを、ご自身で押してしまいかねないと危惧していらっしゃる。ですがスイッチの対象がパン屋さんでなかったらどうです。たとえば一緒に参加されたゼミのお友達、あの方々を破滅させるスイッチだったとしたら？　押しますかな？」

「それは……さすがに押さないと思います」

「では、この私だったら？」

私は答えに迷う。

「押さない……と思いますけど自信がありません」

「正直でよろしい」

茂木さんはウインクした。まったく似合わない。

「私と貴女のお付き合いは、あのパン屋さんたちに対するものと変わりませんからな。まあようするに、それほど仲がよくない相手だから、スイッチを押してしまうかもしれないという不安が生じるわけです。でしたら」

ああ、そんな簡単な方法があったんだ。

茂木さんの提示したスイッチ対策は子供の理屈のように単純で、だからこそ仏教者らしいとも思える答えだった。

「簡単な話です。あのパン屋さんたちと、仲良しになればよろしいのですよ」

大学前からタクシーを使う。普段なら電車と歩きを組み合わせるだろうけど、今は一日一万円だ。少々の出費は惜しくはない。

これから可能な限りホワイト・ドワーフに通いつめて、あのお店と店長さんたちに愛着を持つ。そうすれば、気の迷いでもスイッチを押したりはしなくなるだろう。

同じようにスイッチに悩まされている大我と玲奈にも声をかけたけれど、玲奈はこれから用事があるという話だった。徐さんは大丈夫そうだし、香川さんとは、あれから一度も会っていない。メールやSNSも知ってるけれど、わざわざ誘うことはしなかった。結果、今日は私と大我だけ。

「改めて見ると、商売する立地じゃやねえよな……」

草の海に浮かぶようなハイジの家を前にして、大我は苦笑していた。

「でもまあ、俺らのせいで不幸にしちゃうってのは、なあ」

丘を登る。店内に入ると、カウンターの望さんが完璧な営業スマイルを見せてくれた。

「二週間ぶりですね。また来ていただいてありがとうございます」

「ここのパン、美味しかったので」

それは嘘だったけど、前回はなかったチョココロネが眼を惹いた。

適当に他のパンも見繕って、前回同様、ハンモックの草原で一休みする。私と大我、二つ並んだハンモックに身を横たえた。

「本当に、店の雰囲気は最高だよな」

揺れながら大我は呟いた。近くに店員さんがいないか気にしているようだ。

「けど、このいい感じ、客が少ないのもあるよなあ」

それは同意。繁盛していない点を前提にした雰囲気の良さだから、けっきょく、この店に未来はないのかもしれない。

それきり黙り込んでしまったので、眠いのかなと黙っていたら、

「俺さ、今日、告った。玲奈に」

硬い声が聞こえた。

「おおう」

「なんだよ、おおうって」

「いやあ、意外だなあって」

「意外か？」

大我はハンモックから身を起こし、器用にバランスを取っている。

「俺と玲奈、釣り合いがとれないって意味？」

「いやあ、そうじゃなくて、二人ともいい感じだとは思ってたけど、告白なんかしないで、なし崩し的にすすめるつもりかと」

「どういうのだよ」

「友達感覚の延長でさ、映画とか買い物とか行って、二人だけで遊ぶ回数が多くなって、そのうち、お互いの家に遊びに行って——なし崩し的に、ホラ、ね？」

「そ、その手やめろって！」

私のジェスチャーがお気に召さなかったようだ。

「いいじゃない。ちょっとシェイクハンドしただけだよ」

私は両手をわきわきと動かした。

「そんなの、格好悪いだろ」

「シェイクハンドが？」

「じゃなくて、なし崩すのが！」

「ヨーロッパとかそういう感じらしいよ？　はっきり告白するのって、日本くらいだって」

「外国は知らねーよ。日本に生きてる俺はさ、そうしたかったんだよ」

「で、返事は？」

「何日か、待ってくれって。どう思う？　同じ女から見て、この反応、いけそうかな？」

「大丈夫だと思うよ」

「根拠は？」

「結構一緒にいる時間が多くて、アウトだったら、すぐ断るものじゃない？」

「前向きな根拠じゃねーな……」

黙り込んでしまった大我を前に、私は二人と出会った受験の冬を思い返していた。

ショートパンツから伸びたか細い足と、膝小僧の赤い腫れが記憶に焼き付いている。

狼谷の入学試験を受けた帰り道のことだった。会場と最寄り駅をつなぐ国道で、泣きはらした顔の女の子を見た。

保育園に入りたてくらいだろうか。端正な顔立ちが、涙の痕で台無しだった。叫びつかれたように、くう、くう、と呻き声を漏らし、眼は虚ろだった。

コインを投げる。表、対応する。裏、放置。結果は表だった。

私は女の子に近付き、声をかけた。

「「「どうしたの？」」」

三重奏。力強い声と軽やかな声が、私の言葉に重なった。ほぼ同じタイミングで女の子に声をかけたのは、背の高い少年と、優しそうな顔立ちの少女だった。二人とも狼谷のロゴが入ったビニール袋を提げているので、私と同じ受験帰りらしい。

女の子がきょとんと眼を丸くする。私たちは顔を見合わせ、気まずい微笑を交わした。

「お母さん、すぐに見つかってよかったね」

「あれ、虐待とかじゃないよな」

「大丈夫だと思うよ。ケガ、膝だけだったし」

三人とも、帰宅ルートは同じ方向だった。地下鉄の中、受験のプレッシャーが消滅した解放感もあってか、自然と会話が弾んだ。少女は桐山玲奈さん、少年は三島大我君と自己紹介してくれた。

女の子は、別に心配するほどの大事ではなかった。手持ちの絆創膏(ばんそうこう)で膝を手当てしている内に、母親が現れたのだ。少しの間はぐれていただけらしい。お母さんを探してうろついているうちに転んでケガをしたみたいだ。

「にしても、薄情だよねー」

桐山さんが緩く組んだ腕を揺らす。

「いたじゃん、人。私たちの他にも。誰も話しかけなかった」

「まあ余裕がなかったんだろ」

三島君がフォローを入れる。あのとき、周囲を歩いていたのは、私たちと同じ受験生風の学生ばかりだった。私は今日で最終日だったけれど、まだ日程が残っている受験生はそのことで頭が一杯でも仕方がない。私だって、声をかけたのは脳内コインの導きだ。

「二人とも、狼谷が第一志望なの？」

私の問いに、どちらも頷いた。

「学部は？」

「「文学部」」

同じだ。私は恐る恐る追加の質問を投げた。

「ひょっとして、史学科？　東洋史学専攻だったりして」

二人の表情が、当たりだと白状していた。

「すっごーい、運命」

桐山さんは羽ばたくように両手を旋回させる。

「いやいや、そんなにすごい確率でもないだろ」

三島君が宥める。

「でもすごいよ？　あの場所で、あの子を放っておけなかった正義の三人が、同じ専攻になるなんて！」

正義って……おおげさな子だなあ。私は子供のような桐山さんの反応に、半分呆れていた。半分は、眩（まぶ）しい。

「まだ合格すると決まったわけでもないだろ」

「いーや、絶対、受かるよ！　わたし、二人には運命を感じた！」

桐山さんは伸ばした両手を私たちに添えた。

「結ぼう。義きょうだいの契（ちぎ）り！」

「なんでだよ」

三島君が笑う。つられて、私の口元も綻んだ。


「玲奈のこと、あのときから好きだったの？」

何気なく呟いただけなのに、ハンモックがよじれるくらい、大我は動揺した。

「なに、お前、そんな前から気付いてたのかよ！」

「まあ、うすうすは」

「どんなとこから分かった？」

「いや、見ればわかるとしか……」

「うっそだろ……」青天の霹靂だったらしく、大我は頭を抱えている。

「桐山も分かってたのかな……ずっとバレバレだったら恥ずかしいな」

「別にいいんじゃない？」

言いながら、からかってやりたい気持ちも芽生えた。

「でも、ちょっと気になるかな。会ったばかりで、どういうとこを好きになったの？」

照れさせてやるつもりだったのに、大我は真剣な顔でこちらを向いて、

「……嬉しかったんだよ。報われたのがさ」

報われた？

「箱川には想像しづらいかもしれないけどな？　ああいう場面で、小さい子に男が声をかけるのって、結構勇気がいるんだよ」

言われてみれば、たしかに。疑心暗鬼が広がっているご時世だ。場合によっては、不審者扱いで通報されていたかもしれない。

「実際、あったんだよ。同じようなことがさ。中学の頃、迷子を連れて歩いてたら、

補導されそうになって、めちゃくちゃ凹んだ」

　それは気の毒としか言いようのない話だ。

「結構、大騒ぎになってなあ。警察には連れて行かれるし、学校の先生も呼び出されるしで……けっきょく誤解は解けたけど、親も余裕がない時期だったのか、余計なこすんなって叱ってくるしさあ……柄にも無く、親切なんてするもんじゃねーなって、そのときは反省したんだよ」

　でもあの冬の日、大我は懲りずに声をかけた。あのとき、私と違って大我は迷いもなく動いたのだと信じていた。違ったんだ。迷った上で、それでも行動したのか。

「だからさあ、あの後、桐山が肯定してくれたの、ものすごく嬉しかったんだよ」

　大我は眼を細めて芝生を見下ろした。

「報われなくていいって考えてたのに、報われた。なんていうか、世の中って、感謝や賞賛がもらえないことも多いだろ？」

　鳥の影が大我の顔を一瞬だけ隠した。

「でもこの子のそばにいたら、そういうのをいっぱいもらえるかもって思った。いつでも心が温かくなるかもって期待した。だから一緒にいたいって思った」

照れるでもなく言い切った大我の顔を、私はしばらく眺めていた。

「……いや、なんかリアクションしてくれよ」

「あんまりいい話なんで、言葉が出ませんでした」

「嘘くさいな！」

「いやいや、本当だよ、本当」

「まー、言語化しちまうと、陳腐だけどなあ。あの子を無視しても、おおごとにはならなかっただろうし、正義の三人だとか喜んでた桐山も、過大評価のしすぎだろうし」

「そんなことないよ。あのときの大我の選択は尊いものだったよ」

「本当に思ってるかあ？」

曖昧に笑いながら、私は一抹の寂しさも感じていた。

あのとき、私たち三人は女の子を気にかけ、助けようとした。ささやかな親切とはいえ、それは褒められていい振る舞いだ。

――でも私の選択は、コインに決めてもらった行動だった。正義の三人、というオーバーな玲奈の言葉。本当は、そこに私が加わる資格なんてない。

翌日、今度はお昼前にホワイト・ドワーフを訪れると、カウンターで香川さんに出くわした。

「最近、就活してないから……ヒマなのよ」

購入したパンをハンモックへ持って行く道すがら、香川さんは照れくさそうに語る。

いや、就活はしましょうよ……。

「やることがなかったら、スイッチが気になっちゃうでしょ？　それで思い付いたのよ。いくらなんでも、当のパン屋さんの敷地内でスイッチを押すほど残虐にはなれないだろうって」

「たしかに……」

茂木さんと筋道は異なるものの、似通ったところのある発想だった。

先日同様、私は適当なハンモックに転がった。香川さんも向かいに座る。

「まあ、私たちがスイッチを押そうが押すまいが、廃業は避けられないかもしれないけどね」

いきなり身もふたもない話だ。

「このお店、最初に来たときは目新しかったけど、やっぱり注意するとボロも見えるっていうか……たとえばお店のホームページ、見たことある?」

見てないと答えると、香川さんは自分のスマホから検索してくれた。

「だめそうでしょ?」

「だめそう、ですね……」

素人目にも、やぼったいデザインのウェブサイトだった。

「これ、デザイナーとかに依頼してないですよね。望さん辺りが、自分で制作したのかな?」

なによりいけないのは、紹介しているパンの写真があんまり美味しそうじゃないところだ。逆光気味だったり、ブレていたりする写真も混じっている。

「全部自分たちでやろうとしてるのが良くないんだと思う」

香川さんは少し小声になって、

「ウェブだけじゃなくて、お店全体がそんな感じ。内装も、全部DIYっぽいじゃない? ゼロからお店を作ったんだから、なにもかもコントロールしたいって気持ちは判(わか)らなくもないけど……一から十まで自分たちの手で回そうなんて、無理な話なのよ。定年退職したオジさんが、こだわり手打ちうどんの店とか始めて、あっと言う間に潰しちゃったりするでしょう？　ニュアンスは似てるわよね、ここも」

手厳しいなあ……。

「このお店、なんだか私みたい」

寂しげな顔になって、香川さんはハイジのログハウスを見上げた。

「取り繕って立派に見せかけようとしているけど、中身が伴わないから、世の中に認められないんだわ」

私が黙って見つめていると、

「ちょっとちょっと、ここは、そんなことないですよ、ってフォローするところよ」

「年下に甘えるのって、格好悪いと思います」

「容赦ないわね！」渋面を作られてしまった。

でも、そんな風に感情移入できるなら、弾みでスイッチを作動させてしまう恐れもなくなるだろう。

「同族嫌悪の類かしら。かわいそうだけど、腹も立つわ。やっぱり押しちゃうかも」

……そうでもないらしい。

「さーびすのいちごたるとです。どぞ」

長袖の衛君が、よたよたとハンモックの下までデザートを持ってきた。

さらに翌日。今日のお昼は玲奈と私の二人だ。

「ありがとー」

玲奈がえらい、えらい、と頭を撫でようとしたけれど、首を横に振って逃げられてしまった。微妙に懐かない猫みたい。

「…………」

よほど心外だったのか、玲奈は撫でる姿勢のまま固まっている。

「子供、好きなんだね」

「え？　あ、うん」

玲奈はなぜか気まずそうにハンモックへ戻ってしまう。

「大我君から、聞いた？」

しばらく経って、うつ伏せの状態で切り出した。

「聞いた。告られた話なら」

私が視線を向けると、玲奈はいもむしか猫のように大きく伸びた。

「初めてだったの。告白されるなんて」

へえ。意外だ。

「いいと思うよ。大我。お薦め物件だよ」

「どういうところが？」

「体育会系なのに、オラオラしてないところが。意外と繊細で、気を遣ってくれそう。その上で体力はあるから、引越しとか防犯に便利」

「機能重視かよー」

玲奈は落ち葉を指でくるくると弄んでいる。夢心地の表情だ。よかったね大我。脈アリだよ。

「いちごムース、こちらに置きますね」

望さんが追加注文のデザートを持ってきた。

「コイバナですか？　青春ですねえ」

カップを受け取りながら玲奈は照れている。

「の、望さんはどうなんですか？　私たちと同じくらいですよねっ。彼氏とか……」

「私は大学行ってないからなあ」

くだけた口調に変わる望さん。進学していないことを悔やむような暗さは微塵もない。

「店だけじゃあ、出会いも少ないし……今は、パンに夢中で、お付き合いする余裕はないかな。石窯も、今よりもっと改良したいし」

「パンが恋人ってやつですか」

私の発言に望さんは噴き出した。

「やだ、それだとアンパンマンと付き合ってるみたい」

「アンパンマンって結構優良物件では？」

私は軽口を加速させる。

「地域社会の人望も篤いし、定職に就いてるし……」

「小雪ちゃん、夢がなーい」

玲奈が身をよじらせる。笑顔に加わりながら、これはいい傾向だな、と私は喜んだ。この店員さんとクラスメイト程度でも仲良くなれたなら、スイッチはますます押しがたいものになる。

恋愛話から将来の夢、取りたい資格の話まで、その日は望さんと長い時間、話し込んだ。


八月二十七日。

その日は大我も玲奈も予定がなかったので、三人揃ってホワイト・ドワーフへ出かけた。草の小道を歩いていると、前から全力疾走してくる双子のどちらかに出くわした。

「あっ」

私たちに気付いて、ブレーキをかけるように身を反らす。半袖だから、学君の方だろうか？　身長に不釣り合いなくらい、大きなリュックが背中でぐらついている。明らかに、よくないところを見られた、という表情だった。

「ははーん」

大我が手のひらで顎を撫でる。

「少年、家出だな？」

「ち、ちがいます」

「報告してもいいんだな、お母さんに」

学君（仮）が震える。

「ごよっ」

ごよ？

「ごようしゃを、ひらにご容赦を！」

……難しい単語、知ってるんだなあ。

「嘘でした。家出をもくろんでおりました」

「正直で結構」

大我は膝を折り、学君（仮）と視線の位置を合わせた。

「よし、兄ちゃんが話を聞いてやるよ。どっか行こうぜ。内緒話ができる場所」

肩を優しく叩いた。

「いいの？」

不安げな玲奈を、大我は笑顔で宥めた。

「大丈夫、大丈夫。そんなに時間はかからないって」

「ところで君はどっち？　学君？」ふいに気になって私は訊いた。

「学、です」

「やっぱり。半袖だもんね。衛君はいつも長袖だから」

「はい。僕は半袖です。衛は、長袖を着ています。お母さんが言うから」

　こっちにひみつきちがあります、と男の子は河原の方向へ曲がり、草の間をすりぬける。緑をかき分けながら私たちも後へ続いた。

　隣を歩く玲奈が、浮かない顔をしている。

「どしたの」

　私が小声で訊くと、

「ううん、大したことじゃないんだけどね……衛君の長袖の話。自分で着たいから着てるんじゃないんだなって」

　そう言われると、たしかに変な感じだ。双子の片方だけ長袖を着るよう言いつけているのは、どういう事情だろう？　家族以外の人にも区別しやすい方が防犯上、都合がいいとかだろうか。

　謎(なぞ)といえば謎だけど、それ以上に気がかりなのは、玲奈の表情の深刻さだった。

「へえ、こんな場所があったのか」

大我の声が響いた。草の道を左に折れた先に、錆(さ)びたジャングルジムが立っていた。周辺だけ、赤色のゴムチップで舗装されている。行政か、地主の気まぐれで造成された児童公園のなれの果てだろうか。

「なにして遊ぶ?」

ごろりと仰向けに倒れる大我。ガタイの大きい彼が両手両足を広げても狭くならないくらい、舗装部分は広い。内緒話はどうしたの、とつっこみたくなったけれど、大我なりに手順があるのだろう。

学君は首を左右に何度も捻(ひね)ってから言った。

「パン屋さんごっこ」

起き上がり、大我は笑う。

「遊びくらい、好きなの選んでいいんだぜ」

「じゃあ、けっこんしきごっこがいい」

意外なチョイスだった。

「ぼく、おとなになったら、きょうかいの神父さんになりたい」

　またまた意外。新郎をやりたいのじゃなくて、そっちなんだ。

「神父さん、すごい。悩みのある人を助けてあげたりする。あと吸血鬼をやっつける。格好いい」

　アニメでも観たのかな？

「神父さんか」

　大我は学君の眼をまっすぐ見て言う。

「じゃあ、パン屋さんを継ぎたいって言ってたのは、嘘か？」

　子供相手に厳しすぎるのでは、と私は思い、玲奈も口を挿む寸前まで唇を動かしかけていたけれど、

「うん。嘘」

　男の子は言い切った。

「どうして嘘ついた？」

「お父さんとお母さんとお姉ちゃんが喜ぶから」

　ああ……家出の理由がなんとなく判る。

　この子、いわゆる「いい子」なんだ。大人の顔色を窺うことを処世術として身につ

けてしまっている子供。私も似たような子供だった。

「衛は、パン屋さんになりたいって言わない。あんまり。だから僕は、なりたいって言ってあげないとかわいそう。お母さんたちが」

「優しいんだね」

玲奈が呟く。褒める声色ではなかった。

「でも、無理はだめだよ？　今は言いづらくても、大きくなったら伝えようね。ちゃんと」

「うん……」

弱々しく学君は首を縦に振った。

「ちゃんというから、今は、やってもいい？　神父さんごっこ」

「だめなわけないだろ」

大我が笑い、私と玲奈も頷いた。

「ありがとう」

はっきりした発音でお礼を告げた後、学君は玲奈と大我を見比べる。

「おにいちゃんとおねえちゃんは……かれしと、かのじょですか」

おお……するどい。

「え、いや、違う」言いかけて玲奈は否定しすぎるのも悪いと気付いたらしく、

「違わないけど……彼氏でもないっていうか」

「あ、ごめんなさい。きき方に、えんりょがなかったです」

学君は語彙を探すように頭を振り、

「深い仲ですか？」

悪化してるよ！

玲奈は真っ赤になって黙り込んでしまった。

大我もリアクションに困っているようだ。三人の視線を浴び続けていた玲奈は、突然、ぱしん、と両手で頬を打った。

「うん、彼氏です」

討論会のように宣言した。

「深い仲じゃないけれど……彼氏彼女だよ！」

大我の眼が驚きに見開かれ、やがて満面の笑みが咲いた。

「いいのかよ、本当に」

「いいよ。いいよねっ？」

私と学君に問われても、困る。

でもまあ、いいんじゃないかな、と答えた。

「それでは、しきしだいをとりおこないます」

嬉しそうに草むらへ走った学君は、しばらく経って草冠を二つ、手に持って戻ってきた。たった今、作ったらしい。玲奈と大我の頭に載せる。二人は顔を見合わせて苦笑した。

結婚式ごっこで遊んだ後、学君はホワイト・ドワーフへ帰った。ご両親に大荷物を疑われたりはしなかったようだ。私たちも予定通りランチをいただいた。ベーカリーを後にして草むらを下るとき、一瞬だけ大我が玲奈の手を取り、すぐに離した。玲奈は照れくさそうに黙っていた。

あれ？

私は震える手のひらに気付いた。少しだけ、でも間違いなく、身体が動揺している。これ、何？

夕方、自分の部屋に戻っても、震えが収まらない。夏風邪かなと思ったけれど、体温は平熱だった。すると気持ちの問題だろうか？　でも、どうして？　仲のいい友達二人が晴れてカップルになれたのだ。揺れる理由なんて、ない。

音楽でも聴こうかな。気持ちのいいときは気持ちのいい曲を、わけのわからないときはわけのわからない曲を耳に流したい。私はスマホのイヤホンを耳につなぎ、音楽アプリからヴァン・ダイク・パークスの「ソング・サイクル」を呼び出した。ヴァン・ダイク・パークスはアメリカの音楽プロデューサー兼作曲家兼アーティスト。本作はおよそ半世紀前に発表されて以来、聴く者に困惑を振り撒き続けているアルバムだ。

とにかく、わからない。

意味が分からない楽曲集なのだ。

聴いたことのない動物の声とか、微生物のぶつかり合う音が録音されているわけではない。音そのものは、まとも。なにしろビーチ・ボーイズにも多大な影響を与えたとされるアーティストだ。楽器や機材は、当時の水準から見て最高級のものが使用されているという。

それなのに、わからない。試験にたとえるならば、簡単な英単語や公式で構成されているのに、全体像が掴めない筆記問題のようなもの。それでも私の語彙力を総動員して無理矢理に説明すると、このアルバムは、「遊園地の音楽」に似ている。メリーゴーラウンドやティーカップに観覧車。そういう乗り物に似合いそうな、のどかで優しい楽曲たちだ。

でも、現実の遊園地で使用されるBGMはこういう音じゃない。今時の遊園地はスポンサーとのタイアップとかでアイドルや特撮・アニメの楽曲に占領されている。だからこの曲が流れているのは、存在しない遊園地の園内だ。ドラマや映画の舞台として登場する遊園地。あるいは、夢の中のテーマパーク。

奇妙なのは、各楽曲の切り分け方だ。唐突に始まり、唐突に終わる曲があるかと思えば、前後の曲とほとんど一体になっていて分かれ目が判断できない曲もある。全十二曲、通しで聴いてもバラバラに聴いても、とにかく落ち着かない。

音楽とは、基本的に情景を呼び起こすものだと私は思う。歌詞の存在を問わず、激しい楽曲は激しい嵐を、柔らかい音楽は優しい花園のような形を聴く者の頭に浮かび上がらせる。ところが「ソング・サイクル」の楽曲たちは、遊園地もどきの情景を中途半端に浮かび上がらせた後、ふいに断ち切ったりそのままフェードアウトしたりで掴みどころがないのだ。わからない。ヴァン・ダイク・パークスの意図がわからない。高名なプロデューサーでもあるミュージシャンなら、楽曲をつなぎ合わせて遊園地の情景を完成させる作業なんて、難しくはないはずなのに。

このアルバムを聴くとき、私の中にはひび割れた遊園地と、どろどろの遊園地が中途半端に入り交じっている。空想の中でさえ、手の届かない情景だ。

「…………」

私はイヤホンを外す。

幻想の園内に、大我と玲奈を観た気がしたからだ。

ああ、そうだったの。

私はざわざわの理由を理解する。

私たち三人は、あの受験の日からの付き合いだ。知り合ったきっかけは些細な出来事だったけど、少し言葉を交わしただけで、一生の友人になれるかもしれないと予感していた。

でも、そうじゃなかった。最初から二人と私は別物だった。

何を勘違いしていたのだろう？　告白して告白されて、二人は相手と真剣に向かい合っている。

一方の私は、恋愛をコインで決めてしまうような究極の不誠実だ。最初から、あの二人とは似ても似つかない人間だった。

一緒にいただけだ。同類のふりをして、気持ち良くなっていた。だからこの震えは、一種の拒絶反応なんだろう。

答えが出たから、震えは止まってもいい。でも止まらない。止める方法を、やっぱりコインに頼る。

表なら涙を流す。裏なら、何もしない。

現れたのは表面だった。

だから私は泣いた。

社交性が皆無というわけじゃない。小中高と通して、友達は多い方だった。

けれども、進学した後、所属する「場」を越えてまで連絡を取り合い、仲良くしている相手はほとんどいない。その場限り、限られた期間でだけ友達をつくり、外れたら興味を失ってしまう。相手からも顧みられることはない。

それはコインのせいかもしれない。

判る人には判ってしまうのじゃないだろうか。私の決断に、意志が込められていないことに。だから心の底からは信頼されない。親友と呼ぶべき間柄になりたいとも思われない。恋愛感情が信頼関係の延長線上にあるものだとしたら、その先へ進むことは、なおさら難しい。

事実、中学の頃、私を好きだと言ってくれた男の子は、目の前でコイントスを見せたせいで離れてしまった。頭の中に隠したつもりでも、本質的に大差はなかったのかもしれない。

外したイヤホンから、「ソング・サイクル」のかけらが微かに響いている。

けっきょく、私は責任から逃れたいだけの子供にすぎないのだろうか。

それとも予言されたように、世の中に害を及ぼす無意識の最悪なのだろうか。判断をコインに頼ってもなお、その害毒は払拭されないのだろうか。

混濁する思考の中で、ある疑いが浮かび上がってきた。それは初めてパン屋さんを訪れたとき、気のせいに違いないと投げ捨てていた違和感だ。けれども思い返してみると、勘違いだと無視もできない可能性だった。明日もホワイト・ドワーフを訪れて、確かめなければいけない。ぐるぐる悩むのは、その後にしよう。

八月二十八日の夕方。

これで五日連続の訪問になる。私は一人で草の道を歩き、昨日、結婚式ごっこをしたポイントで左折した。前日通った道の草が左右に割れているので楽だ。このまま直進すれば、ホワイト・ドワーフの裏手にたどり着く。

ハイジの家を見上げる位置にある川沿いの草むらに身を屈め、私はその人が現れるのを待った。灌木の間、複数のハンモックが風に揺れている。私以外のメンバーも、他のお客さんも来ていない様子だった。望さんも、双子ちゃんたちも姿を見せない。

小一時間ほど経ってコック帽の影が斜面を降りてきた。夕日の中、大きく伸びをする。運がよかった。この人と二人きりで話をする機会が得られないようなら、何日も粘るつもりだったから。

私が草陰から立ち上がると、弘一さんはすぐに気付いてくれたらしく、近くまで降りてきた。

「箱川さん、でしたよね」

弘一さんは戸惑いを表明するように眉をゆっくりと動かした。

十年以上昔だから、私はその人の顔をはっきりと思い出せない。それでも、顔の動かし方に心当たりがあった。

「はい。箱川です。そこそこ珍しい名前ですから、印象には残っているはずです」

弘一さんの顔が次第に曇り始める。私は確信に近いものを抱いた。

「箱川小雪です。私のこと、憶えていらっしゃいますよね、園長先生」

オレンジと藍色（あいいろ）を浴びながら、私はその人を見据える。光の中、輪郭が曖昧になったせいでかえってはっきりした。弘一さんは、私が通っていた保育施設の主宰者。私を悪の化身と断定した張本人だ。

「改名されたんですね」

無言のまま立っている園長先生に、私は適当な言葉を投げた。

「……いや、今の名前が本名なんですよ。あの施設で名乗っていたのは、教育者としての、ペンネームのようなものでして……あるいは宗教家としての」

宗教家。

園長先生の本業は教育者ではなくとある新興宗教の主宰者で、あの園は幼児期から先生の思想を刷り込む目的で設立されたものだったと後で知った。とはいえ正規の信者は数十名程度の小振りな団体だったそうで、園閉鎖のあおりを受けて団体自体も解散してしまったらしい。

「私は愚かでした」

唇の端を釣り上げ、園長先生は自嘲する。

「支配や革命が目的ではなく、純粋な真理追究の場所として教団を創り上げたはずだったのに、悪辣な欺瞞に手を染めてしまった——当時はインターネットというものが一般に普及し始めて間もない頃でした。何の罪もない子供を悪魔に仕立てあげて放逐するなんて、拡散されてしまったら教団も、園も信用が地に堕ちることになると想像もつかなかったのです……結果、私は築き上げてきたものの大半を失いました」

そうと判明してから言葉を交わすと、間違いなくこの人は園長先生だ。思い出す。深みのある、不安を洗い流してくれるような落ち着いた声だった。だから、注意しなければ。心の底から反省しているように響くこの言葉も、演出の一環かもしれない。

「それでも、たった一人だけ、付いてきてくれた信者がいたのです。彼女は十数年前に当時の旦那さんと死別しているのですが、夫婦揃って大変熱心な信者でした。あるときなど、夫婦で長年貯えてきたパン屋さんの開業資金を丸ごと寄付してくれたほどです。教団を失ってもなお、私は彼女に報いなければならないと考えました。そこで、亡くなった旦那さんの代わりに、家族でパン屋さんを営むという夢を叶えてあげようと思い立ったのです」

そういう経緯だったのか。教団も、家族も拠り所という意味では同じ。たった一人の信者に報いるなら、そういう形がいいと考えたのだろう。

「ということは、お子さんの中で望さんだけ……」

「ええ。あの子だけは、妻と前の旦那さんとの子供です。私も詳しくは知りませんが、私と出会う前から、苦労の多い生活だったみたいです」

カラスの影を見上げていた園長先生は、視線をこちらへ戻し、神妙な表情を作った。

「小雪さん、あなたには本当に申し訳ないことをしました」

深々と頭を下げられても、別に嬉しくはない。

「謝罪とか、いいです。私は知りたいだけ」

園長先生の顔を覗き込む。

「けっきょく、私が最悪の何かだっていう、園長先生の見立ては間違いだったんですね？」

柔らかい眼差しが、困惑に揺れていた。

「重要なのは、そこなのです。私はあなたを検査にかけて、世に害悪をもたらすと判定を下しました。あのとき、あなたに記憶させた図面だの模様だのを描かせたのは、根拠のないインチキでした。あなたを危険視した理由は別のところにあります」

私が予想もしていなかった回答だ。

「小雪さんは憶えていますか？　遠足に行った河原で、転んで、肘をケガしたときの話を」

「……いえ、全然」

「まあそうでしょうね。子供はしょっちゅう膝小僧やら腕やらを打ち付けるものですからね……消毒が終わった後も、しばらくの間、肘が痛いと泣いていました。ところが河原から園へ帰る時間になると、あなたはぴたりと泣き止んだ。痛みが治まったのかと思ったら、園に帰り着いた後で、また泣き出したんです。さっきはどうして平気だったのかと訊くと、なんて答えたと思います？」

まったく想像もつかないし、思い出せないと私が言うと、

「幼い小雪さんはこう言ったんです。『みんなに迷惑がかかるから、歩いている間はケガのことを忘れるようにした。帰ってきてから思い出した』とね」

忘れていた……思い出した？

「あるとき、あなたと仲のよかった園児の一人が、ご両親の都合で退園することになってしまいました。そのときも、小雪さんは大声を上げて泣いていた。でもしばらく経つと、泣きながらこう言ったんですよ。『○○ちゃんにはもう会えないから、忘れる』って。それからぴたりと泣き止みました。以降は、その子の話を振っても、誰のことだかわからない様子でした」

なにそれ。なんなのそれ？

「記憶の意図的な忘却と、回復。あなたの得意技はそれだけに留まりませんでした。あるとき、あなたは男の子とケンカをしていました。数時間経っても憤懣は収まらないかに見えました。ところが、突然、宣言したんですよ。『怒っている気持ちを、捨てる』とね。そう言って、すぐにおとなしくなりました」

意図的に、記憶を無くす。後で思い出す。芽生えた怒りの感情を、消滅させる……。

そんな芸当、今の私には思いも寄らない。

「小雪さん、あなたは稀有な才能に恵まれていたのです」

園長先生は同情するような視線を私に送る。

「自分の精神を、自在にコントロールできるという才能にね」

日没にぼやける表情の中に、怯えに似た色合いが現れた。

「よく使われる例え話がありますね。人間の脳は、最先端のコンピューターよりはるかに優れた機能を備えていると……しかし脳をコンピューター同様の存在と規定した場合、疑問も生じます。コンピューターなら、収集した情報がジャンクに近いものであった場合、自在に削除できる。効率化を図るために、基板に走るプログラムそのものを組み直し、最適化を図る機能も備わっている。ところが私たちの頭には、そんなメニューは搭載されていません。少なくとも大半の人間は、自由自在に記憶をしまったり取り出したり、感情をコントロールするなんて不可能だ」

「でも、私には、できた？」

私の問いに、先生は苦渋を滲ませた顔で頷いた。

「少なくとも、幼児期の小雪さんには、それが可能でした」

自分の精神をコントロールできる――ネガティブな感情を持ち続けたくないとき、感情そのものを無くしてしまったり、自分に不都合な記憶を長期間消去してしまったり――要は自分で自分の頭を、好き勝手にカスタマイズできるという話だろうか。

「それ、そんなに大した能力ですか？」

私は首を捻る。「催眠術みたいに他人の心を自在にコントロールできるなら、すごいし、危険な才能だと思いますけど、自分の心だけなんですよね？」

「自分の心だからこそですよ」園長先生は重々しく語る。

「もし全人類にそのような所業が可能なら、歴史上、宗教なんて代物は生まれなかったに違いありません。私の教団も含め、あらゆる宗教運動の目的は、けっきょくのところ、人の心を救うことにあるのですからね。生活が苦しい、人に愛されたい、将来に希望が持てない……様々な不安から衆生を救うために、宗教者たちはいろいろな教えを示し、信者たちの中で権威となった。けれどもそれらは、回り道にすぎないのですよ。自分一人で不安を解消できないから神仏にすがらせるという迂遠な試みなのです。不安や絶望を、スイッチ一つで簡単に切り替えられるような人間が存在するなら、神様なんて必要ないんです」

園長先生は空に手をかざした。

「さらに言えば、心を神や聖人のような構造に組み替えることで、自分だけでなく他者も救済できるようになるかもしれません。実際に私は、あなたの言動に身震いするほどの純粋さを感じた憶えがあります。宗教者にとって、それは衝撃でした」

言いたいことがようやく判ってきた。

「つまり、私は邪魔だったわけですね。園長先生にとって」

「簡単に言ってしまえば、そうなります」

園長先生は認めた。

「私にもう少し器量があれば、あなたを盛り立てて教団に取り込む方策を執ったかもしれませんが……そんな力量は持ち合わせていなかったのです。あなたがあのまま成長したら、積み上げてきた営みが無意味になるかもしれないと恐怖した。教団は、人を救うための手段であったはずなのに、いつの間にか目的にすり替わってしまった……」

だから私に悪の烙印を焼き付けた。

「でも私、全然覚えてないんです。今だって、心をコントロールなんてできません」

「風変わりな素養や才能というものは、幼児期に芽生え、尊重することによって成長するものです。悪の種子だと名指しされたことによって、おそらくあなたは萎縮してしまった。自身のあり方が周囲や社会に歓迎されない種類のものではと判断して、『普通』の形に自分を調整してしまったのでしょう。だから今となっては憶えてもいないし、できない」

戦慄が走る。私は安心するために、ここへ来たはずだった。

園長先生は謝罪してくれるかもしれない。私を悪と断じたのは間違いだったと訂正してくれるかもしれない。そうしたら私は、自分の中に潜む悪のまぼろしに怯えなくて済む。いつスイッチを作動させてしまうかもって心配することも無くなると期待したんだ。

願った通り、私に下された判定はインチキだったとの言質は得た。だけどそれ以前に、もっと摑みどころのない何かだったかもしれないと聞いてしまった。自己改造が可能な電子頭脳。怒りも哀しみも思い出も、軽はずみにいじり放題、削り放題の思考体。

幼い頃の私が何を考えて生きていたのか、私はほとんど覚えていない。園長先生との思い出は残っている。でも、思い出の中で、何を志向していたかはまったく思い出せない。自覚が残っているのは、烙印を押された後からだ。先生の説明が本当なら、烙印以降の私は、以前の私がこうあるべきと改造を施した私ということになってしまう。その、こうあるべきが分からない。以前の私が何をよしとしていたのか、今の箱川小雪には想像もつかないのだ。私の奥底に、別の判断をする私が設定されているかもしれない。人を傷付ける行為をよしとするプログラムがふいに再起動して、スイッチを押すかもしれないのだ。

何も解決していない。「ごめんなさい。あなたは悪魔なんかじゃありません。悪魔なのか天使なのかよくわからない塊（かたまり）ですよ」と教えてもらったところで、全然安心できない。

少年漫画の主人公だったら、高らかに宣言するかもしれない。「天使になるか悪魔になるか、俺様が自分で決めてやらァ！」って。でも、私には無理なんだ。だって、自分で決めてこなかったから。私は大事な判断をコインに任せて切り抜けてきた。よかれと思って続けてきた習慣が、今、このときから不信の証明になってしまった。

私は川を見た。薄い朱色に染まった宇治川は、何か、得体の知れない広大な塊みたいだ。

「本当に、本当に申し訳ないことをしたと思っています」

私が止める間もなく、園長先生は膝を折り、額を地面にこすり付けた。

「だから、やめてください」私はハイジの家を見上げる。家族の人たちに父親のこんな姿を見せたくはない。幸いにも、誰かがこちらに降りてくる気配はなかった。

それに、卑怯(ひきょう)だよな。

あのときのクラスメイトたちを眺めるような気持ちで、私は元・園長先生を見下ろした。

仮に、私がこの人を恨み続けていたとしても、「許す」と口にするしかない。謝罪を受け入れない偏狭さは、昔、押しつけられた烙印の証明になりかねないからだ。この人はそれを承知の上でポーズをとり、内心、あざ笑っているのかもしれない。

「私は教団を築き上げましたが、指導者を気取るつもりはなかった。神通力(じんつうりき)も、予言も授かってなどいない、自分には何もできないと認めた上で、すべての信徒が同輩として修行に励む共同体を目指していたのです」

園長先生は足下の草をちぎり、川へ放り投げた。

「でもそんな建前は、自分より一歩前を歩むものが現れたとき崩れ去ってしまいました。小雪さん、まだ物心もつかないあなたが、私の届かない境地に始めから到達していたと知ったとき、私は正常な判断力を失った」

思い出す。私は年長組に上がるまで、この人をお父さんだと思い込んでいた。父親が不在だったからではなく、父親というポジションは二人存在するものだと勝手に解釈していたのだ。両親が多忙な時期だったため、私は一日の大半を施設で過ごしていた。父性的な要素が幼児の生育に影響を及ぼすと仮定した場合、私の受け取ったそれは、大部分、実の父親ではなく園長先生から与えられたものだった。

ふわりと蘇るのは、優しい匂いと逞しい腕の感触だ。

夜遅くまで子供を預けておける施設だったから、週末を除いて、私は園で夕飯をごちそうになっていた。月に一度、庭に竈を組んで園長先生自ら振る舞ってくれるシチューが私のお気に入りだった。正式な料理名なんて憶えてないけれど、大鍋の中、ぐつぐつ渦をまく白とオレンジからは魔法のような甘い香りが漂っていた。

ある秋の夜、強風に園の駐車場か何かのトタン屋根が吹き飛ばされ、夕食中の私たちのところへ転がってきたことがある。園長先生は私たちを抱きすくめて守ってくれた。大鍋がぐらぐら揺れたけれど、平気だった。無敵のヒーローが側(そば)にいてくれるみたいな安心感が、私を恐怖から遠ざけてくれた。

――全然、ヒーローじゃなかったな。

現在、私はありのままの鹿原弘一を目の当たりにして困惑している。

たぶん、お店を初訪問したときに確信を得られなかったのは、顔を忘れていた以外に、私のイメージと一致しなかったこともあるだろう。

すべて、妄想だったわけじゃない。現在の元・園長先生も貧弱な肉体というわけではなく、たぶんパン職人としては体格のいい部類に入る。でも、無敵じゃない。あのときの、世の中のなにもかもから守ってくれそうな頼りがいは消え去っている。

寂しかった。大人になると、大人が小さく見えるものなんだな。

そして九月十日。

アルバイト最後の日がやってきた。

「勝った！」

大我が拳を振り上げる。十八時。人影まばらな図書館地下一階の談話スペース。

「はいはい、静かにしてね」とカートを引きながら徐さんが通り過ぎた。

「そうだね、大勝利だよ。誰も傷付かない。ひとまずはお店もだいじょうぶ！」

玲奈は手のひらを上げて、大我とハイタッチを交わしている。

「まだ終わってないですけど」

私は水をさした。

「今日の二十四時までなら、まだスイッチは動くよね」

「いや、少なくとも俺は押さねえよ」

大我は断言した。

「俺はうっかり魔が差すことだけが怖かった。けどここまで我慢したんだぜ？　いくらなんでも、これまでの抑制を無駄にしたりはしない。玲奈も、箱川もそうだろ？」

まあ、たしかに。持久走なら、もうゴールが見えている状況だ。自分自身との闘いなら、ここで投げ出したりはしないだろう。

「百万円かあ。ふふふふふ」

玲奈が悪代官みたいな声を漏らした。

「どーしよう。こんな桁数、初めてだよ。何に使おうかなあ」

「俺は貯金する」

「うわー、大我君、夢なーい！」

「いいだろ別に。箱川は、何したい？」

「私は旅行かな」

前々から、国内の観光地を手当たり次第に回ってみたかったのだ。

本棚の方向に視線を移すと、徐さんが交換した返却カートに学生が本を載せていた。私は席を立って、表紙を確認する。前から探していた中国地方のガイドブックだ。

ぱらぱらと流し見る。借りようか、必要箇所をコピーするだけにするか、迷う内容だった。資料を複写するためのコピー機は各階に設置されており、貸出カウンターもこの地下一階と一階にある。手間は大して変わらない。

考えるのが面倒になったので、素直に借りることにした。スマホをカートに置き、ガイドブックを持ってカウンターへ向かう。閉講期だというのに、列ができていた。

もうじき後期授業が始まるので、レポートや課題に追われる学生が多いのかもしれない。

「現在、自動貸出機が稼動しています。お急ぎの方はそちらもご利用くださーい」

司書さんが大声を上げた。列は崩れない。並び続けようか。待っていようか。コインを投げ、自動貸出機に行けと指示されたので、私は書棚が並ぶスペースの中途にある自動貸出機へと向かう。徐さんの話によると、運営側はスタッフ削減のためにこの機械の利用を促進しているらしい。職員としては首を切られる可能性があるので、今回のようにカウンターが一杯にならない限りは利用を呼びかけないそうだ。

ＡＴＭに似た形の自動貸出機の前で、大我が首を捻っていた。

「箱川、これ故障してるぞ」

悪戯（いたずら）をしたい気持ちになった。

「この機械、お金は引き出せないよ」

「知ってるよ！　自動貸出機だろ！」

大我は透明な受光部の上に置いた文庫本を指差した。

「ここに置いたら、本を読み取ってくれるはずなのに、反応しないんだよ」

「本を置く前に拍手しないとだめなんだよ」

「絶対嘘だ！」

「しょうがないなあ。私が実演してあげるから」

学生証を取り出し、上向きにして受光部の上に置く。「カードを確認しました。カードを取って、図書をセットしてください」の音声が聞こえたら、学生証を回収して同じ場所に本を置く。このとき、バーコードの線を縦向きに置く必要がある。さっき、大我は横向きにしていたので反応しなかったのだろう。

「貸出処理が終了しました」のメッセージと共にレシートが出力されたら、終わり。

「こんな感じだよ」振り向くと、後ろにいた大我が渋い顔をしていた。

「……拍手は？」

「したじゃん。高速で」

「嘘つけ！」

まじめに教えてあげた後、大我を放置して書架の奥へと移動する。他にも観光関連の資料がないか探したけれど、空振りに終わった。

席へ戻ると、二人してノートを開き、何か計算していた。玲奈が湿った声を出す。

「小雪ちゃん、悪いニュースです。百三十万円だと、税金かかる」

ああ……それは考えないようにしてた。

「いや、でも俺たち学生だからな、何か控除があるかもしれないんだよ。どっちにしても取られるのは数万円だと思うけどな」

大我は所得税の入門書とにらめっこしている。

「住民税が面倒なんだっけ？　私も計算してみようかな」

テーブルの上に置いた鞄（かばん）の中に、私は手を突っ込んだ。

「あれ」

私は鞄を手元に引き寄せ、中を覗き込む。

「あれ、あれ、あれ」

「どした」

大我がこっちを向いた。

「スマホがどっか行ったかも」

私の言葉に大我が立ち上がった。

「テーブルの上に置いたんじゃない？」玲奈が開いていたノートを閉じた。ノートや本の陰に隠れていないか、チェックしてくれたけど見つからない。

「ひょっとして、カウンターの辺りで落としたのかも」

急いでさっき並んでいたカウンターに問い合わせてみたけれど、落とし物は届いていないとの話だった。自動貸出機にも見当たらない。

テーブルに戻ると、大我が深刻な表情でこちらを見つめている。

「見つかったか？」

「ううん、なかったよ。どこで落としたんだろう……」

「本当に落としたのか？」

大我の声が焦りの色を含んでいた。

「盗まれたんじゃないよな」

「小雪ちゃん、スマホにロックかけてる？」

「してない……」

私は口元を歪める。

「いちいち解除するのが面倒くさくて」

「それ、あぶないよ。カード番号とか残ってたら、通販とか、勝手に使われちゃうかも」

「今はもう一つ、気になることがある」

大我が追い討ちをかけた。

「このタイミングで盗む奴(やつ)がいるとしたら、スイッチを押すためかもしれねえ」

私は生唾(なまつば)を飲み込んだ。

「私のスマホの、スイッチで、代わりに？」

「そうだ。どうしてもスイッチを押したい奴がいて、でも今までは押さなかった。少なくとも安楽さんにはバレちまうわけだから、それが嫌だったのかもしれない。でもギリギリになって思い付いたんだ。他人のスマホからスイッチを押せば、安楽さんにも分からないって」

「メンバーの中に、そんなことする人いるかなあ」

玲奈は腕組みして苦悩している。

「そうだ、返却カート！」

私はさっき、ガイドブックを取ってきたカートに視線を戻した。

「あそこで本を読んだとき、カートに置いたかもしれない」

急いでカートを覗き込む。何もない。

「スマホにコールしてみるね」

玲奈がテーブルから呼びかける。私のスマホが近くにあったら、反応があるかもと判断したのだろう。

……何も返ってこなかった。マナーモードでも振動はオンにしていたため、近くにあるなら振動音くらい響くはずだ。

「カートに置いたのは、間違いないか？」

大我が上り階段の方へ足を向ける。

「カートの本は、徐さんみたいなスタッフの人が回収するんだろ？　忘れ物らしきものがあったら、一旦（いったん）持ち去って、戻ってきてからカウンターに預けるとか……」

それなら、スイッチを押されてはいないかもしれない。

「ごめん、私の不注意のせいで本当にごめん」

わたしは二人に向かって手を合わせる。

「一緒にスタッフの人探してくれる？」

図書館は二階～四階が書庫、一階が新聞・雑誌閲覧室プラス貸出カウンター、地下一階が書架兼談話スペースプラス貸出カウンター、地下二階が立入禁止の職員用スペースだ。

大我は三階〜四階を、玲奈は一階〜二階を巡って、私のスマホを持っているかもしれないスタッフを探してくれることになった。私は地下一階で待機。自分だけ動かないのは心苦しいけれど、持ち主は失くしたと思われる場所で待機しておいた方がいい、と大我に言われたのだ。問題は、地下二階の職員用スペース。ここに持ち込まれてしまったら、発見が遅れるかもしれない。

「あれ、他の人は？」

徐さんが戻ってきたので、事情を説明する。残念ながらスマホは拾っていないらしい。

きっかり五分後、二人が戻ってきた。玲奈は息を切らしている。ごめん。

「……スタッフの人、いたけどスマホは知らないって」

「俺も同じだった」

「もう一回、カウンターに聞いたら？」

後ろでカートを引きながら、徐さんが提案する。

「スマホは貴重品に指定してるよ。見つけたらすぐこの階のカウンターに届ける決まりなんだ。もう届いてるかもしれない」

ついさっき問い合わせたばかりのカウンターへ再び向かう。私の顔を覚えてくれていたのか、カウンターの職員さんが眉を寄せた。

「申し訳ありません。問い合わせいただいた後に届いたらしく……」

「あったよ！」

注意事項も忘れ、私は振り返って叫ぶ。

疲れがどっと出たのか、二人ともよたよたとこちらへやってきた。

「本当にゴメン。このタイミングだと、単なる置き忘れだね。たぶん、盗難じゃない」

「よかったあ……」玲奈は安堵に顔を綻ばせたが、

「ちょっと待て」大我は緊張を解いていない。

「確認しないとだめだ。スイッチが押されたかどうか」

私はスイッチのアイコンをクリックした。

それまでなら、「スイッチを押しますか？　押す場合はパスワードを入力してください」のメッセージが表示されるはずだった。

だが現れたのは——。

「スイッチはすでに作動しています」

三　白露

「はーい安楽でーす」

スマホから響くのは、間延びした心理コンサルタントの声。私は図書館内の携帯電話通話可能スペースに移動している。

「こんばんは。安楽さん、私です。アルバイトの箱川です」

「あっ、はいはーい。箱川小雪さんねー？　どうかしました？」

「もうお気付きかもしれませんけど」

私は声を落とす。

「ついさっき、私のスマホで、スイッチが作動しています」

「うんうん、お気付きですよ？　作動した瞬間、こっちにメールが来る仕組みだから」

「それなんですけど……私じゃないんです」

「へえ？」

「スマホを盗まれたんです。すぐに戻ってきましたけど、そのときにはもう作動していました。誰かが、私のスマホを盗んでスイッチを押したんです！」

「……ほほう、それはそれは」

電波を介してでも、安楽さんの中で何かのギアが入った気配を感じた。

「僕としたことが、そこまでは想定してなかったな。まあ、アリっちゃアリ、か」

「安楽さん、スイッチを押したらあのパン屋さんへの援助を打ち切るって話でしたけど、まだ連絡とか、してませんよね」

「うん、それはまだ。書面で予告することになってるからね」

「よかった。そういうわけであのスイッチは私が押したものじゃないんです。ですから、援助は打ち切らないで」

「いいや？　打ち切るよ」

即座に答えがあった。弾んだ声で。

「どうして、ですか」

「これは僕も想定していなかったケースではあるけど、事前に通告したルールの中に、『他人のスイッチを盗んで使ってはいけない』という決まりはなかった。だから僕としては、これを有効と判定したい」

「安楽さんはインタビューが目的でしょう？　誰が押したか分からなかったら、困るんじゃないですか」

「いや、僕が一番知りたかったのは、スイッチを押す人間が存在するかっていう点だからね。インタビューできないのは残念だけど、それは本命じゃない」

「ズルく、ないですか」

「うん？」

「あのスイッチは、人を傷付けたいって悪意を抱えている人間が、なるべく罪悪感を覚えずにそれを実行できるようにするための仕組みですよね」

「君はそう解釈してるんだね」

「だとしてもリスクはゼロじゃない。少なくとも安楽さんには、自分がスイッチを押したって筒抜けになってしまう。でも人のスイッチを使ったら、そのリスクさえゼロにできる。あまりにも卑怯じゃないですか」

「そのズルさが興味深い、とも言える」

笑いを含んだ声。

「正直なところ、誰もスイッチを押さなかったなんて結果よりは面白い実験結果が得られたと僕は喜んでいる。もう最終日だったし、作動はないかなとあきらめかけていたこともあるしね」

私が言葉を継げないでいると、心理コンサルタントは、

「ま、箱川さんが責任を感じる必要はないと思うよ。たまたま君のスマホが盗みやすい場所にあった、ってだけでしょう。だからノーカンにはしない。規定通り、ホワイト・ドワーフへの援助は打ち切りにしまーす」

件名：実験終了とインタビューのお知らせ
送信者：安楽是清
本文：
はい、心理コンサルタントの安楽でーす。
一ヵ月間のアルバイトは本日で終了となりまーす。

皆さんお疲れ様でした。

さて、今後のスケジュールを説明します。

実験の主目的であるスイッチについてですが、
最終日の本日十八時三十六分に作動しました。

本来なら作動させた人物はアプリの送信記録から判明するはずなんですが、
実は、ちょっとしたアクシデントが発生しています。

どうやらスイッチが作動した際、スマホは持ち主の手元から離れた位置にあり、
その状況を利用して他の誰かが作動させた様子なのです！

持ち主から確認した限りでは、参加者全員に作動させる機会があったと思われます。

そこで事前の説明とは異なる形になり申し訳ないですが、インタビューの日程を変更させてもらいます。

スイッチを押したのが誰なのか判らなくなってしまったからです。

全員にインタビューをさせてもらうという点は予告のままですが、回数を増やします。

各人、一週間ぐらい間を置いて、一時間程度、二〜三回の聞き取りを行う予定です。

ボーナスの百万円については、一回目のインタビュー後に払い込みますのでご心配なく。

二回目以降のインタビューにも若干の謝礼金を用意しております。

各人、都合のよい日程を教えてもらえますでしょうか。

インタビューは、狼谷大学の空き教室を借りて行う予定です。

なお予告通り、スイッチの効力は発生させます。明日、書面で援助打ち切りを通告する予定です。


九月十二日、午後三時。

私は学内の空き教室前でインタビューの順番を待っていた。

私の希望は三時ちょうどからだったけれど、前の人が長引いているらしい。まだ後期の授業は始まっていないので、時間に余裕はあるから問題ない。

「お待たせして申し訳ない」

三時五分になって、ドアから姿を現したのは茂木さんだった。

「休憩は要らないと仰ってますので、このままどうぞ」

「茂木さん」

私は無遠慮な質問をぶつけた。

「仏教者の茂木さんは、どう思ってますか。スイッチを押した人のこと」

「どうも思いませんな」

振り返った茂木さんの瞳は、憎しみも憐れみも浮かべてはいない。

「悪人正機、という言葉はご存じですな？　必修の仏教学で学んでおられるはず。その思想に従う限り、私は手を合わせ、拝むだけです」

悪人正機。

私の解釈が正しいとするならば、人間は善人であっても悪人であっても等しく救われる権利を持つ、という考え方だ。

たとえば世界の終わり、星が粉々に砕け、全人類が奈落へ吸い込まれそうな状況で、お釈迦様や弥勒菩薩が降臨したとする。差し伸べられた手は、一度に全員を助けることはできない。そんなとき、仏様は悪人と善人をいちいち選り分けるだろうか。

——そんなことはしない。選別する手間がもったいない。区別などせず、機械的に、手に近い位置にいる人々から救う。人々を救済する装置として仏を定義した場合、そのように動くと解釈するのが合理的な発想だろう。

「人を傷付けたものに対しても、傷付けられたものに対しても。私は等しく合掌、念仏するのみ。それだけですな」

そういって遠ざかって行く僧服の背中に、私は揺らぎの無い強さを感じた。

でも、だからと言って、この人が押していないとは限らない。

悪行も善行も等価値とするなら、悪行に手を染めてもいい、という解釈も成り立つからだ。

「さて箱川さん、インタビューは、君で最後です」

面談は一対一なので、二十人が定員の教室でもがらんとしている。私と安楽さんは教壇の近くではなく、教室のほぼ中央にある座席で向かい合った。

「ここで耳寄りなお知らせがあります。六人の参加者の中で、君が一番シロ目です」

意外だった。

「安楽さんのことだから、一番疑われてるかもってびくびくしてました」

「スマホを失くしたのが嘘かもしれないって?」

人の悪い笑いが心理コンサルタントの顔に広がった。

「そう疑ってなかったといえば、嘘になるけどね」

安楽さんは手に持ったタブレットに眼を落とす。

「他のインタビューを組み合わせた結果、少なくとも君の仕業ではないだろうという結論に至った」

「そんなの、私に教えてくれるんですか」

「人手が足りないからさ。ほとんどシロが確定している君に、アイデアを出してもらえないかって期待してる。もちろん、貢献度合いに応じて報酬は差し上げよう」

ちゃっかりしている。その申し出に頷いた私も似たようなものだった。

「さて、皆のインタビューを元にして、スイッチを押した誰か……『犯人』と呼ぶのもおおげさだから、仮に『S』と呼ぼうかな。この人物が君のスマホに触れる機会があった時間帯について、簡単にまとめてみた」

安楽さんはタブレットの画面を私に示す。表計算ソフトに、簡単なタイムテーブルが入力されていた。

18:20〜30頃	箱川、ガイドブックを借りるため地下一階貸出カウンターへ向かう（事前に返却カートで同資料を閲覧しており、その際、カートにスマホを忘れたものと思われる）
○18:28〜36頃	数十回のパスワードエラーの後、箱川のスイッチが作動する
18:32〜38頃	箱川、同階の自動貸出機で貸出処理。その後周辺で資料を探す
18:38頃	箱川、スマホの紛失に気付き、地下一階カウンターに問い合わせるも見つからず
18:40〜45頃	三島・桐山が図書館内を捜索。各階のスタッフに問い合わせるが見つからず
●18:40〜45頃	箱川、地下一階で待機（移動していないことを徐が確認）
●18:43	一階新聞閲覧室の返却カートに放置されていたスマホをスタッフが発見、地下一階カウンターに届ける
18:45	地下一階カウンターに再度問い合わせ。スマホを回収

「大まかな流れはこんな感じだね。○部分はアプリの送信データから判明した記録、●部分は徐君からのヒアリング結果だ。その他は、箱川さんも憶えてると思うから、齟齬（そご）がないか確認してほしい」

二回、読み直したけれど、私の記憶と食い違っている部分はなかった。

「スマホが見つかった時間と場所は知りませんでした」

「徐君が図書館スタッフの記録を見て教えてくれたんだ。この程度なら機密問題にはならないだろう」

安楽さんは右目を閉じた。口外禁止のジェスチャーらしい。

「落とし物を見つけた図書館スタッフは、見つけた時間帯と場所を専用の用紙に記録して、ファイルに綴じておくことになっているそうだ。だから十八時四十三分というはっきりした時間が残っている。徐君が嘘をついている可能性はゼロじゃないけど、ファイルに書きとめてある内容を偽るとは思えないから、まず信頼して問題ないだろう」

「そうすると、犯人、じゃなくてSは、地下一階の返却カートからスマホを持ち去った後、一階のカートに戻したってことになりますね」

「重要なのは、スマホが見つかるまでの間、君がずっと地下一階にいたらしいってところだ。スマホの紛失が君自身の狂言だったとしても、君にはスマホを一階へ持って行く機会がない。だから君はSじゃない」

「重箱の隅を突くようですけど、私が誰かに持って行かせた可能性だってあり得ますよね。参加者以外でも、事情を知らない人に頼んだとか」

「あり得ないとは言いきれないけど、必然性が感じられない」

　安楽さんは手を挙げる。

「箱川さん、君が自分のスマホを盗まれたように偽装する理由は、自分がスイッチを押したと知られたくないから、くらいしか考えられない。君が普通にスイッチを作動させた場合、それを知られる相手は僕一人。誰かにスマホを持って行ってもらった場合も、その人物には君の偽装が把握されてしまう。君の悪意が知れ渡るリスクは、大して変わらないんじゃないかな」

　……たしかに私が自作自演をする場合、大我か玲奈に頼んで一階へスマホを持って行ってもらうという形が自然だろう。つまり私は自分がスイッチを作動させたと隠したいために小細工をする人間だと、どちらかにはバレてしまうことになる。そんな恥をかくくらいなら、事前に口外はしないと明言している安楽さんだけに知ってもらう方が気は楽だ。

　まあ、そもそもこんな仮定に意味はない。

　私はスイッチを作動させてなどいない。そのことは私自身が分かっているのだから。

「とりあえず、自作自演は除外して状況を整理しようか。君と桐山さん、三島君が図書館の地下へやってきた。返却カートにガイドブックを見つけた君は、手に取って読んでいるうち、カートにスマホを置き忘れてしまった。つまり、Sが君のスマホを持ち去ったのは、十八時二十分以降ということになるかな」

「私の記憶に間違いがなかったら、ですけどね」

「それから君は、同じ階の貸出カウンターへ本を借りに行った。カウンターは混雑していたから、自動貸出機の場所へ移動して、近くの本棚をブラウジングしていた……その間、三島君と桐山さんにはスマホを見つけて、持ち去る機会があったことになる。三島君の方は君が自動貸出機を使うとき近くにいたけれど、それ以外は同じだね」

私はカウンターから戻ってきたときの二人を思い出した。二人とも、私が貸出手続きに行く前には持っていなかった本をテーブルに並べていた——少なくともどちらかには、書架へ移動する時間があったことになる。

「二人して書架を回って税金関係の本を探していたそうだ。二手に分かれた時間もあったらしいから、相方に気付かれないよう、君のスマホを隠してスイッチを入れるのも難しくはなかった」

　当然、一階へ上がって用済みになったスマホを放置することも可能だったはずだ。あるいは後で探しに行った際に置いたのかもしれない。

「次に、院生の徐博文(はくぶん)君だけど、君たちも知っての通り、彼は図書館内でスタッフとして勤務中だった。ちなみにスマホを一階で見つけて、カウンターへ届けたのは彼とは別のスタッフだ。徐君自身も各階を巡回していたみたいだけど、桐山さん・三島君のどちらにも出くわさなかったみたいだね。彼は十八時四十分から四十五分頃までは君の近くにいたことになっているけど、その前にスイッチを作動させて、一階に置くことは可能だった」

　徐さんはスイッチを押すことにこだわっていない口ぶりだった。

　あの様子ならスマホなんて盗まない気がする。しかしまあ、自分がスイッチなんて気にしないというアピールをしていたとも考えられる。疑いだしたら、きりがない話だ。

「さて、問題の時間、図書館内にいたと自己申告してくれているのは以上の三名。残り二名、茂木水観(すいかん)氏と香川霞(かすみ)さんは、館内にはいなかったと主張している。ただし、それを裏付ける情報はない」

　安楽さんはタブレットに表示させたキャンパスマップをつついた。勤行館と、生協会館の所在が赤く表示されている。

「茂木さんは勤務時間内だったから、職場の誰かが証人になってくれそうなものだけど……各々、持ち場には一人しか割り当てられていない状態だったらしい」

　閉講期だし、不自然な話じゃない。実際、「心の相談」に行ったときもカウンターで一人きりだった。

「香川さんの方は、十六時から十九時くらいまで生協のオープンカフェで油を売っていたそうだ。このキャンパスは大した広さじゃないから、二人とも図書館に出入りする時間は充分にあった」

「図書館に入館していたとしたら、ゲートを通らなきゃだめですよね」

　私は館内の地図を思い浮かべた。利用者が使える図書館の入り口は一階の一ヵ所のみ。改札口のような入退館ゲートが複数台設置されていて、学生証もしくは教職員証――卒業生の場合は支給される校友カード――をかざさないと通過できない。ゲートにカードをかざすと「ぴろん」と電子音が鳴るはずだ。あれがどういう処理なのか具体的には知らないけれど、通過したときのデータとかは残るんじゃないだろうか。

「図書館に頼んで入館記録を見せてもらうことはできないんですか？　監視カメラとかも」

「それは、厳しい。徐君のようなアルバイトがどうにかできるレベルじゃないからね。基本的に大学図書館はガードが堅いんだよ。たぶん、警察が頼んでもすぐには見せてくれないだろうな」

そんなに厳重なものなんだ。

「それに、カードを使わなくてもいい図書の搬入口や、職員用通路だって存在するだろう？　二人とも職員と卒業生なんだから、図書館の知り合いに頼んで入れてもらえるかもしれない……」

けっきょく、最初に言った通り、私以外は除外できないわけか。

私はもう一度タイムテーブルを確かめた。

「十八時二十八分から三十六分頃の、パスワードエラー数十回っていうのは……たぶん、犯人がパスワードを試してたんですよね」

「そう解釈するのが妥当だろうね」

タブレットを叩いている。

「スイッチを作動させるパスワードは、全員、生年月日の月日で固定されていた。当たりを引く確率は三百六十五分の一と踏んで、賭けに出たんだろうね。そして成功した」

「三回間違ったら使えなくなるとか、そういうロックは用意してなかったんですね？」

「申し訳ない。僕の認識が甘かった」

安楽さんは爪先であごを引っかいた。

本当だろうか。こういうズルも見越して、あえてセキュリティを甘くしたのでは？

私の疑念が伝わったのか、はぐらかすように眉が動く。

「ちなみに間違えた番号も記録は残ってる。それぞれ入力された時刻を対応させるとこんな感じだ」

新しいタイムテーブルが表示された。

「最終的に正しいパスワード、1217が十八時三十五分に入力されている。正確には十八時三十五分二十秒。スイッチが作動したのは、その一分後だった」

……しばらく数列とにらめっこしてみたけれど、パスワードと時刻の対応が教えてくれることは少なかった。一分につき、だいたい五〜十個入力していたんだな、という程度だ。後になるほど入力速度が上がっているのは、素直に考えると慣れのせいだろう。

それよりも私が気になったのは、パスワードの上二桁だった。

誕生日が対応しているから、この二桁は月になる。犯人が私の誕生日だろうと当たりをつけて入力した月は、十一月〜三月に限られているという意味だ。

「これ、私の名前でしょうか」

思い当たったことを口にすると、安楽さんも頷いた。

「うん、僕もそう思う。箱川小雪さん、君の名前を聞いて、盛夏の生まれだろうって想像する人はほとんどいないだろう。超異常気象で真夏に雪が降った日に生まれたとか、海外旅行先の

時刻	入力したパスワード				
18:28	1102	1203	0117	0204	0329
18:29	1114	1213	0125	0228	0305
18:30	1115	1216	0129	0210	0310
18:31	1122	1224	0128	0215	0320
18:32	1130	1227	0103	0218	0307
	1124	1230	0112	0223	0331
18:33	1123	1202	1205	1126	1128
	1204	1129	1125	1201	1127
	1206				
18:35	1217（正解）				

雪山でお母さんが産気付いたとか、そういうレアケースもあるだろうけれど、試してみる優先順位としては低いだろうし」

そんな事実はない。生まれたとき、病室の窓に雪がちらほら舞っていた。それだけの意味合いなのだ。

「さらに言えば、雪に『小』がつくことで、なんとなく冬本番の生まれじゃないようなニュアンスも感じられなくもない。だから気象庁なんかの季節区分では冬に該当しない、十一月と三月も候補に加えて、狙いを十一〜三月に絞ったってところだろうね。とはいえ、君の名前を知っていたというだけじゃあ、Sの範囲を限定するのは難しいけど」

私の名前……。

とくにルールがあるわけじゃないけれど、私のゼミでは先輩・後輩を問わず「名字＋さん」で呼び合うことが多い。でも、一緒にいることが多い玲奈は私を「小雪ちゃん」呼びしているので、徐さんも香川さんも、私の名前がとっさに浮かばないようなことはないはずだ。茂木さんにも、この前「心の相談」をしてもらった際に記名した申込用紙を提出している。

だからパスワードの候補を晩秋〜初春に限定している——私のフルネームを知っている——だけでは、誰も除外できないという結論になってしまう。

「Sはどこでパスワードを入力していたのか。トイレ？　人気のない廊下？　いずれにせよ、あまり時間がかかるようだったら怪しまれるし、誰かから電話がかかってきたら着信音やタイミングでバレてしまうかもしれない。ところが当たりを引いてしまった。君が紛失に気付く前にね」

作動させたら、後はスマホを返すだけでよかった……Sが大我か玲奈だったら、何食わぬ顔をしてスマホ捜索に加わればよかった。徐さんならスタッフ業務をそのまま続けるだけだし、香川さんか茂木さんだったら、私たちに見咎められないように図書館を抜け出したらいい。

Sが誰にせよ、私があのカートにスマホを忘れることまで予想はできないはずだ。だから茂木さんがSだった場合、持ち場に自分しかいないのに仕事を放棄して図書館へやってきた流れになる。その際、たまたまカートに私のスマホを見つけて、スイッチを使ったことになるわけで……不自然じゃないかな？

そうとも言いきれないか。急に仕事で資料が必要になったから図書館へ探しにやっできたとも考えられる。でも、カートに残っているスマホを見て、私のものだと判るだろうか？

何とも言えない。ホーム画面にはスイッチのアプリが表示されているから、それだけで実験に参加した誰かのスマホだと分かる。プロフィール画面に名字や生年月日等の個人情報は入力していないけれど、メールの送受信記録を漁れば、私の名前くらいは出てくるはずだ。

しばらく私たちは沈黙していた。お互い、指摘できる内容がゼロになったのだ。

「うーん……けっきょく一回りしたけど、証言の食い違いもなかったし、これだけでSを割り出すのは難しいか」

安楽さんは右手を団扇のように動かした。

「では、一回目のインタビューはこれでおしまい。予告通り、報酬は振り込んであるから、確かめておいてね」

「今回の実験、安楽さんの言う『理由のない悪』ってものを見つけるのが目的ですよね」

私は話題を変える。Sを特定する手助けにはならなくても、この時間を実のあるものにしたかった。

「見つけるというか、まあ、片鱗にでも触れたいって気持ちだね」

「安楽さんから見て、このSはそういうものでしたか」

「まだわからないなあ。ただ、純度は百パーセントじゃないね。仮に今回のSが僕の想定していたような動機でスイッチを押していたとしても、その悪意は完璧なものじゃない」

「誰かも判らない段階で、どうしてそこまで判定できるんですか」

「簡単だよ」

安楽さんは指を曲げて、スイッチを押すジェスチャーを見せた。

「実験開始後、直ちにスイッチを作動させる……そう動くのが、僕の考える純粋な悪の条件だったからさ」

よくわからない設定だ。

というより、私には悪という言葉自体がしっくりこない。園長先生に最悪呼ばわりされながら、これまで「悪」と呼ばれる概念について追究してこなかったことに、今更気付く。

「そもそも、安楽さんの考える悪って、どういう性質のものなんですか？」

「そういえば、説明してなかったね。詳しく話したのは、どういう悪が純粋なのか、って話だけだったかも」

安楽さんは眉毛の正面で指を鳴らした。

「よし、特別サービスで解説してあげよう。人に教えたり、ＷＥＢに上げたりはしないでね」

タブレットをタップして、安楽さんは何かのアプリケーションを立ち上げた。白いウインドウの横に、筆や鉛筆の形をしたアイコンが並んでいる。シンプルなお絵かき用ツールのようだ。

安楽さんの指が上下左右に動いた後、ウインドウには四角形が現れた。続いて、四角形の右辺に縮れ毛のような曲線を一本だけ、生やした。

「不細工な絵面でごめんね。これはコンピューターの概念図だ。四角形が本体、右端のもじゃもじゃはセンサーね。こいつはとっても賢いコンピューターで、センサーをくっつけることで人間の精神を読み取ることもできる。こいつの名前を――そうだな、仮に、『悪い子マシン』と名付けよう」

……ファンシーすぎる。

「いや、もう少し緊張感のある名前にするべきかな……悪事進行機械……いや、『悪行機械』と呼ぼう」

断然、いい感じだ。心理学の論文に出てきても違和感のない名称だと思う。

「この悪行機械の仕事はただ一つ。傍に人間が来たら、それが誰であれ害を与えることだ。殺人、暴行、窃盗、エトセトラ。とにかく、何でも実現可能なんだ」

言葉を切って、安楽さんはタブレットの悪行機械を指で突いた。

「この悪行機械こそが、僕の考える純粋な悪の、簡単かつ明快なモデルだと考えてもらえばいい」

話を咀嚼するのに十数秒かかった。

「これって、人間に置き換えると」私は恐る恐る訊いた。「道を歩いていて、出会った相手を手当たり次第に傷付けるだけの人間、ってことになりますよね。そういう存在が、先生の想定する究極の悪なんですよね」

「その認識で構わない」

「小さくないですか？　究極とか、純粋の悪とか聞くと、もっと大量殺戮とか、大破壊とかを連想しがちなんですけど」

「ああ、それは勘違いしてる。スケールの問題じゃないんだよ」

　子供をあやすような優しい声をかけられる。

「数の多さで言えば、万単位で人命が蕩尽されることも珍しくない戦争は紛れもない悪だけど、敵の兵士を殺害する行為は、軍事国家なら戦果として讃えられる例もしばしばだろう？　そんな国でも、通りすがりの人を殺めたら刑務所に放り込まれるのは、なぜだと思う？」

　私は少しだけ答えに迷った後で、

「線引きがあるからじゃないでしょうか。私たちの国と、別の国がある。国を守ることが一番大事だって皆考えてるから、そのための人殺しは許される。『同じ国で暮らしている皆を守るための殺人』だから……反対に、通り魔が同じ国の人間を殺すのは、その大事な皆の一人を損なう行為だから許されない。そんなところじゃないですか？」

「その線引きは、不変のものかな？」

「時代によって変わってくるとは思います。戦国時代とか、今でいう国みたいな認識は地方レベルでしたよね」

「時代を遡るたびに、自分たちの国とそれ以外の国……言い換えれば『わたしたち』と『他のやつら』の線引きは変化する。『わたしたち』の範囲はどんどん狭く、『他のやつら』はどんどん広がって行く。行き着くところ、『わたしたち』はどこまで小さくできるものかな?」

「家族、でしょうか」

「しかし、家族の中でも一切の殺人が禁止されていたわけじゃない。食糧事情に応じて、『間引き』と呼ばれる子殺しは世界中で横行していたし、家族間で集団の主導権を巡って殺し合いが繰り広げられる事例もあった。日本の鎌倉・室町時代には頻繁に見られるお家騒動とかね……まとめると、殺人、という究極の加害行為でさえも、集団を維持する目的なら許容されていた」

話を切って、安楽さんは一瞬、目を閉じた。重要な段落にさしかかった合図だろうか。

「さて、ここで疑問が生じる。集団を維持するために加害行為が許容されたのだろうか。それとも、加害行為をコントロールするために集団を維持したのだろうか」

とんでもない話になってきた。

「先に、悪行機械の話をしたってことは」

私はコンサルタントの用意した正答を引っ張ってくる。

「安楽さんは、後者だと思ってるんですね」

つまり、人間の本質は悪行機械のような存在だけど、それでは世界中が殺し合いになって人類は滅亡してしまう。それを避けるための作用――ストッパーのようなものが働いた結果、「集団の邪魔になるものだけ害していい」というルールが出来上がったと……。

「異論はあるだろうけれど、僕はそう信じている」

安楽さんは力強い声で言った。

「根拠はないけどね」

「ええっ」

さすがに私は大声を上げていた。

「こう、検証とか……統計とか……そういうのはないんですか」

「こじつけは可能だよ？　日本では通り魔殺人の方が、家庭内の虐待死に比べて圧倒的に量刑が重いとか、マスコミが取り上げる件数が多いとか……でもまあ、非の打ち所のない論証はまだ無理だから。僕に限らず社会学とか心理学系の研究者って、論証を疎かにすることも多いしねえ」

研究者とは思えない発言が飛び出した。

「まあ、けっきょくのところ、そう考えた方が面白いから、って理由で僕はこの説を唱えてる」

率直すぎる。褒められないタイプの正直だ……。

「まとめると、傍にいる人間を無差別に傷付けるような悪行機械が人間の本質で」

眩暈を覚えながら、私はコンサルタントの言葉を整理した。

「普段は集団の中で他害衝動を封じている。集団の利益になる、という状況下でだけ本質をさらけ出すことが許されるって話ですか」

「そんなところだね。ようするに僕の考える悪とは、他者を傷付ける行為、という単純なもの。その衝動を解放させる状況によって評価が異なってくる。戦争のような、ルールで許されている他害行為は純度が低い。あいつが憎いとかあいつが持っているアレが欲しいという理由で振りおろされる暴力は、それに比べるとマシだけどまだまだ濁っている。そして悪行機械のように、理由も躊躇もなく実行される他害行為こそが」

　安楽さんはタブレットを持ち上げ、画像の悪行機械を慈しむように撫でた。

「僕の求める、純粋な悪だったのさ。そういう人間が君たちの中に混じっていたなら、実験開始直後にスイッチを押してくれるはずだった」

　実験終了寸前まで粘ったり、他人のスマホを盗んだりするようでは理想に程遠いというわけか。

　安楽さんの理想とする悪と、Sの行動のズレが気になった。

　少なくともSは、人を傷付ける機会があったら何の躊躇も計算もなく実行するような人格でないのは確実。けれども最終的にはイレギュラーな方法でスイッチを作動させているのだから――。

「安楽さんの想定した悪のモデルに対して、Sの行動は『終了ギリギリまで作動させなかった』『自分のスマホを使わなかった』の二点がズレているわけですよね？　だったら、この二つの行動を採るしかなかった理由を分析したら、実像に近付けるんじゃないでしょうか」

「うん、箱川さんもなかなか鋭いな」

安楽さんは狐属のように目を細くする。

「さっき、同じ指摘を茂木さんもしてくれた」

なんだ、私が初めてじゃなかったんだ。

「その点に関しては、僕も思うところがあってね。次の面談くらいには、面白い話を用意できるかもしれない」

あれ、寝てた。面談を済ませると、他にすることもなかったので、そのままマンションへ帰ったのだった。ベッドに転がってすぐ、睡魔に従ったらしい。

枕元に軽い振動を感じて、私は目を覚ます。震える液晶表示はまだ十八時。玲奈からの電話だ。

「まだ学校？」

「ううん、帰ってた。寝てた」

気にしないでと流しつつ、用件を訊いた。やはりスイッチの話題だ。

玲奈は援助を打ち切られたパン屋さん一家が気がかりで、ホワイト・ドワーフを訪ねてみようかと思ったけれど、二の足を踏んだらしい。

「いきなり閉店してたりだったら、嫌だから……」

中書島まで行っておきながらターンして、駅前の喫茶店で時間を潰していたそうだ。

「考えてたんだよ。スイッチ押したの、誰かって」

やっぱり、気になってしまうようだ。

「一番怪しいのって、茂木さんじゃない？」

「雰囲気が？」

「ちがう、ちがう」電波の向こうで玲奈の声がざらついた。笑いをこらえているらしい。

「状況的に。小雪ちゃんも安楽さんから聞いたでしょう？『S』は、何十回もパスワードを間違えてたって。つまり、Sは小雪ちゃんの誕生日を覚えてなかった！」

それは間違いない。

「だから私・大我君・徐さん、香川さんは犯人じゃないってことになる」

「えっ」

「だって、茂木さん以外は、小雪ちゃんの誕生日知ってるじゃん」

「ちょっと、ちょっと待って」

暴走気味の声を宥める。

「なんで玲奈たちが私の誕生日をはっきり憶えてることになってるの？」

「やだなあ、ゼミの飲み会で、教えてもらったじゃない、全員の誕生日」

「いつの飲み会だっけ」

「去年のゴールデンウィークに入る前。入学してから、三回目のやつ」

一年以上前……。

「あー、思い出した。誕生日プレゼントの話が出たときか」

「それそれ」

私・玲奈・大我・徐さんの所属する東洋史学専攻第三ゼミは、総勢三十名弱。定期的に企画される飲み会で親睦を深めている。人間関係が良好なのは結構な話だけど、仲良しすぎても面倒なことはある。

それまで懇親会では、直前に誕生日を迎えた出席者に対して会費からプレゼントを贈る習わしになっていた。これが、私たちの入学した頃には重荷になっていたらしいのだ。格差社会、金銭感覚の相違……諸々の事情から、プレゼント制度の廃止を決めたのが、このときの飲み会だった。

以来、ゼミの中で誕生日プレゼントをやり取りした記憶はない。メールやＳＮＳ上の誕生日メッセージも省かれている。私の場合、大我や玲奈に対してさえ、その手のやり取りはしていない。

ただし、入学した時点では廃止されていなかった伝統なので、各自、誕生日を知る機会がなかったわけじゃない。

「あれを決めたときにさ、幹事の先輩が見せてくれたじゃない。全員の、誕生日を書いたノート。あの場に私も大我君も、徐さんもいたでしょう？　だからこの三人は、小雪ちゃんの誕生日を知ってる」

「香川さんは？」

「そのとき居たのかははっきりしないけど……今回のアルバイトで、申込用紙書いたじゃん。生年月日も明記した。それを香川さんに渡してる」

声のテンションが上がる。

「だからこの四人が『Ｓ』だったら、パスワードを間違えたりしないでしょう？　残りは茂木さん一人」

一生懸命考えたんだろうな……弾んだ声に、申し訳ない気持ちになる。

「あのね、玲奈」

「うん？」

「一度ノートを見たり、事務的に眼を通したりするだけじゃ覚えられないよ。誕生日なんて」

「えっ」

そんな反論、まったく想定していなかったという声だった。

「人の誕生日って、一度知ったら忘れないじゃない」

「いや、忘れるよ？」

「またまたー、私は完璧だよ？　小雪ちゃんは十二月十七日、大我君は五月六日、徐さんは八月二十四日、香川さんは九月八日、茂木さんは七月七日、安楽さんは、四月八日」

「待って」

私はストップをかける。

有名人の安楽さんはともかく、茂木さんの生まれた月日までどうして知ってるんだろう。

「普通に聞いただけだよ？　世間話のついでに。気にならない？　人の誕生日」

「玲奈って、占いとか信じるタイプだっけ」

「いーや？　誕生日が知りたいだけ」

結構、変わった趣味かもしれない。一種のフェティシズムだろうか。

「玲奈の興味がそっちに寄ってるってだけで……普通は、そんなに記憶してないよ？」

「で、でも！　茂木さんにだけ、生年月日を知る機会がなかったのは間違いじゃないよね？」

「あー、それもゴメン」

私は勤行館のやり取りを思い出した。

「申込用紙、書いたんだよね。勤行館でも。だから茂木さんも、他の人と同じになっちゃう」

「うえええぇ」

けっきょく、誰がSだったとしても私の誕生日を知る機会はあったと判明しただけだった。

「今度会うとき、安楽さんに教えてあげようって思ってたのにい……」

ソファーか何かにぐったりもたれかかる玲奈の姿が見えてくるかのようだ。

なんか、悪いことをした気になったので、私は適当な話題を探す。

「そういえば、大我とはどんな感じ？」

「ああ、うん、いい感じだよ？」

いい感じじゃなさそうなリアクションが意外だった。

「なんか、あった？」

「あ、いや……」声があからさまに動揺している。「違うんだよ。別にだめじゃないの。彼氏ができて、それが大我君なのは嬉しい。とびきり嬉しいよ」

嬉しいけど、ね、と玲奈は声を籠もらせる。

「告られて嬉しかったんだけど、私で釣り合うのかなって思った」

「お似合いだよ？　二人」

お世辞でもなんでもない。単純に無責任にルックスを数値化したら、十段階評価で玲奈も大我も九は行くと思う。けれども玲奈が気にしているのはそんなうすっぺらな事情ではなさそうだ。

「私にとって大我君と小雪ちゃんはね、特別すぎる人なんだよ」

特別、すぎる？

私も？

「初めて二人と会ったとき、私、すごくはしゃいでたでしょう」

私は正義、正義を連呼する玲奈を思い出していた。

「まあ、テンションは高かったよね」

「どうしてあんなに喜んだと思う？　ちょっとケガしてた子供に声をかけただけなのに」

ええ……それ、玲奈が言っちゃうの？

「おおげさかな、とは思わなくもなかったけど」

「私にとって、あの子はただの知らない女の子じゃなかったの」

そう呟いてから、ふいに沈黙が続いた。

「玲奈？」

「ああ、ゴメン、ごめん。やっぱりいい」

「なにが、いいの？」

「なんか、話の流れで興奮しちゃった。やっぱりいい。こんなの、人にする話じゃないし」

「そっか」

ちょっと気まずくなった私が次の話題を探していると、

「ごめん、小雪ちゃん。やっぱり」

「やっぱり？」

「誰かに、信頼できる人に、聞いてもらいたかった話なの。いい？」

「どぞ」

ノイズ混じりの深呼吸の後、玲奈は語り始めた。

玲奈には年の離れた弟さんがいるらしい。中学生の頃、両親が離婚して、玲奈は母親、弟は父親に引き取られた。しばらくの間は、定期的に互いの家を行き来していたそうだ。

「でもお母さんも、お父さんも仕事が忙しくなっちゃって。会いに行く機会が減ったの。最後に私がお父さんたちの家に行ったときなんか、家が汚かった」

笑おうとして失敗したように、玲奈の声がうわずった。

「それから何ヵ月か経って……離婚から一年くらいかな？　街で見たんだよ」

「何を」

「ぼろぼろの子供。しみだらけの服で、絵巻物の餓鬼みたいに痩せこけてた。どんよりした眼がこっちを向いてた。それが、弟だったの」

ネグレクトってやつだろうか。お父さんは弟さんの世話を放棄した？

「ネグレクト……広い意味ではそうなるのかなあ。お父さんは一人で弟をがんばって育てて見せようって張り切ってるうちに、がんばりすぎて、心を壊しちゃったみたいなんだ。私とお母さんが家を訪ねたら、ハエと残飯の中にお父さんが蹲(うずくま)ってて、傍に弟が倒れてた。すぐに救急車を呼んで、二人とも病院送り。けっきょく回復した後、お父さんは一人で暮らすことになって、弟はおじいちゃんの家に引き取られた」

「玲奈とお母さんのところじゃなくて？」

「お母さんはそのつもりだったみたい。でもね、弟が拒否したの。私と一緒にいたくないって」

事情が飲み込めない。

「私ね、街で弟を見かけたときすぐにお母さんに教えなかったの。何日か、そのままにしてた」

「……怖かったの？」

「わからない。怖かったのかもしれないし、私も環境が変わって余裕もなかったから、見なかったことにしたかったんだと思う。弟があんな風になってるわけない、あれはまぼろしだって……でもまぼろしにはできなくて、けっきょくお母さんに伝えた。当たり前だけど、元気になってからも、弟は私を許さなかった。体重も元に戻って、肌もつやつやになったけど、私を見る眼は淀んだままだった」

「責められたりしたの」

「姉ちゃん、俺を見捨てたんだねって」

これまで玲奈から聞いたことがないような、谷底の声だった。

「それから、弟とは一度も会ってない。顔も合わせてくれない。おじいちゃんの家に行っても、絶対いやだって」

私は玲奈を、快活さの塊みたいに誤解していた。

誰にでも、暗い心模様はあるんだな。

「だからね」

声が少しだけ弾んだ。

「あの受験の日、女の子を見かけて声をかけようとしたとき、同じことをする人が二人もいたのは——本当に、嬉しかった」

色合いが変わった声に、私は居心地の悪さを感じていた。玲奈に賞賛される価値があるのは、大我だけだ。私は違う。コインが反対だったら、そのまま立ち去っていた。

「後で大我君に教えてもらったんだけどさ、大我君は似たようなシチュエーションで声をかけて、犯人扱いされた経験があるんだって。それなのに、あのときも躊躇しなかった！」

前に大我が打ち明けてくれた話だ。当然、玲奈にも話していたんだろう。

「小雪ちゃんにも聞いたよね。ああいう状況、あのときが初めてだったんでしょう？それなのに踏み出せるって、相当すごいことだよ」

過大評価にもほどがあるよ。居心地が悪くても私には、コインの件を打ち明ける勇気がない。

「大我君に告白されたときも、舞い上がる気持ちだったよ。誰でもこれに照らし合わせて正しい、正しくないって基準を持ってるよね。その物差しの上で高いところにいる男の子が、好きだと言ってくれた。嬉しかった。心がさらさらに磨かれたみたいだった。でもね」

また声が沈んだ。

「それって薄汚いよね」

泡のようなノイズがぼつ、ぼつ、と鳴った。

「なんにもきれいになってない。あの子に声をかけたところで、自分ができなかったことをしてくれた人たちと仲良くなったところで、その一人を彼氏にしたところで……私が弟を見なかったことにしようとした事実は変わらない」

潔癖すぎるなあ、というのが正直な感想だった。でも、これが玲奈なんだ。

この話、大我も聞いたのだろうか。大我は玲奈に褒めてもらったとき報われたような気持ちになったという話を、玲奈にも伝えたのだろうか。私から確認はできない。そんなのはコインに訊くまでもなく、お節介でルール違反だ。

「ねえ小雪ちゃん、私、このまま大我君の側にいていいのかな」

打ち明け話を聞いていたはずが、いつの間に回答を求められている。

よくない、なんて言えるはずがない。友達なんだから。

いいのは当たり前で、なぜいいかを納得させなくては。

なんとかして私は選択肢を二つ思い付いた。同時にコインも作る。

表：適当な回答でやりすごす。

裏：いいとは思うけど、どうしていいかは判らないと正直に答える。

コイントスは表。

「私の答えは一緒だよ。大我はお買い得物件。離れない方がいい」

「弟のことから、目を背けたままなのに？」

「背けてないじゃん」私はがんばって陽気な声を出す。

「私や大我と……とくに大我と一緒にいたいのは、ヒントを探したいって意味合いもあるんじゃない？　玲奈ができなかったことをした大我に触れて、弟さんに許してもらえる玲奈に変わりたい。玲奈は、奥底でそう願ってるんじゃないかな？　だったら、大我の側にいるのは必要な流れなんだよ」

即席にしては立派な答えを出せたと思う。後は玲奈のお気に召すかどうか。

「……ありがとう。小雪ちゃんは、すぐに答えをくれるね」

普段より一層柔らかい声が返ってきたので、安心する。

「大した答えじゃないけどね」

「そんなことない。小雪ちゃんの答えはね、いつも真剣に考えてくれてる感じがあって、それが、とくに嬉しい」

どーも、と返す。

複雑だった。本当は、真剣じゃない。真剣な問いかけに対して、私はほとんどコインに頼っていたから、真剣に答えてあげたことなんて、実のところ一度もない。

玲奈が私を高みに置くきっかけになった冬の出来事だって、同じコインのお告げなのだ。

通話を終えた後、私は自分の無責任な発言を振り返っていた。

誰でも、心の底では正しい方向を目指している。変わりたいと思っている？

玲奈は感謝してくれたけど、私には当てはまらない。

それとも——私は思い直す。

私の不誠実なコイン遊びにも、希望は混じっているのだろうか。

空想のコインに頼り続けるこの無責任が、いつか、前向きな流れに行き着くのだろうか？

次にするべき行動を思い浮かべる。実行に移すかどうかを、また、コインで決めた。

安楽さんの連絡先をコールする。

「はーい、箱川さん？」

すぐに間延びした声が返ってきた。

「確認したい話があるんです」

不躾（ぶしつけ）なのは承知の上で言う。

「安楽さんは、鹿原弘一さんが宗教法人の主宰者だったこと、ご存じでしたか」

笑いを含んだ返事が飛んできた。

「もちろん知っていたよ。スポンサーになるとき、出資先の素行調査くらいするからね。その上で、問題はないと判断した」

宗教法人がバックについている商店なんて珍しくもないんだよ、と安楽さんは言う。

「反社会的な活動に関わっていた場合、せっかく援助しても剣呑(けんのん)な用途に使われるかもしれないから、当然、警戒はしている。でも弘一さんの主宰していた法人は、少なくとも記録に残っている限りは穏健な団体だったし、出資の時点で解散していたからね。単純に、『流行(はや)っていないパン屋さん』にお金をあげたというだけで、問題はないと考えている」

「いえ、出資の判断をどうこう言いたいわけじゃないんです。ただ……」

きつい調子にならないよう、私は声を整える。

「その宗教団体が経営する保育施設に、私が通っていたこともご存じでしたか」

「知ってた」

さらりと肯定された。

「最初からじゃあ、ないけどね？　実験が始まった後で、参加者全員を軽く調べさせてもらったんだ。君は鹿原さんが園長を務めていた保育施設の利用者で――彼が下した判定をきっかけにして、園が閉鎖されたことまで把握しているよ」

そこまで正直に教えてくれるなら、こちらも駆け引きはしない。

初めてホワイト・ドワーフを訪れた際は違和感を覚えただけだったこと、後で弘一さんと二人きりで話した際に確信を持ったこと、弘一さんに謝罪されたこと等を、私は手短に伝えた。

「これ、問題にはしなかったんですか」

「どうして？」

「安楽さんの目論見と外れるじゃないですか。私は園長先生を恨んでいるかもしれなかったわけで、そういう動機でスイッチを作動させたかも」

「開始前にも説明したけど、ある程度のバイアスは許容すべきという考えなんだ。君が心底弘一さんを憎悪していたなら、彼の居場所を見つけ出すのは難しくないだろうし、実験よりはるか前に行動を起こしていたはずだからね。君はそこまで弘一さんを気にしていないと断定したんだよ」

「気にしていないわけでもないんですよ」

なおも、私は包み隠さず伝える。

「小さい頃に、ああいう扱いを受けたことはすごく不愉快でした。でも復讐を望んでいるわけでもありません。安楽さんは、打ち切ったホワイト・ドワーフへの援助を再開させるつもりはないんですよね」

「そうする必要性も、義理も感じないね」

「経済的には不可能じゃないですよね。再開したくても貯金が足りないとかはないですよね」

「うん、そこまで逼迫はしていない」

「だったら」

私はコインに許可された決断を投げかけた。

「私が『S』を見つけ出したら、報酬としてパン屋さんへの援助を復活させてくれませんか」

「どうしてだい」

戸惑いが十パーセント、残りは興味で構成されているような反応だった。

「さすがに寛大すぎはしないかい？　箱川さんが、あそこの人たちを助ける義理はゼロだ。おおげさな言い方をするなら、君は歪んだ宗教思想教育の被害者であるとも言える。その君が、彼らを救って何を得るのかな」

そう言われると、言葉に詰まってしまう。自分でも上手く説明できないのだ。

無理矢理理由を考えるなら、よくわからない実験のせいで悪を為してしまったSも、知り合いの一人なのは間違いないのだから、その人の精神的負担を軽減してあげたい……そんなところだろうか？　それに園長先生と柚子さんはともかく、子供に落ち度があるわけじゃない。

「一つ理由を思い付いたよ。君は、怒るのが苦手なんじゃない？」

ところが安楽さんが引っ張り出したのは予想外の解釈だった。

「幼い頃弘一さんに受けた仕打ちのせいで、自分を軽視する傾向が箱川さんにあるとしたら、苦手なのも無理も無い話だ。自分を大事にできない人間はね、怒るべきときにも怒れないからね」

「……それも心理学ですか」

声が震えていることを自覚する。

「いや、学問以前の基本的な理屈だよ。大事なものを傷付けられたとき、人は怒る。抱えていた高価なツボをぶん投げられたら、頭に来て当然だろう？　これが百均のツボや拾ったガラクタだったら、そうでもない。ツボも自分自身も同じだ。君が、抱えている君自身に価値を見出していなかったら、いくら傷付けられても怒りは芽生えない」

「私にとって、私はガラクタだって言いたいんですか」

「そう言われて、腹は立ったかな？」

私は意味もなくベッドの一辺を見つめた。

「くやしいけど、そんなでもありません……」

「ゴメンね。いじめてるわけじゃあないんだよ」

宥めるような声が響く。

「ただ、これだけは指摘しておきたい。箱川さんが自分をガラクタ扱いしているとして、その原因は弘一さんにあるんだよ。君が弘一さんに対して怒れないのは、他でもない弘一さんのせいかもしれないんだ。それでもなお、君はあの人たちを助けたいのかな？」

コインを投げる。表↓助けたい、裏↓再検討する。

表が出た。

「助けたいです」

善人のように、私は言い切った。

「そっか。それならとりあえずは了解しておくよ。Sが誰なのか教えてくれるなら、パン屋さんに対する援助を復活させよう」

やさしい……と思いきや、心理コンサルタントは余計な一言を忘れない。

「まあ、見つけられたら、の話だけどね」

翌日の朝、メールで香川さんからお誘いがあった。

「一緒にホワイト・ドワーフの様子を見に行きませんか？　一人で行くのは怖いので」

正直な人だ。メンバーに声をかけたところ、都合が付いたのは玲奈と大我の二人だけだった。

夕方、最寄りの駅で待ち合わせて、草原の道を歩く。先頭を歩いている香川さんの様子が少しおかしい。

「うー」

頭を振り子状に揺らしている。追いついて顔を覗き込むと、ほのかに赤い。

「熱でもあるんじゃ……」

言いかけて、アルコールの香りに気付いた。

「あー、バレちゃったー？」とろん、と瞳が泳いでいる。

「シラフで会いに行くのが怖かったのー、景気付けに一本、空けちゃったあ」

「うわあ……」

玲奈が電車内で粗相したサラリーマンを見たときみたいな顔をした。

この人……いよいよダメだ。

「うっひはひー」

ふにゃふにゃの動作で草を一本ちぎり、スキップで駆けていく。

「とりあえず、香川さんは違うね」

玲奈が耳打ちしてきた。

そうだろうか？　自分で押してしまったからこそ、この惨状なのかもしれないし

――。

いや、ないかな？　今になってみるとこの人に、他人のスマホを盗んで責任逃れするような図太さが備わっているとは思えない。

「今、ちょっと思い付いたんだけどな」大我が頭を掻きながら言う。

「Sがスイッチを作動させたのが最後の日になった理由……わかったかもしれない」

私は面談でのやり取りを思い出す。

安楽さんも重視しているという二つのポイント。作動が最終日になったこと、自分のスマホを使わなかったこと。一つ目の回答を、大我は得たという。

「それは、小雪ちゃんがスマホを忘れたからじゃないの」そんなに不思議？　と言いたげに顎を上げる玲奈。

「そうとも考えられるけどさ、そもそも最終日まで押すふんぎりがつかないような奴は、他人のスマホを見つけても、押したりしないんじゃねえか？」

玲奈は首を揺らす。合わせて髪が揺れた。

「元々、最終日にスイッチは押すつもりで、偶然、小雪ちゃんのスイッチが使える状況になったからそれに乗ったってこと？」

「その方が、行動に一貫性がある。根拠はないけどな……Sは、パン屋の人たちにスイッチの件を教えたんじゃないか？　実験が始まった直後くらいに」

意外な見解が飛び出した。

「「何のために」」

私と玲奈が同時に飛び付いたので、大我は気恥ずかしそうに頬を掻いた。

「……Sが人を傷付けたり苦しめたりするのが大好きなクズだとするだろ？　そしたら考えるんじゃねえか？　援助が打ち切られるかもってパン屋の人たちを怯えるだけ怯えさせたあげく、ぎりぎりに作動させたら気持ちがいいんじゃないかって」

そこまで言って、大我は自分を見つめている玲奈に気付き、

「いや、推測だからな！　自白してるわけじゃねーから！」

「大丈夫。信じてるよ」

玲奈は真顔で保証した。

「でもその場合、パン屋さんは安楽さんに注進するんじゃないかな？　実験中にスイッチの件を暴露するのはルール違反でしょう？　安楽さんが怒って実験が中止になったら、援助打ち切り自体も取り消しになるかもしれないわけだし、試してみる価値はあるはずだよ」

意外に厳しい検証だった。だめか、と大我はうなだれる。

「けど、Sがスイッチの話を教えてるんじゃないかって発想は新鮮だったかも」

彼氏の肩を叩く玲奈。

香川さんはどうしたかなと前方に視線を動かすと、背の高い草の小道に、メトロノームみたいな酔っぱらいの影が揺れている。その先に、ホワイト・ドワーフの丘が見えてきた。


とりあえず、「閉店」の看板が下りていなかったことに私は胸をなで下ろす。

店内はカウンターに柚子さんがいるだけで、チビッ子たちも、望さんも見当たらない。厨房に籠もっているのだろうか。

テーブルでパンを選んでいると、柚子さんに話しかけられた。

「娘と仲良くしていただいているみたいで、ありがとうございます」

頭を下げられて恐縮する。

「仲良くといっても、ランチで世間話する程度ですけれど」

「それだけでも、あの子は喜んでいるはずです。高校を卒業して、すぐに家業を手伝ってもらっていますから……」

柚子さんが眉をひそめる。たしかに家業に従事していたら同年代の知り合いが少なくなりがちかもしれない。望さんは活発なタイプに見えたから、母親としてはなおさら気が咎めるのかもしれなかった。

「でもたまには羽を伸ばしてもらおうかと思って、時々旅行に行かせてるんですけどね。今も、四日ほど前から東京に行ってます。弟たちも一緒に」

私は本日のおすすめだという抹茶クロワッサンをトレイに移した。

「そういえば望さん、日本中の石窯を見学して回ってるって」

「遊びに行くときくらい、パンのことは忘れてほしいのですけどね」

頬に手のひらを当て、困ったように柚子さんは頷いた。

「でも、これからはそういうことも難しくなりそうなんです」

手のひらが、ずしりと頬を包んだ。

「当店を気に入っていただいた方には本当に申し訳ないのですけれど……閉店せざるを得なくなりまして」

視線を感じる。テーブルの周囲でパンを吟味していた大我たちが、今の一言に反応したのだろう。視界の隅に映る香川さんも、すっかり酔いから醒めたみたいだ。

「……どう、してですか。こんなに美味しいパン屋さんなのに」

演技力が試される瞬間だった。

「ありがとうございます。でも個人経営というものは、商品の評価だけではままならないものでして」

柚子さんは慈母のような視線をテーブルのパンたちに注いだ後、目を伏せた。

「これまで助けていただいていた団体から、突然、援助を打ち切るという連絡があったんです」

本当に通知したんだな、安楽さん。これで壮大なフェイクという線は消えてしまった。「お恥ずかしい話ですが、そちらのフォローなしでは、とても経営が立ち行かない現状なのです。このまま続けても負債がかさむばかりになりますので、傷が浅いうちに店を畳んでしまおうという話になりました」

「残念です。もう食べられなくなっちゃうなんて」

なめらかな嘘を吐き出す自分の口に驚いていた。正直、ここのパン自体は惜しくない。

でもハンモックで食べるランチは――ちょっともったいないかな。

「ご近所や仕入先とのお付き合いもありますから、あしたあさってに店じまいするわけじゃありません」

柚子さんは力なく微笑んだ。

「まだ一ヵ月くらいは続けるつもりですので、またいらしてくださいね」

夕闇から夜闇へ。こんな時刻に、このパン屋さんから帰るのは初めてだ。丈の長い草の隙間から月明かりがちろちろ射している。狐が化けて出てきそうな妖しさだ。

やっぱり、立地がよくないよなあ……。

「どうするの。わたしたちのせいよ！」

香川さんが甲高い声を上げた。数秒、誰もリアクションしなかったので、ふてくされた顔でポケットをまさぐり、取り出したウイスキーの小瓶をすする。

「おい、社会人！」

大我が取り上げようと伸ばした手を払いのける。

「違いますーう、まだ社会に受け入れられてませーん」

月を殴りたいみたいに拳を高く上げる香川さん。

「もう、取り返しがつかない……どん底に落としてしまったわ。あの気持ちのいい家族を」

「まだ希望はありますよ。安楽さんは、Sを見つけ出したら援助を復活してくれるって約束してくれました」私は取り付けた約束を教える。

「見つけ出せたら、でしょう？　難易度高いわよ」香川さんの反応は鈍かった。

「今思い付いたんだけど、私たちのバイト代を、お店に寄付するってのはどうかな？」

玲奈が新しいアイデアを提示する。

「茂木さんや徐さんも協力してくれたら、五百万円以上動かせるよね。丸ごと渡してあげたら、しばらくあの店を存続させられるかも」

「いや、それくらい金が集まるなら、それこそ仮想通貨や投資信託だって使えるだろ」

大我が別の選択肢を提示した。

「仮想通貨ならさあ、一月で二十から四十パーセントは乱高下するからな。上手く転がせば、運用益だけで援助できるかもよ」

それはちょっと、見通しが甘い気もするな……。

でもまあ、こちらの懐も温かいままというのは魅力的な案だ。

盛り上がる私たちをよそに、香川さんは青い顔で俯いている。

「ごめん、私はちょっと無理」

「無理強いするわけじゃありませんから」

私は配慮を見せる。

「就職活動にもお金はかかるでしょうし、絶対によこせなんて言いません」

「それが、就職資金も危なくなっちゃったっていうか」

香川さんは後頭部に手を当てながら、

「ソシャゲのガチャに、半分くらい溶かしちゃった」

「ゴミ女じゃないですか!」

玲奈に似合わない暴言が飛び出した。香川さんは身をよじる。

「どうしても欲しいキャラがいたのよう」

「ま、しょうがねーって。使っちまったもんはさ。しょせん、泡銭だろ。あんなの」

大我の言い分も分からなくはないけど、さっきまであの一家がかわいそうかわいそうって主張していた人の所業とは思えない。

「これが私たちの先輩かあ」

　玲奈は月を仰ぐ。

「未来に希望が感じられない」

「ひどすぎない？」酔っぱらいが酒瓶(さかびん)を振り回す。

　誰もフォローしない。香川さんは再びウイスキーに口を付け、気まずい空気が流れた。

　草原沿いの帰路を半分ほど消化した頃、反対側から歩いてくる人影に気が付いた。旅行鞄をぶら下げている女の人らしき輪郭がこちらに近付いてくる。向こうも分かったようで、手を振っている。

　望さんだった。さらに後ろから、双子の影も見える。

「ゴメンね。あんなに通い詰めてくれたのに、店じまいすることになっちゃって」

　香川さんはびくりと肩を震わせていたけれど、当の望さんの声はからりとしたもので、あまりショックを受けている風ではなかった。少し気が楽になる。

「私もびっくりしたんだよね。旅行先で、急に援助が打ち切られたって電話がかかってきて――早く帰ってきちゃった」

「まだ閉店までに日はあるそうなので」

私も高めのテンションで応じる。

「それまで、何度か伺いますね」

「そうしてもらえると助かる……これから一ヵ月くらい、債務整理とか、設備の引き取り先探しとか忙しくなりそうだけど……お客様に提供するパンはこれまで通りだから、安心して」腕を曲げて、力こぶをつくる望さん。両脇で双子ちゃんたちもぴょんぴょん跳ねている。

ふと傍らに目をやると、玲奈が双子たちに怪訝な視線を注いでいた。凝視しているのは、二人の腕だ。そういえば今日は、二人とも半袖を着ている。

「早く帰って、両親を慰めてきます。それじゃ、また！」

手を振って三人は丘の方へ走っていく。

「玲奈、さっき双子ちゃんたち気にしてなかった？」

きょうだいが三人とも視界から消えたので、私は気になっていたことを友人に訊いた。

「それはね、もういいの。勘違いだったから」

玲奈は眉を下げて苦笑する。

「勘違いって？」

「私、衛君が虐待されてるんじゃないかって、ちょっとだけ疑ってたんだよね」

玲奈は前髪を指に巻き付けながら、

「幼児虐待の本で読んだんだよ。子供を折檻（せっかん）するときにさ、近所の人とかに察知されないように、服で隠せるところだけ叩いたりするんだって」

ああ、長袖か。

「そ。衛君が長袖ばっかり着てたのは、つねったり殴られたりした痕を隠すためじゃないかって、睨（にら）んでたんだけどね」

つい先程、どちらも半袖の双子ちゃんたちが現れたことで、疑惑は払拭されたわけだ。

「反省した。むやみに人を疑っちゃだめだよね」

と拳でこめかみをつつく玲奈が寂しそうに見えたのか、大我がフォローを入れた。

「……いや、万が一のこともあるからさ、注意してたのは悪いことじゃないだろ」

そだね、と頷く玲奈。やっぱり弟さんの苦い思い出があるからだろうか。様子がおかしい子供を見るたび、家庭環境が気になってしまうというのはしんどい日々かもしれないな。

後ろから駆け足が聞こえたので、私の物思いは中断された。振り返ると、お店に戻ったはずの望さんが息を切らして立っている。

「ごめんなさい。箱川さんたちがうちを出たのって、ついさっきよね？」

「五分も経ってないと思いますけど」

望さんの顔から血の気が引いている。いやな予感がした。

「お店が真っ暗なの。中に入れない」

私たちは急いでホワイト・ドワーフに引き返した。たしかに光が消えている。入り口の扉も閉ざされているけれど、閉店を示す立て札の類はない。急用のために店を空けているだけなら、貼り紙の一つくらいは用意するはずだ。

「鍵は開けたけど、動かないの」望さんが扉を叩く。「どうしよう、どうしようもしかして」

肩が震え始めていた。

まさか閉店に追い込まれたことがショックで……。

心中？

最悪の可能性が脳裏をよぎる。

「裏口、回ってみる」大我がストレッチのように肩を動かした。「望さん、いけそうなら、ドアとか破っちゃってもいいっすか」

「お願いします！」

望さんからキーを受け取った大我の姿が店の裏側へ消えた後、何か重いものを引きずるような音が響いてきた。どたどたと、店の中を走る音が続き、照明が点いた。

「ちょっと待ってくれ！」

扉の内側から大我の声。一分ほどで開いた。ドアの内側には業務用らしい合金製のテーブルが横倒しにされていた。どうやらこれがとおせんぼをしていたせいで、開かなかったらしい。

「裏口は、小さいイスだったからなんとかなった」テーブルを一瞥して大我は言う。

どうやら店を壊さないで済んだみたいだ。

「こっちに回るとき、厨房をちらっと覗いたけど、誰もいなかった」

柚子さんはどこへ行ったのだろう？　冷静に考えると、園長先生には会っていない。さっきは心中かもと焦ったけれど、何も知らずに外出中かもしれない。

「おとうさーん」

「おかあさーん」

双子が口々に呼びかけながら、店内を探す。私たちは自然とばらけて店内を歩き回った。扉を封鎖していたのだから、これは明らかに異常事態だ。遠慮する必要はないだろう。

大我の言った通り、厨房は無人だった。見学のときと全景は変わっていない。

「すみません、これから事務用スペースに行くんだけど」

望さんが厨房の入り口から顔を覗かせる。

「もし、お母さんたちが変なことを考えたら、私一人じゃ止められないし……一緒に来てくれないかな」

私、大我、玲奈の順番で付いて行く。厨房へ続く扉の右手に「ＳＴＡＦＦ　ＯＮＬＹ」のプレートがあった。その先の階段を上がると、そこが二階の事務室兼住居スペースだった。

厨房と同じくらいの広さの部屋があり、左側にデスクが二台と、書類のぎっしり詰まったキャビネットが並んでいる。右側にはウレタン素材のクッションが弧を描くように配置されていて、その中に積み木やゲーム機といったおもちゃが散らばってい た。事務作業を片付けつつ、双子をここで遊ばせておくスペースなのだろう。突き当たりにドアが三つ。望さんが順番に開いて内部を確認する。

左のドアは夫妻の寝室、中央が望さんの部屋だった。どちらも無人で目を惹かれるものはない。最後に右端のドアを開く。

この部屋も無人。ただし、内部の光景は異様なものだった。

大量の本が床に散らばっている。

どうやらここは書庫らしい。部屋の左右と突き当たりに本棚が設置されている。ただしその中に書物は一冊もない。中身はすべて、床にぶちまけられているのだ。棚は傾いていないし、窓も開いていないから、地震や台風が原因じゃない。

「ひどい……」望さんが口に手を当てる。

「いつもはこんな感じじゃなかったんですね？」

私は戸口に落ちていた本を拾い上げてみた。タイトルは『浄土宗衆論』。その一つ奥に開いた状態で落ちていたのは『エックハルト説教集』。その下は、『神秘学要論』。目視できる限り、散らばっている書物はすべて、宗教や神秘思想に関するものだった。

園長先生は教団をあきらめたと言っていた。

けれどもここに散乱しているのは、それ関連のものばかりだ。いずれ売却するつもりだったのかもしれないけれど、それなりの愛着を持って今まで保管していたことは間違いなさそうだ。

すると、そうした書物を乱暴に本棚からさらい、床にぶちまける行為には、明確な意図が感じられる。

さらに興味を惹かれるのは、空になった本棚、突き当たりの棚の最上段に残されている封筒だった。神様や宗教を追い出した後で入れ替えたように飾ってある。そんな風に見えなくも無い。

望さんも気になったらしく、本を避けながら部屋の中を進む。私たちも後ろを進んだ。

それはありふれた、コンビニや百円ショップでも手に入りそうな、木肌色の封筒だった。印字された宛名には柚子さんの名前。九月九日の日付が入った京都中央郵便局の消印が押印されている。差出人の名前はない。

何か、やばい。

いち早く封筒を取り上げ、中身を検めている望さんも戦慄を覚えているらしい。白い便箋を広げる手が震えている。

「あ、あ、あ」

望さんの肩が小刻みに震えている。少し迷ったが、私は回り込んで手紙を覗き見た。宛名と同じ書体が連なっている。

鹿原柚子様

不躾な便りをご容赦ください。

私は、貴店「ホワイト・ドワーフ」の経営状況に関して、ある権限を有する者です。

具体的に申し上げますと、これまで継続されていた貴店への資金援助を停止する権限を与えられた、六人のモニターのうちの一人です。

私は声を上げてしまった。

「はあ？」

予告させていただきます。

資金援助は、遅くとも明日九月十日には、確実に停止が決定されます。場合によってはこの手紙が届いた時点ですでに決定されているかもしれません。

この情報は、この手紙をご覧になっている時点で、貴女様の配偶者である弘一様に報告いただいても問題ありませんが、私からお伝えしたいことがございます。

私は貴女と貴女の前夫、十味川俊哉（とみかわしゅんや）様が、現夫たる弘一様が代表を務めておられた宗教団体、光意安寧（こういあんねい）教に所属されていた旨を承知しております。

その後、俊哉様が教団より追放の憂き目（うきめ）にあった旨、それが弘一様の差し金によるものであった旨も承知しております。

数年後、俊哉様が失意のうちに病没された旨も承知しております。

貴女が弘一様と再婚される前、弘一様より金銭援助の申し出があった旨も承知しております。

望さんが便箋を取り落とした。足下へ絡まるように落下したそれに対し、汚い虫でも触ったみたいに身を震わせて後ずさりする。そのまま戸口を抜け、よろよろと階段の方へと姿を消した。

相当ショックを受けたのだろう。彼女も気がかりだけど、私は便箋を拾い上げる。

その上で申し上げます。援助打ち切りが実行された場合、弘一様は精神的に大打撃を被ることでしょう。教団を失い、代替物として立ち上げたホワイト・ドワーフも閉鎖されたとき、おそらく弘一様は、これまでの人生で最も精神的に無防備かつ脆弱な状態に陥ることでしょう。

これに際して、貴女がどのように対応されるものか、それは貴女様のお心次第でございます。

ただ一つ、指摘させていただきたいのは、「自由」という概念についてでございます。

人間は、原始の状態で外敵も苦痛も存在しない環境に放り込まれたとしても、さほど自由を感じるものではございません。人間は、枷が外れたときにこそ、自由を実感するものにございます。より正確に表現するなら、自分自身の意志で枷を外したときにこそ、自由を享受できるものにございます。

柚子様、貴女にとって鹿原弘一という存在が枷の意味合いを持っているとするなら、今こそその枷から解き放たれる好機と考えるべきではないでしょうか。

教団時代から貴女を縛り続けてきた存在に対して、痛打を与えるべき時勢が訪れたのではないでしょうか。

率直に申し上げます。あなたが鹿原弘一様を殺したいと思うほど恨んでいらっしゃるのであれば、援助打ち切りが通達されたときこそが、最高のタイミングです。打ちひしがれた弘一様に、刃を振りおろしてみませんか。「どうして」と驚愕を浮かべる死に顔を踏みつけてみませんか。古の時代、主人に叛旗を翻した奴隷くらいしか堪能できなかったような、血の香る自由を味わってみませんか？

自由のために、人を殺してみませんか？

長々と乱文を失礼いたしました。

貴女様が自由に向かって邁進されることをお祈りしております。


「これが理由だったの」

手紙を摑む手が震える。

「理由って？」

覗き込む玲奈に、私は目を向ける。

「自分のスマホを使わずに、私のを使った理由だよ。Sは、安楽さんにさえ正体を知られたくなかったんだ」

今、納得した。

スイッチを作動させるだけなら、法律上のペナルティはない。

でも、その先を目指していたなら話は別だ。

「Sは、スイッチ作動を犯罪の呼び水にするつもりだった」

私は手紙を棚に戻す。

安楽さんはSの正体を公表しないと言った。とはいえ、Sがスイッチを使って犯罪を計画していたなら話は別だろう。

この文面は、立派な犯罪教唆だ。警察がSの名前を知りたがったら、安楽さんも捜査に協力するはずだ。

だからSは、柚子さんに予告した上で、自分以外の誰かがスイッチを押すのを待った。いよいよ誰も作動させそうにないと思われたときも、危険を冒してでも、自分の名前を隠すやり方を選んだ。

大胆かつ巧妙、狡猾。この手紙も、ずる賢い。パン屋さんにスイッチのことを教えたら安楽さんに報告されるかもしれない、って玲奈は言ったけど、この内容ならその心配はない。援助の中止を、安楽さんと結びつける材料がないからだ。

これが、安楽さんの待望していた――、
純粋な悪。

悪行機械。

その悪意は、パン屋さんを廃業に追い込む程度じゃ満足できなかった。園長先生たちの過去をさらい、見出した遺恨の可能性を突きつけ、柚子さんを唆している。

「この手紙で勧めてることを、柚子さんは」

玲奈は祈るように両手を握り合わせる。

「実行したっていうこと？　じゃあ、店長さんは——」

「まだわかんねーだろ」

大我がドアノブをがちゃがちゃ動かした。

「俺たち四人でここに来たとき、奥さんは普通だった。普通のふりをしてた。俺らに対してなら、隠し通せると高をくくってたんだ。望さんたちが旅行を切り上げて帰ってきたから焦ったんだろ？　まだ間に合うかもって話だ……」

「おねえちゃーん」

「おねえちゃん」

そのとき、階下から双子たちの声が聞こえた。

「おかあさん、かわにいる！」

「かもしれない！」

この部屋には窓がない。私は隣の部屋へ移動して、そこの窓から顔を出した。

窓は宇治川に面した位置にある。河原で手を振っている双子と、走り寄る望さんが見えた。三人揃って、河原を駆けて行く。

向かって左方向に柚子さんがいるらしいけれど、この窓からでは判らない。

私たちも急いで階段を駆け降り、望さんたちの後を追った。

「……早すぎるわよ」

柚子さんが呟いた。

「こんなに早く帰ってくるのなら、もっと急いで処分するべきだったわね」

足下には、大型のクーラーボックスが二つ。ホワイト・ドワーフから二百メートルほど離れた河原で、私たちに追いつかれたのだ。

「どうして本棚をめちゃくちゃにしたの」望さんが大声を上げる。「あの手紙は何。お父さんはどこ？」

娘に詰め寄られても人ごとのように黙っていた柚子さんが、ふいに私の方を向いた。

「箱川さん」

「は、はい」

「美味しかったですか。私たちのパン」

「美味しかった、ですけど」

今必要な質問か？　と訝(いぶか)りつつ、私は返事した。

「お世辞は結構ですよ」

からからと柚子さんは笑い飛ばす。

「よくて普通、言ってしまえば平凡な味でしょう？　食べ比べたら、コンビニの大量生産にも負けるかもしれない……」

負けるというか、互角くらいなのは確かだけど……。

「どうしてだと思いますか？」柚子さんは望さんに一瞬視線を移した。「簡単です。本当は、私も夫もパンなんかどうでもよかったからですよ」

ぶっちゃけるにもほどがある。

「ごめんなさいね望。余所へ勉強に行くくらいパン作りに熱中しているのはあなただけ。衛も学も、別に仕事を継ぎたくなんかないのでしょう？」

「そんなことないよ！」

望さんは反論したが、双子が俯いているのを見て一瞬、口をつぐんだ。それでも、懸命に言葉を吐く。「でも、お母さんもお父さんも、毎朝、早起きして、仕込みをがんばってたじゃない。どうでもいいことをそんなにやり抜けるわけないっ」

「お父さんや私ががんばっていたのはね、パンのためじゃない、『普通の暮らし』のためよ」

容赦のない告白が続く。

「宗教をあきらめて、平凡な一市民として生きるふりをしたかったの。いえ、私はどうでもよかったけれど、お父さんが望んでいたんですもの。従っただけよ」

一見したところ、柚子さんの表情はさっき店で会ったときと大差ない。でも口元からわずかに涎(よだれ)が垂れている。社会的なタガみたいなものが外れかけている危うさだ。いや、すでに外れているのか？

「あなたの本当のお父さんと一緒だったときもね、私はパン屋なんてこれっぽっちも興味はなかったの。でも、あの人がそれを望んでいたから、パートや新聞配達で資金集めを手伝ったわ。教団に入信したいと言ったときも私は文句一つ言わず従った。人間が、何かに頼りたがる気持ちは理解していたから、宗教がパンに取って代わっただけだろうって納得したわ。あの人にとって計算外だったのは、教祖だった今のお父さんが、私に興味を示したことだったでしょうね」

「興味を、示した」望さんが繰り返す。小さい子供が側にいるせいか、抑えた表現だ。

「私はあなたのお父さんより今のお父さんを選んだ。しょうがないわよね？　片方は教祖、片方は一信者。教団は全員平等を建前にしていたけれど、実際、鹿原弘一が権力を握っていたことは疑いようのない事実だったから。寄りかかるなら、大きくて力のあるものに付いていきたいに決まっている」

「そんな話、今しなくても」

抗議する玲奈の後ろで、双子が震えている。

「ごめんなさい。子供には刺激の強すぎる話ですものね。でも、本当の話です。私が前の夫を裏切ったことも、弘一さんの差し金で放逐された彼が、失意の内に病没したことも」

望さんは無言で唇を嚙みしめている。

「その教団も、つまらないスキャンダルであっけなく崩壊してしまった。もう宗教からは離れると宣言した弘一さんが、よりにもよってパン屋を始めると言ったときは本当にお笑い草だったわ。けっきょく、弘一さんに従っても大差はなかった！　私って、本当に人を見る目がない。きっと、ハズレを摑みながら、ハズレにすがって生きる運命なのね」

　自嘲しながら柚子さんは瞑目する。

「だから」

　開いた瞳は、ひどく渇いて見えた。

「あの手紙が届きさえしなければ、私はこれからもずっと、鹿原弘一のよき妻として過ごせたことでしょう」

「あんなふざけた手紙」

　望さんが肩を激しく動かした。

「あんな手紙を読んだからって、何が変わるっていうのよ！　少なくとも私は、今のお父さんを本当のお父さんだって思っていたんだから！」

「あんなに誘惑する手紙は初めてだったわ」

　柚子さんは両手の指を絡ませる。

「私に問いかけてきたのよ。お前はこのままでいいのか、って。誰かに引きずられるだけの一生で満足かって。私が文句一つ口にすることなく従うと信じて疑わない傲慢な魂に、罰を、反逆を与えてやりたいって欲求が芽生えたの。あはは、それは、あはは！　抗いがたい衝動だったわ、あははははは！」

裂けそうなくらい口を開いて柚子さんは笑う。溜め込んできた諸々を吐き出すように。

「あの手紙の予告通り援助打ち切りの通達が届いたとき、あの人、弘一さん、なんて言ったと思う。傑作、傑作だったわ！　真剣な顔でねえ、言ったのよ。『柚子、これは運命だ。やはり私には、真理探究の道しか残されていないということだろう。もう一度、教団を立ち上げようと思う』って！『柚子、お前は最後まで私に付いてきてくれた信仰の同志だ。これからも共に歩んでほしい』って！　ふざけてるわよね。けっきょく、あの人にとって教団もパン屋も同じだったのよ。この上なく上品な顔をしてお山の大将になるための箱庭にすぎなかったの！　その傲慢をブチ壊してやりたいって思った。呆れた信頼を裏切ってやりたいって思った。崩壊した後も、教団の信徒は各地で修行を続けているかもしれない。その信仰を、台無しにしてやりたいって思った！　この男のすべてを否定してやりたいって！　だから、うふふ、うふふふふ」

柚子さんはポケットからアイスピックを取り出し、私たちの方へ放り投げた。ステンレスの先端に、赤がこびりついている。

「冗談、よね」

ひび割れるような望さんの声。

「ね、嘘なんでしょうお母さん。お父さんは、お父さんはどこ」

「お父さんなら」

判っているくせに、と言いたげに微笑みながら、柚子さんは二つのクーラーボックスを手で示した。

「こ、こ、こ、ここに分けてあるわ」

四　構築

「私も、助けようとしたよ。あの人たち。でもだめだった」

ばつの悪い顔で、徐さんが言った。

あれはいつだっけ？　スイッチが作動する前の日だったろうか。図書館の閲覧室で、勤務中の徐さんと話しているうち、話題がホワイト・ドワーフに移った。

助けようと、した？

「あれから私も二回くらい、あの店に行ってる。二回目だったかな？　望さんとお喋りした。最近の研究室はお金が足りなくて、クラウドファンディングで研究費を調達してるって話をしたら、あの人、興味を持ったんだよ」

クラウドファンディング、その手があったか。

「それで私、信用できるクラウドファンディングサイトとか、登録の仕方とかを教えてあげたのですよ」

「徐さん、思ったより残虐超人じゃないんだ」

「話の流れだよ。積極的に助けようとしたわけじゃない」

徐さんは居心地悪そうにカートの本を積み替える。

「私が聖人だろうとデビルだろーと同じです……上手く行かなかったんだから」

徐さんに教わったクラウドファンディングサイトをスマホで検索してみると、店名と支援総額を表示するページがヒットした。頭を抱えたくなる。募集を開始したのが先月末で、二週間近く経っているのに、五百円しか集まっていない。

資金調達に明るいわけじゃない私にだってわかる。この手の企画は初動が肝心だ。二週間でこの程度なら、一年後に千円になっているかも怪しい。

ちなみに寄付を募(つの)る文言はたったの三行。その下に、お店のサイトへのリンクが貼ってあるだけだった。お金をもらうにしてはそっけなさすぎる。リンク先を見たところで、そこにあるのは例の退屈なホームページなのだ。

園長先生はそれなりの規模まで教団を成長させて、保育園まで運営していた才覚があるはずなのに。経営の才って、どんな場面にでも適用できるものじゃないんだなあ……。

「しかもめちゃくちゃ間が悪い」徐さんが別の資金募集へのリンクを指で示す。

「ここ見なさいよ。引退したばかりのアイドルが、パン屋を開いて運転資金を募集してますよ」

最悪のタイミングだ。同じような資金募集なら、皆、アイドルに資金を投じるだろう。

「……あの人たち、なんでこんなに上手く行かないんでしょう」

「だめなものはだめなんだよ」

徐さんは身もふたもない。

「安楽さんのおもちゃにされて延命していただけですよ。本当はもっと前にあきらめるべきでした。『負けを認めるのは早い方がいい』。故郷にいる親戚の持論です」

「その親戚の人、前に聞いた何度も倒産している人ですか」

「その人です。倒産は、つまずいて前に転ぶようなものだとも言っています。いくら踏ん張ってもダメはダメ。おとなしく倒れた方が、立ち上がるのも早い」

それなりに説得力のある言葉だ。

「それでも負けを認められなかったら、意地を張って立ち続けたら、どうなりますか?」

私の質問に、徐さんはオーバーにのけぞって見せた。

「もっとひどい負け方をする……二度と立ち上がれないくらい、めちゃくちゃに倒れてしまうでしょう」

徐さんの予言通りだった。園長先生は、これ以上ないくらい、負けてしまった。信頼していた奥さんに刺し殺されて、クーラーボックスの中。人間として、これよりひどい敗北があるだろうか?


サイレンが聞こえるかと思ったら、いつまでも近付いてこない。警察でも救急車でもいいから、早くこの場を任せたいという甘えが招いた幻聴らしい。腹が立つ。私は頰に爪(つめ)を立てた。

柚子さんはカウンターの横でおとなしく座っている。後ろに回した手と足をテープで縛り、大我が目を光らせているので、これ以上は何もできないだろう。望さんと双子ちゃんたちは、事務室で休んでもらっている。

　私は厨房とカウンターを行きつ戻りつしていた。カウンターに持ってきたクーラーボックスの近くにいたくない思いと、距離を取ったら何かに負けるような気がする意地に揺れていた。コインに頼る気力もない。

「安楽さんですか？　香川です」

　先ほどまでお酒でどろどろだった香川さんの凜とした声が聞こえたので、私は振り向いた。彼女がカウンターでスマホを使っている。

「簡潔に事態をお伝えします……ホワイト・ドワーフで、鹿原柚子さんが弘一さんを殺害しました。Ｓがご夫妻の間にあった過去の怨恨を引き合いに出しつつ、援助打ち切りを予告したことが原因と考えられます……間もなく警察が到着すると思われますが」

　少し声のボリュームを下げた。

「柚子さんがこうなった理由について、心当たりを尋問されるかもしれません。その場合、実験の詳細を話してよろしいですか？」

　私は感心していた。迅速な伝達。的確な状況報告。さっきまでの酒乱はどこに消えたのだろう。「そうですか。そうですね。こちらにいないお二人にも伝えておきます」

通話を終えた香川さんは、私の視線に気付いたらしく、微笑んだ。

「安楽さんからの伝言。警察に経緯を聞かれたら、『援助の打ち切りを判断するモニタリングに参加していた』とだけ説明するようにって」

たしかにスイッチの件を正直に話したら、マスコミが盛大に騒ぎ立てるかもしれない。妥当な指示だ。嘘をついているわけでもない。

「すごいですね」

私は目の前の「大人」を素直に賞賛した。

「動転してて……私、そういうところまで頭が回りませんでした」

「年の功ってだけよ」

香川さんは涼しい顔で流す。

格好いい。

「んぐんぐ」

……ここで酒瓶に口を付けなかったら、もっとよかったのに。

クーラーボックスの中身を見たのは望さん一人。箱の片方を一瞬だけ開いて、すぐに閉じた。こちらを振り向いた顔は蒼白になっていた。たぶん、開いた方に園長先生の頭部が入っていたのだろう。バラバラ死体というものに興味がないわけでもなかったけれど、さすがに見せてほしいとは言い出せなかった。双子ちゃんたちも、確かめようとはしなかった。

最初に救急車、続いてパトカー。

最後にマスコミのボックスワゴンがホワイト・ドワーフを取り巻くように集まったのは、河原で柚子さんに追いついてから小一時間ほど経過した頃だった。

まぶたを灼くようなフラッシュの洪水に辟易しながら、私たちは最寄りの警察署へ連れて行かれた。霊安室みたいな物寂しい部屋で待たされた後、代わる代わる取調室らしき部屋へ呼び出され、細々とした状況説明を繰り返し要求される。私が帰ってくると残りの二人と安楽さんも到着していた。おそらく関係者全員が呼び出されたのだろう。

「心配しなくていいよ、たぶん、犯人扱いはされてない」

安楽さんは陽気に足を組む。「ちょっとでも疑わしく思うなら、全員を同じ場所で待たせたりしないだろうからね」

そうか、事情聴取の前に、口裏を合わせられてしまう恐れもあるからだ。実際、鹿原家の人たちは同じ部屋にはいない。

「しかし、こうくるとは予想外だった」

心理コンサルタントは両腕を大きく広げ、お手上げのポーズをとった。

「まさか、ここまでスイッチを活用してくれるとは、予想外も予想外だ。しかし面白い！　実験というものは、期待通りに運ぶのもいいが、こういうサプライズも醍醐味の一つだねえ」

本当だろうか？　私と面談したとき、この人はSが『スイッチを終了ギリギリまで作動させなかった』『自分のスマホを使わなかった』二点について、「思うところがある」と言っていた。私がSの手紙を読んで悟ったのと同じ内容を、すでに見抜いていたのでは？

さすがに一言言っておくべきだろう。

「今回の件に関して、安楽さんから何かないんですか？」

「ああ、うっかりしていた」

安楽さんは居並ぶメンバーを見回した後、

「場合によっては、パン屋を訪れたメンバーに危害が加えられていたかもしれない。

本当に申し訳ありませんでした」

　深々と頭を下げた。

「謝るのは、私たち参加者に対してだけですか」

「鹿原さん一家に関してかい？」

　安楽さんはおおげさに目を丸める。

「それは、僕の責任じゃない。サンドイッチにした団体を通じて、援助はこちらの都合で打ち切る可能性はあると事前に通告してあったんだ。川下にカッパが住んでいた。いつか、流れをせき止めるかもしれないと教えてあった。予告通りに水の流れを止めた。カッパが乾き死んだところで、それは代わりの水源を用意していなかったカッパ自身の責任だよね？　水源さえ確保できたなら、妻カッパだって、喰されはしなかったわけだから」

「……わかりました」

　私も、これ以上追及するつもりはなかった。今はこの人の倫理観を責めても仕方がない。

「安心してね。今回の事件がセンセーショナルに報道されたり、自宅にマスコミが大挙して押し寄せたりするようなことにはならないから」

「どうしてわかるんすか」

不信感をあからさまに表して訊く大我に安楽さんは、

「テレビ局の友人に連絡をとったんだよ。近々、有名芸能人の薬物所持疑惑が大々的に報道される予定だから、地方都市の殺人事件程度じゃ話題にもならないってさ」

話題にも、ならない……。

たしかに、外観だけなら、「パン屋の旦那さんが奥さんに殺された」で片付いてしまうかも。私が当事者じゃなかったら、ネットで読み流してしまう面白みのないニュースだ。テレビの人たちも、視聴者たちも、あのクーラーボックスを開いて見られるわけじゃない。

「問題は警察だね。現段階では、柚子さんがSに操作された件をどれくらい重要視しているかが判らない。一番てっとり早いのは、この場でSが名乗り出てくれることなんだけど——」

もう一度、安楽さんは一同を見回した。

「そうしてくれたら僕も助かるし、万が一、起訴されたら弁護士の手配もしてあげよう。どうかな？　今、名乗り出てくれない？」

反応はゼロだった。

「残念」安楽さんは肩をすくめる。

「仕方ない。前に言った通り、二回目の面談を行います。皆さん、疲れただろうから

とりあえず明日はナシにして、追って日程を連絡しますね」

けっきょく、全員の事情聴取が終わった頃には日付をまたいでいた。

朝のニュースで報道された警察発表は、予断や憶測を排したシンプルなものだった。

・ホワイト・ドワーフの経営は逼迫した状況にあり、援助金抜きでは成り立たないものだった。

・九月十一日、援助金の打ち切り通告が届いた。かつて宗教団体の代表を務めていた被害者は、これを機に再び教団を立ち上げると宣言。教団時代、被害者が専横を働いた結果前夫を失っていた容疑者は、被害者が困窮しているこの状況下こそ過去の遺恨

を晴らすに相応しいと決断、厨房にあったアイスピックで夫を刺殺した。
・事件当時、夫妻の長女・長男・次男の三名は旅行に出かけていたため、容疑者は家族が帰ってくる前に夫の遺体を処分しようとしていた。頭部・胴体・両手両足に分割した遺体を厨房内の冷蔵庫に隠し、業務の合間を縫って遺棄に適した場所を探そうとしていたが、十三日夜、予定より早く子供たちが帰宅したため、犯行が発覚した。
・切断部位を除くと、遺体の損傷は致命傷になったと思われる胸部の刺傷と、両手に残った微細な切り傷のみ。両手の傷は、殺害時の防御創と思われる。

――手紙の件には、触れてないんだな。

ベッドの中、スマホで通信社の発表を確認しながら、私は首を傾げる。有名人である安楽さんも関わっていたのに、名前が一切出てこない。警察が配慮しているのだろうか。それとも信憑性を疑っているのかもしれない。冷静に考えると、あの手紙が柚子さんによる偽造である可能性もないわけじゃないからだ。園長先生を殺害した後で、自分の罪を少しでも軽くする方法を思い付き、外部の誰かに教唆されたのだというう見せかけをつくった、とか。消印が入っていた封筒は、本来別の郵便物が入っていたものかもしれない。その場合差出人の名前が記されているはずなので、薬品かなにかで消去したとか……。

でも実験を知らない人が、あんなフェイクを思い付くだろうか？　単独判断で援助を打ち切り可能な人物がいると確信していなかったら、あんな文面はでっちあげられないはずだから——ううん、そうとも言いきれないかな？　実験を知らなくても、誰かそういう権限を持っている人がいるって当たりをつけたのかも——でも、そんなフェイク、意味あるか？　それは死体が発見されることを前提にした工作なわけで、そんな小細工に手間をかけるなら、さっさと死体を処理すればよかったわけで……いや、あの手紙には「六人のモニター」と書いてあったから、柚子さんの創作とは考えられないし……。

頭が痛くなってきたところで、スマホが鳴った。実家の母親からだった。殺人事件に関わったことを大学からの連絡で知ったらしい。相当心配しているらしく、声が狼狽していた。心配ないと告げる。父や弟ともかわりばんこに話した。

私、愛されてるんだな。

家族の中で、自分がそこまで重要な位置づけになっていたことは意外だった。親元を離れる前を振り返ってみても、私は家族に喜ばれるような親愛の情を示した憶えはない。与えた分だけ、返ってくるものが愛情なら、この程度で心配してもらえるのは過分に思えた。

電話が上の空になってしまう。終話後、ホーム画面を眺める。液晶の中、あのスイッチがまだ居座っていた。メール着信も一件。

件名：第二回面談のお知らせ
送信者：安楽是清
本文：
はーい、安楽ですｗｗｗ
昨日はご苦労様でした。
僕も警察にお邪魔するのは初めてだったよ。いかつい刑事さんがいて怖かった(涙)
というわけで、第二回の面談を開催します。

各自都合のよい日取りを返信してください。
なるべく近い日程でお願いします☆☆

……面談って、相手を殴ってもいいのかな？

件名：RE：第二回面談のお知らせ
送信者：箱川小雪
本文：
箱川です。
先生は強靭な平常心をお持ちなんですね。
面談の日取りですが、あさって以降なら大丈夫です。
ついでと言ってはなんですが、今、望さんたちがいる場所をご存じなら教えていただけますでしょうか。

件名：RE：RE：第二回面談のお知らせ

送信者：安楽是清

本文：

了解です。

それでは明後日、一時半に狼谷大学の八号館303号室に来てください。

ホワイト・ドワーフの人たちですが、全員、ショックで体調を崩したらしく、市内の芳信会病院に入院しているそうです。地図と部屋番号を添付しますね。

お昼を済ませてから、私はタクシーで芳信会病院へ向かった。ホワイト・ドワーフから比較的近い場所にある総合病院だ。

お見舞いに行くかどうかは、コインで決めた。いずれにしても、そのままマンションにいると、記者が訪ねてくる気がして落ち着かなかった。事件から逃避するか、寄り添うか。コインは寄り添う選択を示した。

「ごめんね。せっかく来てくれたのに」

日ざしがいやにまぶしい病室で、望さんが力なく笑う。手には果物ナイフと青リンゴ。

双子ちゃんたちは並んだ位置のベッドで眠っていた。安定剤をさっき追加したので、しばらくは目覚めないだろうと望さんは言う。

「いえ、私の都合で来ただけですから」

見舞いの羊羹（ようかん）を差し出した。

「あの……」

早速、私は本題を切り出した。

「もう聞いてますか。刑事さんとかから」

「ああ、やっぱり、それで来てくれたんだ」

望さんの指がリンゴの皮を絡め取る。

「モニターだったんだよね。箱川さんも」

「はい……」

やっぱり、伝わっていた。

「みんなでホワイト・ドワーフを観察して、援助を打ち切るかどうかを決めることになっていたんだよね」

私は頷いた。間違いではない。詳細を伝える必要もないと考えた。

「弁解するみたいですけど――私は、援助を続ける方に賛成でした」

「嬉しいな。うちのパンが美味しかったから？」

「いえ……」ここはありのままを告げよう。

「美味しいけど、正直言ってそれだけで判断するほどでは……ただ、ハンモックとか草原とか、店の雰囲気がすごくよかったので」

「修業が足りないかあ。やっぱり」

望さんはこちらから眼を逸らす。

「ま、あそこで作るのが世界一美味しいパンだったなら、そもそも援助なんて必要なかっただろうしね」

カーテンを動かし、陽を遮った。

「でも、悪趣味でした。ゼミの発表会みたいな感覚で、まじめに生活している人たちの人生を左右するなんて。わたしが立派な人間だったら、この試み自体を中止するよう、説得したかもしれません」

「わざわざ謝りに来てくれたんだね。ありがと」

　陰で、望さんの表情は見えない。

　無意味な行動だろうか。警察の事情聴取で、望さんにも援助が打ち切られた事情は伝わったに違いないと私は考えた。だから一言伝えたかった。他のメンバーを巻き込まず、私一人で。

「わかんないよね？　あの手紙、誰が出したかなんて」

「ごめんなさい」

「これは慰めでもなんでもないけどさ。別に恨んだりはしてないよ。安楽さんにも、お母さんを唆した誰かに対しても。私、思ったんだ。これは報いかもしれないって」

　意外な言葉が飛び出した。

「人を裏切った報い」

　陰の中、口だけ笑っているのが判る。

「これもご存じかもしれないけれど、お父さん、新興宗教やってたの。それなりに熱気のある団体だったけど、突然上手く行かなくなって、止めちゃった。私も小さい頃だったけど」

その「突然上手く行かなくなって」に私が関係している話は聞かされていないようだ。こちらも黙っておく。

「お父さんは、もう宗教でお金を稼ぐのはやめようって決めたの。修行とか、真理の追究とかはプライベートに留めておこうって。だから信者の人たちには、これからはそれぞれ自分なりの真理を探してくださいって、突き放したんだよ」

誠実で、残酷な決断だ。

「そんなの……帰依していた人たちは納得してくれたんですか」

「規模が大きい団体じゃなかったから、皆、渋々納得してくれた。でもそのときの眼を覚えてる。小さい団体だったからこそ、みんな熱心な信者だったからさ……見捨てられた、裏切られた、って眼から伝わってくるんだよ。今でも夢に見るくらいに」

そこまでして切り離しておきながら、最後に園長先生は教団を復活させると柚子さんに語っていた。勝手だ。仮に実行していた場合、当時の信者さんたちは馳せ参じたのだろうか？

「けっきょく、原因と結果なんだよ」

吐き捨てるように望さんは笑う。

「お父さんは、足りなかったんだ。人を救うとか、苦しみを癒すとか、外側は誠実を装っていたけど、中身はからっぽだった。だから問題が一つ発生しただけで教団はがらがらと崩れちゃったし、パンもダメだった。スポンサーの話にしたって、安楽さんが心の底からお父さんやホワイト・ドワーフを気に入ってくれたら、こんな悪ふざけみたいなことは仕掛けなかったわけでしょう？」

どうかなあ、とは答えない。

「誠実さに欠ける教祖だから教団は壊れた。パン屋も立ち行かなかった。悪意の予告状を送りつけられて、おかしくなったお母さんに殺されちゃった……何も難しい話じゃない。原因と結果、それだけなんだよ」

なんてコメントしたらいいのかな。そうですね、とはいいづらい。

コインに頼ろうかと考えたら、向こうから話題をずらしてくれた。

「ところで箱川さん、『ホワイト・ドワーフ』ってどういう意味か知ってる？」

ホワイトは考えるまでもない。ドワーフは、ＲＰＧとかに出てくるアレだよな。

「白い妖精、ですか」

「直訳するとそうなるんだけど……実は別の意味もあるのよね。お父さん、響きがいい名前を優先したせいで、辞書に載ってた単語をロクに調べもしないで採用しちゃったの。ホワイト・ドワーフはねえ、日本だと、『白色矮星(はくしょくわいせい)』」

「ハクショクワイセイ」漢字が浮かばず、オウム返しした私に、望さんは指で円をつくった。

「白色矮星っていうのは、太陽くらいの大きさの星が、何十億年も経ってガスを吹き飛ばした後、最後に落ち着く姿なんだって」

そういえば、理科の授業で聞いた単語かも。たしか、もう少し大きい星なら中性子星に、際立って大きい恒星はブラックホールになるとか、そういう話だった。

「つまりね。死んでしまった星の名前なの。お父さんは新しい門出のつもりで命名したのに」

毒々しい微笑が咲いた。

「最初から、終わっている名前だったのよ」

「そうですか」

さっきから、いい返しが浮かばない。苦笑ではぐらかす。

「あんなお店、けっきょく、身の丈に合わない宝物だったのかもね。でも私たち、別に店を大繁盛させて大金持ちになりたいとか、そういう目標はなかったんだよ？　お父さんも、たぶん、お母さんも」

望さんは言う。

「ただ、幸せになりたかったの。それだけだったんだ」

お前のせいだよね。

帰りのバスの中、窓ガラスの私を詰問する。あのとき、スマホを置き忘れたせいでこうなってしまったんだ。もしブックカートにスマホを忘れなかったら、Sが柚子さんへの予告を実行しなかった確率だって皆無じゃない。お前のせいだ。お前は無意識に、Sを手助けしていた。

今だって、手を抜いてるんじゃないの？

窓ガラスの私が跳ね返る。

これ以上、事態を悪化させることさえ期待しているのかもしれない。Sを特定してみせると安楽さんに請け負っておきながら、本心ではもっと燃え上がれと愉(たの)しんでいるんじゃない？

思い知る。私は私自身を根本的なところで信用できない。だって、大事な決断を下すとき、ほとんどをコインに任せてきた。けっきょくそれは責任逃れだった。選択肢を並べコインに委ねるだけで、決断する勇気をなおざりにしてきた。だからコイントスを忘れて動いてしまったとき、無意識に突き動かされたのか、足下がもつれただけなのかさえ、区別できない。脳みその中にどんな幼虫が蠢いているのか知れたものじゃない。安楽さんの言う悪行機械、それとも幼い私がカスタマイズした、得体の知れない何か――。

バスが急ブレーキをかけた。スマホの音楽が、ふいに澄み渡る。

最近、「ソング・サイクル」ばかり聴いている。今も、イヤホンから流れるのは、あの、ばらばらにたゆたう遊園地の光景だ。どこにもない、どこにでもあるような楽しい世界。かけらになって漂っている。触れない。

そこに居るのは大我と玲奈だけじゃない。私の家族にも、届かない。コインで大事な色々を決定するようになってから、私は誰に対しても誠実に対応してこなかった。

なぜって、選択肢を悩まないということは、私が決断するために助言してくれる相手を軽視する結果になるからだ。進路も恋人も、本当は、迷って、悩んで答えを掴み、ときには後悔しても、先につながる経験になるものだろう。面倒な、でも一人の人間が正しく出来上がるためにぶつかるべきだった色々を、コインや無意識に押しつけて、素知らぬ顔で十何年をすりぬけた。これまで大過なく過ごしてこれたのは、単なる幸運だ。状況に甘えて、後回しに溺(おぼ)れて、だらだらとのたくっていた。なんて弱い、がらんどうの、うすっぺらい生き物なんだろう。

我に返る。スマホの振動に、「ソング・サイクル」がかき消されたからだ。

表示された相手は望さんだった。

周囲を気にしながら電話に出る。

「箱川さん、助けて」

涙声が耳を刺す。

「学と衛が――いなくなっちゃった」

「いや、来てないな。そもそもチビたちは俺の住所知らないし」

大我に電話してみたけれど、ハズレだった。この前結婚式ごっこで結構懐かれていたから、もしかしてと期待したのだけれど。

すでに望さんから連絡を受けてから一時間が経過している。双子に持ち合わせがあったなら、市内のどこにいてもおかしくはない。

望さんによると、私が病院を出た後、ほんのわずかだけ目を離した間に姿を消したとのことだった。病院の人にも頼んで手分けして探しているけれど、周辺には見当たらないらしい。

私もすぐに病院へ舞い戻り、近隣のバス停や交番やタクシー乗り場を回ってみたけれど足取りを摑めるような情報は得られなかったのだ。

「玲奈にも連絡しとくよ。箱川はこれからどうするんだ？」

「今、タクシー。ホワイト・ドワーフに向かってるところ」

就学前の子供の選択肢なんて限られている。ふいに両親を思い出して、発作的に自宅へ向かったのかもと考えたのだ。戻っても犯行現場として封鎖されているし、両親もいるはずがないとしてもだ。

十分ほどでホワイト・ドワーフに到着した。入り口は黄色のテープで立入禁止になっており、その前に警官が立っていた。離れた位置で腕章をつけた報道関係者が写真を撮っていた。双子が来ていないか訊ねたけれど、答えはノーだった。事情を伝えると、すぐに人手を回してくれるという。

この店じゃないとしたら、どこへ向かったのだろう。ふいに私はジャングルジムを思い出した。私たちと結婚式ごっこをしたあの場所だ。学君たちにとって、あそこは聖地みたいな位置づけなんじゃないだろうか。

草の道を引き返す。雨がぽつぽつと降り出していた。おおよそのあたりをつけて、草を突っ切ると、さびれた骨組みが見えると同時に、泣き声が響いてきた。

双子がいたのはジャングルジムの付近ではなかった。

奥に流れる宇治川、その中途にわずかに草の残る中洲があり、その上で抱き合って泣いていた。

どうして、どうやってあんなところに？

河原に駆け降り、水流をそのまま突っ切ろうとして、靴に当たった水の威力に驚いた。地域の安全教室で繰り返される話。流れるプールと川は別物だ。膝に達しない程度の深さでも、流れに脚をとられ、転倒したまま流されてしまったら命を失う場合もある。

迷う。ホワイト・ドワーフに戻って、報道の人たちに助けを求めるべきだろうか。雨脚が強まったら、水量がこのままという保証はない。往復している間に手遅れになるかもしれない。

時間がない。私は、コ、イ、ン、を、投、げ、て、し、ま、っ、た、。表ならすぐ助ける。裏なら引き返す。

――表だ。

そのとき私に気付いた双子のどちらかが、何か口にしながら手を伸ばした。だめ、と私は叫ぶ。危険な位置で、余計な動きをしたら命取りだ。案の定、弾みでバランスを崩し、川面（かわも）へ落ちてしまった。とっさに伸ばした手で草を摑んでいる。十秒も持ちそうにない。流れに吞（の）まれてしまいそうだ。

最初から誰かといっしょに来ればよかった――。

後悔しながら私は、思い切り脚を踏み入れた。

病院の待合スペース。

額の上と、右手の肘周辺に巻かれた包帯から薬品の香りが漂っている。嫌いな匂いじゃない。新素材なのか、光沢のある包帯に少しだけ滲んだ赤が、瑪瑙（めのう）みたいに鮮やかだ。

名誉の負傷に該当するのだろうか。一応は。

流されかけていた双子の片割れを中洲に押し戻したまではよかったけれど、勢いがついたせいで今度は私が転んでしまった。幸い、近くが浅瀬だったので、数メートル流されただけで済んだけど、岩に削られてこの有様（ありさま）だ。

双子に中洲で待っているよう厳命してからホワイト・ドワーフへ戻り、警察の人に救助を手伝ってもらった。結構派手に出血したので、警察の車で芳信会病院へ直行。手当てを受けてここにいる。入院するほどのケガではないので、落ち着いたら帰っていいと言われた。

双子は元々いた病室で眠っている。

泣きじゃくりながら礼を言う望さんが、正直、鬱陶（うっとう）しかった。血を流したせいか、疲れているみたいだ。すぐ帰るつもりが、一人、待合室のイスから動けないでいる。

これも、派手に報道されたりしないよね？　注目されずに済みそうな流れだったのに、困る。

天井を見上げる。病院の照明って、他の建物より光が怖い。無慈悲で、正しい感じの白さだ。

中洲の双子を思い出す。

間違いなく、死にたかったんだろう。

沈んでいくつもりでざぶざぶ足を踏み入れて、でも決心がつかなくて、中洲に着いたところで怖くなったんだ。

お父さんがお母さんに殺され、発作的に死を選んだ子供たち。玲奈が聞いたら、つらい構図に違いない。

——私がスマホを忘れなかったら、こんなことにはならなかったのに。

包帯の赤を睨む。

双子を助けたって、素直に喜んだりできない。私が決めた行動じゃないからだ。けっきょく、自分で判断できなかった。やっぱりコイン任せだった。

折々の面倒ごとを自分で考えないで、コイントスで決めてきた。だから自分の判断力や心の奥を信頼できない。クラスメイトを通報したとき、スマホを忘れたとき、あれは善意だったと、単純に忘れただけだと断言できない。面倒だよ。心って、なんて面倒なソフトウェアなんだろう。中身を窺い知れない。探れない。

ああ、心も切り開いて、中身を取り除いたり、具合の悪いところをいじったりできたらいいのに！

――できたらいいのに？

私は考え方を裏返した。

できるんじゃや、ないの？

自分を苦しめてきたあれやこれやを思い返す。園長先生に悪の兆候があると決めつけられて、なるべく自分で判断しないように日々を過ごしてきた。再会した園長先生に問いただしたところ、悪の因子が眠っているというのは嘘で、私が自分で自分の心をカスタマイズしていたのだと教わった。だから現段階で私が不安を抱いているのは、自分の心を好き勝手にいじったという過去の私が何を考えていたのか想像できないことだ。昔の私が他害を好む人格だったなら、今の私は、心の中に爆弾を隠しているのかもしれない。

だけど、私の頭を改造したのは私なんだから、さらにいじり直すことだって理屈の上ではおかしくないはずだ。過去の私が私の中に何を仕込んでいたって、今の私に都合がいいように調整してしまえば問題ない。

私は冷静さを無くしているのだろうか？　園長先生を信じるべきではないかもしれない。何らかの理由ででまかせを吐いたのかもしれない。

それでも、確かめてみる意義はあるはずだ。脳みその中身をかき混ぜるためのとっかかりを、すでに私は見つけ出していた。

周囲を確認する。夕日の射し込む待合室は、私以外、人影がない。これなら万が一私がおかしな具合になっても、大した迷惑はかけないはずだ。たぶん。

腕時計で現在時刻を確認した後で、私はコイントスを準備した。この十年近く、頭の中で繰り返してきた概念上のコイントス。暗闇の中でコインをつくり、落下させるというこの工程はすべて私の想像上の出来事だ。想像なのだから、どこまでも自由に調節できる。とくに選択肢を用意しないまま、私はコインをはじき上げた。一定の高さまで上昇した後、設定した地面の位置へ落下する。その際、裏表どちらが上になるかは私にさえ分からない仕組みになっている。

今回、私が調節したのは、コインの速度だ。ゆっくり昇り、ゆっくり降りてくるよう意識する。結果、裏表が判明するまで、私の主観の上では通常の十倍くらいの時間がかかった。

暗闇から戻った私は、急いで腕時計を確かめる。まったく時間が経過していない。これは、普段のコイントスでも同じだ。脳内のコイントスは脳内のコイントスでしかないのだから、現実の針は進まない。にもかかわらず私は暗闇の中で数秒時間が動いたように認識していた。今回、コインを減速させてもなお、現実の時間経過はゼロのままだった。

ということは、だよ。

コインの速さを可能な限りゆっくりに――ほとんど動かないような見かけに調節したら、無限に近い時間が手に入ったりしないだろうか？　あくまで主観上の話ではあるけれど、その暗闇の中で、自分をいじくる方法をゆっくり思案すればいいのだ。

もう一度、コイントスを準備する。ゆっくり、ゆっくり、ゆっくり上がれ。念じてコインを放つ。

暗闇の中、私の指を離れたコインは完全に静止しているように感じられた。

上手く行った、のか？　私はコイン以外何もない黒い空間を見渡した。三百六十度の暗黒。この中で、何を試してみようか。

歩いてみよう、と思い立つ。これまでのコイントスでは、暗闇の中でトスの結果を確認するだけだったから、当然ながら不動の状態だった。今、私は周囲を見渡すことができた。だったら、移動はどうだろう？

動くと決めた瞬間から、暗闇が薄闇に転じていた。同時に、曖昧に意識していた自分の手足も明確になる。

すごいなこれは。私は自分自身の器用さに感心していた。私は自分を、自分の心の中に閉じこめる試みに成功したのだ。心の中にVRのような空間をつくり、その中を自在に歩いているような状態だろうか、これは。

薄暗いその世界は、天井も床も、白か灰色に近いコンクリートのような素材で構成されている。壁は、どの方向を向いても見当たらない。どうやら、恐ろしく広大な部屋か建物の中にいるようだ。

まっすぐ歩けば、迷う心配はないだろう。私はコインの位置から見て北の方角を目指すことにした。

想像の腕時計を信頼する限り、三十分が経過した。まだ突き当たりは見えない。この方向は間違いだったかもしれない。不安になったので引き返す。コインの位置まで戻ってくると、コインは設定した一番上のポイントまで昇りきっていた。完全に停止していたのではなかったらしい。焦る。もう半分しか時間がない。今度は逆へ向かった。

やっぱり何も見つからず、どこにも突き当たらなかった。

考えが甘かっただろうか。たとえこの場所が自分の深層心理だったとしても、いじくるためのマニュアルや、悪い心を集めた人形なんてものが都合よく見つかるとは限らないのだ。それとも、念じたら現れてくれるだろうか？

マニュアルマニュアル、と呟きながら、コインの場所まで戻ってきた。

コインは地面に落ちていた。ちなみに裏面。

あれ？

てっきりコインが落下したらこの想像世界は消えてしまうものだと勘違いしていた。少なくともこれまでのコイントスではそういうものだったから。

終わらない。

出られない？

原初的な恐怖に包まれる。

本当の意味で、自分を心の中に閉じこめてしまったのか？　このまま戻らなかったらどうなる——？　一生意識不明、それとも、死んでしまうのだろうか？

薄暗い壁。ただただ続くコンクリート。

なすすべもなく立ち尽くしていると、目の前がかすんできた。視界に霧がかかっている。いや、粉末がどこからか降っている……私からだ。眼の周辺から、こぼれている。顔の一部が崩れて砂のように——頭も、髪も身体も、少しずつ粒子になってこぼれ続けている。どうして、どうしてだろう。眼を守ろうと顔に近付けた両手から、光が漏れた。

崩れる身体の下に、ぴかぴか輝くものが隠されていた。

ああ、そうなんだ。

理解した。私が恐れていたもの。過去の私が創り出した余計なもの。今の私が取り除きたかったもの。

今、ここにいる私自体が、そうなんだ。

私が崩れたら、正しい私が交代してくれる。

そうと分かったら。

私は右の拳を思い切り顔面に叩き付けた。

ばきり、と古い私にヒビが走る。首に、胴体に、脚に……亀裂（きれつ）が全身を巡り、要らない私がぱりぱりと剝（は）がれ落ちる。

ああ、これですっきりする。

私は自分を壊し続ける。殴るよりも、床に頭突きを繰り返す方が効率的だった。膝をつき、勢いをつけて頭を何度もぶつける。

砕かれ、漂い、飛散する私。

もうじき、新しい箱川小雪の完成だ……。

なぜかカレンダーを思い出していた。

実家の居間にあるカレンダーだ。壁掛けの、祝日や季節の節目が印字されているありふれたカレンダー。十二月十七日の日付に、ピンクの蛍光ペンで「お姉ちゃんの誕生日！」の書き込みと花丸が追加されている。お母さんの文字だ。母親はアニバーサリーを好む人だった。彼女にとって、私の生まれた日は意義のあるものらしい。だったら新しい私が生まれる今日も、喜ばしいと祝ってもらえるだろうか。新しい箱川小雪。家族が知っている私とは別物の私――。


「小雪ちゃん！」

瞬き一つすると、そこは待合室だった。玲奈が私の肩を激しく揺さぶっている。

「やだ、やだ、しっかりして！」

パニック寸前の友人を手で制して、腕時計を確認する。コイントスを始める前から三十分が経過していた。

「だいじょぶ、大丈夫だから」

落ち着くよう言葉をかける。時間が経っているのは、コインが落下した後も暗闇にいたからだろうか。自分の心とはいえ、仕組みはよく分からない。

「双子ちゃんの話を聞いて、この病院、大我君に教えてもらって、心配で来てみたら、双子ちゃんは大丈夫だったけど、ここで小雪ちゃんを見つけて」

興奮が収まらないらしく、両足をばたつかせながら玲奈は言う。

「様子がおかしくて、バッテリー切れみたいに動かなくて、話しかけても全然応えてくれなくて……」

端から見ると、そういう状態だったのか。

もう一度、あそこへ戻りたいけれど、玲奈の前じゃ無理かな。

「頭、打ったんじゃないの」玲奈が気遣わしげに私の包帯を見ている。「CTとか撮ってもらった方がよくない？」

「大丈夫、違うの、これはケガとかじゃないから」

まだ調子が戻っていなかったせいか、私は気軽に説明してしまった。

「改造してただけだよ。私の頭を」

玲奈の表情に後悔する。しまった。頭の具合を心配されている。

「ちがうよ、妄想じゃないよ？　うん、ある意味妄想みたいなものだけど……」

私は慎重に表現を選ぶ。

「最近、私自身に不満を抱いてて、そしたらついさっき、アイデアが浮かんだんだよ。私の心を、プログラムのデバッグみたいにいじくって、新しい私に改良するやり方のアイデア。それを試してただけだよ」

玲奈の表情が、すうっと静まった。

「なにそれ」

と、思ったら、またざわついた。

「デバッグする、改良って……新しい小雪ちゃんになったら今の小雪ちゃんはどうなっちゃうの」

「それは、無くなるんじゃないかな。新しい私に変わるわけだから」

「無くなるって」

「別にいいじゃん。良い方の私に変わるんだから。劣った私なんて、どうなっても」

私は適切な説明を加えたつもりだった。

ところがそれを聞いた玲奈は、厳しい顔になって黙り込んでしまった。

こんな態度をとられるの、初めてだ。なにが気に障ったのかな。

「小雪ちゃん、けっきょく、夏休みは帰省しなかったの」

十分ほど経ったとき、何事もなかったように玲奈が口を開いたので、私は安心する。

「帰らなかった。このバイトもあったしね」

「実家の親って、休みになったら帰ってきてほしいものじゃないの？」

「家、改築中だし。弟も、サッカーの選抜とかに決まっちゃったから、親もサポートが大変みたいでさ。休みの間はばたばたしてるんだよね。私が帰っても、手間かけさせるだけかなって」

そういうと、また黙り込まれてしまった。

弟の話題、よくなかったかな？　でもそこまで気を遣うのもおかしい気がするし。

「あーだめ、やっぱりだめ」

玲奈は両手で髪をかき混ぜながら、首をぶんぶんと振った。

「ゴメン、小雪ちゃん。やっぱり我慢できない。あのね、キツいこと、言うけど聞いてくれる？」

どういう流れか戸惑う。とりあえず、どうぞ、と言った。

「あのね小雪ちゃん。こういうこと、家族でも恋人でもない私が諭したりするなんて、失礼だし、私もそういうところがあるのを棚上げにしちゃうけど」

玲奈は私をまっすぐに見つめる。

「小雪ちゃんはさ、自分のことを、どうでもいいって思ってたりしない？」

安楽さんにも指摘された話だ。

玲奈の口からだと、数倍、刺さる。

「失礼だけど、勝手な見方かもしれないけれど……さっきの小雪ちゃんの言葉からは、あきらめみたいなものが漂ってた。自分なんて、どうなっても構わないっていうか、消えてもいいっていうか……」

「消えてもいいなんて思ってない」知らず知らず、私は早口になっていた。

「今だって、自分を消したかったわけじゃない。悪い自分を消して、正しい自分に作り替えたかっただけ」

「おかしくない？　悪い自分を消すなんて」

玲奈も対抗するように声を張り上げた。

「小雪ちゃんが、何をしたかったのかよくは分からないけどさ、今と全然違う小雪ちゃんになっちゃったら、その人が超のつくような聖人君子だったとしても、私は嬉しくない。大我君だって、家族の人だってそうだよ」

「それは見解の相違じゃないかな。喜んでもらえると思うよ。間違った私が無くなるのなら」

「その『間違った私』っていうのがそもそもおかしくない？」玲奈は、これまで私が目にしたことのない形に眉を上げた。「私には、今の小雪ちゃんのあり方が、間違ったものだとは思えない。小雪ちゃんがそう思い込んでるだけだよ。大した人生経験もない私だけど、断言します。世界中の人間にまともランキングを付けるとしたら、小雪ちゃんはトップの一割くらいには入ります！」

よくもまあ、根拠もなくそんな評価を言えるものだ。気休めやお世辞ではなく、本心だと伝わってくるところが、余計に重い。

「私はまともなんかじゃないよ」

「まともだってば」

「……私のせいかもしれないんだよ」

白状してしまう。「図書館で、スマホをカートに置いたのは、忘れたんじゃなくてさ、無意識に期待していたのかもしれない。誰かが作動させたらいいって……」

「それは仕方ないよ。私も自分で作動させちゃうのが心配だったたし、忘れたのが自分だったら、不安になると思う」

「違うんだよ。私は自分が怖いの。私は玲奈や大我みたいには、自分を信用できないんだよ」

「同じだよ」玲奈は私の手を握る。「私たち三人、女の子に声をかけたじゃない。受験の日に」

「それが違うんだよ！」

私は声を張り上げてしまった。

「二人とは違うの。あのとき、私はコインを投げて決めたんだよ」

「コイン？」

予想外の単語を耳にして戸惑っている風の玲奈に私はたたみかける。

「そういう目が出たから声をかけただけなの。私はね、ずっとずっと、大事なことをそうやって決め続けてきたんだよ。双子ちゃんを助けたのだって、そうなんだ。助けない目が出たら、動いたりしなかった。前に一度だけ、自分で決断したときもあった。友達がさ、悪いことをしてるらしいって知って、警察に教えたの。そうしたらその子、自殺しちゃったんだよ……私が決めると、最悪が起こるんだ。だからコインに任せきりだったの。任せ続けたから、どんどんうすっぺらになって行く。自分で決めても、コインで決めても、けっきょく、私は、自分を信じられない！」

息を吐いた。こんなにまくしたてるのはいつ以来だろう？

玲奈の右手が、背中に触れている。あやすように、咳を静めるように、黙って聞いてくれた。

私の呼吸が落ち着くのを待って、玲奈は口を開いた。

「でも、助けてくれたでしょう。声をかけたでしょう？　そうするって決めるだけが全部じゃない。実際に動いたのは、小雪ちゃんでしょう？」

背中に伸ばしていた手を、右肩に乗せる。ずしりと重かった。

「通報したって話も、それが悪いことなら、黙っているより絶対に正しいよ。その子がかわいそうな結果になったのは残念だったけど、だからって小雪ちゃんの行動まで否定しちゃだめ」

「……ありがたいけどさ。いい風に解釈してくれるのは」

温かい気持ちにはなったけれど、根本は変わらない。

「でもやっぱり、それは玲奈の見方で、私が私を信じられないのは変わらないよ」

そう呟くと、玲奈は眉を高く上げた後、両手で自分の頬を叩いた。

「小雪ちゃんが自分を信じられなくて怖いのはさ」

あっけに取られている私に、強気の眉を近付ける。

「正しいことなんかできるはずないって、自分を貶（おとし）めてるだけじゃないの？」

声を微かに震わせながら玲奈が突きつけた疑念は、私のからっぽを直撃する文句だった。

「私も、そうなってしまいそうだった。一時とはいえお父さんがおかしくなっちゃって、弟が死にそうになって、離婚しなかったら、私がかすがいになっていたらああはならなかったはずだって、自分をだめなやつだって軽蔑（けいべつ）してたの。でもね、そんな風に落ちちゃったら、私を好きだって言ってくれる友達や、つながりを持って、私の色々を育ててくれた人たちに失礼だって踏み留まったの……ううん、全然できてないかもしれないけど、踏み留まりたいの！　だってそんなの、誰にも強いられてないのに、自分にナイフを突き立てるのと同じだから」

両手を肩に乗せた。強い力じゃない。それでも、玲奈という人間が培ってきた威力のようなものに、私は圧倒されていた。

「あなたは正しい。小雪ちゃんの言葉だって、私を踏み留まらせてくれた力の一つなんだよ」

言い返せない私に、玲奈は追撃のように言葉を浴びせる。

「安楽さんが言ってたじゃない。理由もなく人を傷付けるのが一番恐ろしい悪だって。だったら」

眼差しが貫く。

「その反対も、同じだよ。根拠もないのに自分を傷付けるのだって、きっと、同じくらい罪深いことなんだ」

玲奈は苦しそうだ。私を窘めながら、自分の傷を掘り返しているみたいな重い声だ。弟さんから拒絶された後、今、伝えてくれたような言葉にたどり着けるまで、どれだけ悩んだのだろうか。だからこそ、響いた。丁寧に練られたクリームみたいに、私の心へ染み渡る。

心は遊園地を見ていた。

所々ひび割れ、所々どろどろにとろけていたため、近付けなかった遊園地。眺めていると、ふいに気付いた。その光景と私を隔てていたものは、極薄のガラスにすぎなかった。

手を伸ばす。割れた。途端に原型を取り戻した遊園地が眼前に広がった。全部バラバラでもなければ、溶けてもいなかった。とおせんぼしていたガラスの屈折がそう見せていただけだった。

玲奈の指摘は正しかった。私は世界を、私とそれ以外の人たちに分けて、自分を低い場所に置いていたのだ。私は盛況の園内を見渡した。観覧車に玲奈と大我が見える。友達、家族、関わりを持った諸々の人たちが集まっている。長い間、私は最初から持っていたはずの入場券を使わなかっただけだった。

園内のBGMは、相変わらず、例の曲だった。あの楽曲を理解できたわけではない。すべて、きれいに片付いてはいない。混沌の残滓を象徴するように、目の前に様々なアトラクションが現れては消える。

ミラーハウスの入り口に映った自分を見て、私は願った。

私はスイッチを置いたりしないし、友達を死なせるために通報したりもしなかった――。

そんな風に、信じたい。

我に返ると現実がぼやけている。眼をこすると、濡れていた。たぶん、公園の泥水よりは、まともな液体だ。玲奈の瞳も潤んでいる。余計なことを言ったかもと後悔しているのだろう。

「ありがとう。玲奈と友達でよかった」

私は深々と頭を下げる。

「たいへん貴重なものを頂戴いたしました」

「なに、なに、それ」

玲奈は小動物みたいに身体を上下させる。戸惑う眼から丸い水滴が転がった。

私はもう一度眼を拭う。いつ以来だろう。コイントス抜きで泣けるなんて。

五　教祖

家に帰って夕飯の準備をしていると、大我から電話がかかってきた。

「お疲れ。めちゃくちゃがんばったな」

「どもども」

双子を助けた経緯は、玲奈から連絡済みだった。

「ありがとな」

包帯の滲みが家具を汚さないか、今更気にし始めていた私は、発言に虚をつかれた。

「どのお礼？」

「チビどもを助けてくれたお礼だよ」

「なんで大我が言うの？」

「それは……えぇーと」もごもごしている。「この状況でさ、チビどもがケガでもしたら、桐山、ぜったい落ち込むだろ？　それが阻止されたわけでさ、ようするに」

「ようするに？」

「箱川が、桐山の心を守ってくれたお礼だよ」自分で言っておきながら、恥ずかしそうに語尾を小さくする。

「彼氏面～」

　私は意地悪な声をつくった。

「じ、実際そうなんだから、いいだろ」

　私は噴き出さないようにがんばった。大の男の赤面が、目に浮かぶようだ。

「冗談抜きでだな……本当に感謝してるんだよ。チビどものどちらかでもどうにかなってたら、ダメージ、きついだろ。桐山には」

　まあね、と同意しながら、ということは大我も知ってたんだなと私は察した。

「去年の冬にな、弟さんのこと、教えてもらったんだよ」

　受験の日の話をするうちに、自然とそういう話題になったそうだ。私より早かったことに安心する。

「これは、桐山には言わないでほしいんだけどな……その話聞いたらさ、桐山のこと、もっと好きになっちゃったんだよ」

後ろめたそうな響きだ。

「ギャップにやられたってやつ？」

あえて、軽い表現で返す。

「ちょっと違うかな。言い方は悪いけど、めんどくさいところが好きになった」

「ひどっ！」

「いや、貶（けな）してるわけじゃなくてな？　めんどくさいっつーか、物事を真剣に見つめてるところかな……ぶっちゃけた話、そんなの自分は悪くないって棚上げにすることもできるだろ？　それを長いこと思い悩んで、でも悩んだことが、意志の強さにつながってる感じがある」

「わかる、それはわかる」

ついさっき、彼女の凄（すご）みを思い知らされたばかりの私は、熱を込めて頷いた。

「この子をもっと深いところまで知りたいって腹の底から願っちまったんだよ。だから告った」

「以上、新郎新婦のなれそめでした」

「茶化すなって……」

ごめんごめん。羨ましかったんだよ。

「でも大我はさ、そんな玲奈でも、まだ脆いところはあるかもって心配してるわけでしょう」

小さい子供がひどい目に遭う事件が間近で起こったら、また苦悩を背負ってしまうかもと気遣っていた。だからこそ、それを阻んだ私に感謝してくれている。

「まあな。付き合うことになったんだし、その辺は気にかけておきたいって考えてた」

「大我はさ」

私は浮かんだ疑問をそのまま口にした。

「どうしてそんなに、愛の戦士なの？」

「なんだよ、あいのせんしって！」

まだからかわれていると感じたのか、拗ねる声になる。

「や、男子って、恋愛のパーセンテージがそんなに多くない印象だったけど、大我はそうでもないのかなって」

「ああ、別に桐山のことばっか頭にあるわけじゃねーけどさ」

大我は咳払いを一つした。

「俺の母親がさ、十年くらい前に大病したとき、親父がものすごく献身的だったのを覚えてるんだよな。親子と違って、夫婦って他人だろ？　一人でも生きていけるような人間同士が、わざわざくっついて暮らして行くんだからさ、それなりの覚悟は要るんじゃねえのって」

私はリアクションに迷う。

……それ、夫婦の話だよね？

婚約したわけでもない相手に対して、そこまで思い詰めている……重いか軽いかで言えば、間違いなく重いだろう。でも、アリかナシかで言えば——私としては、アリだと判定したい。重いけど。

「大我は、愛の武士だね」

「……それ、ランクアップしてるのか？」

困惑気味のつっこみが返ってきた。

夜も更けてから、実家に電話をかけた。両親・弟と、十分ずつくらい話をする。三人とも、滅多に連絡しない私が自分からかけてきたことに驚いたようだ。でも迷惑ではないらしいと知って、少し嬉しかった。

通話を終えたあと、私はスマホに保存してあった家族の写真を眺めていた。

そのうち、あの保育施設と園長先生についても話をしよう。とりわけ両親は、あの施設に預けられたことを私が恨んでいると勘違いしているみたいだ。私は私で、誤解を解こうともしなかった。思い返すと、実家で過ごしていた頃の私と家族の間には、薄皮のような遠慮と不信が挟まっていた。

薄皮なのだから、その気になれば取り除いてしまえるものだ。ゆっくりと、丁寧に取り去って行こう。

丁寧に……。

あれ？

不快感。

ざくろみたいな赤黒い塊が、心のなかにごろりと転がった。

体温が上昇していることに気付く。

どうして家族との間に薄皮があるんだっけ。

どうして気まずいの？　両親が、気まずい思いをずっとしてきたのはなんで？

水に高熱を与えたように、感情が沸騰する。

それは、あの施設が問題のあるところだと見なされたからで、——問題があると見なされたのは、園長先生が私を悪魔扱いしたからだ。

全部、園長先生のせいだ！

よくも！

私は苦しくなって、床にうずくまる。なに、この気持ち、何？

よくもよくもよくもよくもよくも！　この十数年、私は自分の決断を放り投げていた。大事な物事を自分で決めるという貴重な経験を奪われていた。奪ったのは私だけれど、私じゃない。全部、園長先生のせいだ！　私を悪魔だと言ったせいで！　ふざけるな！

煮えたぎり続ける心が恨み言を放つ一方で、冷静な私は不思議がっていた。なんで、今？　ホワイト・ドワーフを最初に訪ねたとき、こっそり先生に会いに行ったとき、まだ生きていた園長先生に、罵詈雑言の限りをぶつけたってよかったのに。

そうか。

納得する。これまで、自分が大事じゃなかったからだ。価値がないがらくたを取り上げられたり、壊されたりしても何も感じないのと同じこと。自分を大事なものじゃないと思い込んでいたから、傷付けられても何も騒がなかったんだ。安楽さんの指摘、そのままだった。

そうか。私、今、本当に怒ってるんだ。もしかしたら、十数年ぶりに。

「このやろう！」

叫んだ後、お隣さんへ迷惑かな、と冷静になって、その後は頭の中だけで悪口を連ねた。

まったく落ち度のない私が、どうして苦しまなくちゃならなかったの？

今更謝ってもらっても、何も解けないよ！

私を子供の頃の私に戻してよ！　自分を怖れないでいられたあの頃を返して！

あなたは最低だよ。人の心をないがしろにする人間が、宗教家を名乗るなんて、おかしい。

返してよ、全部、かえして。この十数年間で私が失ったもの、取りこぼしたもの、あきらめたもの……全部をかえせと胸倉を摑んでやりたいのに……。

勝手に死ぬな。

その死に方だって、あなたのせいでしょうが？　あなたが愚かだったせいで、私は、貴方を糾弾する機会も失ってしまった。

詰らせてよ。殴らせてよ。ああ、あああああ、あああああああ！　せめてホワイト・ドワーフで、気が付いた時点で殴り飛ばしていたらよかったのに！

どろどろの怒りが、頭の中を駆け巡る。回し車のハムスターみたいに新鮮で、奔放な感情だ。ちがうよ、十数年ぶりどころじゃない。ここまで怒ることができたのは、人生初だ。

落ち着け、落ち着け。私は取り戻した。怒りを取り戻した。これからはいつだって激怒できる。半年後に怒ってもいい。五十年後に怒ってもいい。でも、今はだめだ。今は溺れちゃだめだ。これからを考えなくちゃいけない。一度に噴火しすぎたら、血管がちぎれるかもしれない。

私はマンションを飛び出していた。やばいのでは、と頭の別の部分がブレーキをかけようとする。殴りたい園長先生は分解されてしまった。代わりに関係ないおじさんを殴ってしまいそうだ。信号待ちの横断歩道で、しゅっしゅ、とジャブのポーズをとって発散を試みる。隣にいた幼稚園くらいの男の子が、不思議そうな目で私を眺めていた。私はシャドーボクシングを止める。信号が青に変わっても行きたい場所がない。男の子はお母さんの手に引かれて向こうへ渡ってしまった。

「仲直り、しなくちゃ……」

その子の背中を眺めながら、私は呟いた。小さい肩を見て、園にいた頃ケンカした男の子を連想したからだ。ホワイト・ドワーフで、園長先生も語っていた話だ。私は男の子とケンカをして、ずっと怒っている自分が気持ち悪かったから、その感情を塗りつぶしてしまった……。

名前は思い出せない。ケンカの理由も曖昧なままだ。その後で、もっと大きな怒りさえ私は塗り固めてしまった。園長先生に対する怒りだ。あんなに大好きだったのに、私を排斥した。そのとき、おそらく私は、自分が激怒していると自覚すらできなかった。ただただ雪崩のように襲ってくる感情から逃れたくて、自分の価値を小さく縮めてしまったんだ。

不愉快を背負いながら、商店街を早足で歩く。私がアウトローだったらシャッターの前で演奏しているパフォーマーの楽器を取り上げて、過去の不遇への怒りをがなり立てたかもしれない。

でもけっきょく、私はいい子だ。カラオケボックスで三時間コースを申し込んだ。防音ドアの中で、叫びまくって、怒鳴りまくろう。

……リモコンをいじっているうちに、そういう音楽を大して知らないことに気付いてしまう。

というより、「歌ったら解消できる」って認識してる時点で、ある程度カタはついてしまったのでは？

もやもやする気分を持て余したまま、そんなに盛り上がらない曲ばかり歌って時間を潰した。英語の発音に自信があったら、「ソング・サイクル」の楽曲にも手を出したかもしれない。不完全燃焼のまま店を出る。他の人たちは、こんな風に騒ぐ感情をどうやって鎮めているのだろう？

カラオケボックス前の百均ショップで、私はハーモニカを買った。景気のいい音楽を吹き鳴らしたかったけれど、口は小学校の課題しか覚えていなかった。「荒城の月」を吹きながら、人がまばらな商店街を抜ける。ポスターが目に入った。閉店した店舗のシャッターに掲示された政治団体のポスターだ。税金や制度に関して、与党への怒りを並べた文章だった。この人たちにとって、怒りは原動力なんだな。

これまでの自分が、どれだけ不自然な生き物だったのかを自覚する。

そして、思い出した。男の子とのケンカは、楽器を貸してもらえなかったことが原因だった。さっきから音楽や楽器にこだわっていたのはたぶん、そういうわけだ。それがハーモニカだったのかは自信がない。今、荒城の月を奏(かな)でながら夜道を歩く怪しい女子大生になっている私は、過去の怒りを噛み締め直しているのだろうか？

「ラ〜ラ〜レ〜ミ〜ファ〜ミ〜レ〜(は〜る〜こ〜う〜ろ〜う〜の〜)」

フレーズを繰り返していると、すれ違った酔っぱらいのおじさんが歌を合わせてくれた。

「は〜な〜の〜え〜ん〜」

声が遠ざかって行く。都会の優しさ、かな……。

マンションに帰ってきた。靴をぬぎ、頭の中、少し疲れ始めたハムスターを撫でる。少しずつ、少しずつ、回し車はゆっくりに変わり、するすると停止した。

まだ園長先生を殴りたい気持ちは残っている。この先も、ゼロにはならないだろう。何かの拍子(ひょうし)に思い出して燃え上がって冷めてを一生、繰り返すのだろう。

ベッドに横たわり、考える。

私は園長先生への怒りを自覚した。これからどうしたらいいだろう。

園長先生と私。園長先生の家族と私。

Sを見つけ出したらホワイト・ドワーフへの援助を復活してくれるという安楽さんとの約束は、店長夫妻を失った今、残された家族に対して重みを増している。望さんなら、どこか別の地方でパン屋さんを再開したいと願っているかもしれないからだ。

とはいえ望さんを敵の片割れと見なすなら、消極的な復讐を望んでいるのだったら、Sの割り出しなんて止めてしまってもいい。でも……。

今でも私は、園長先生を嫌いになれない。

温かい腕と、美味しいシチューの記憶は、その後の仕打ちを差し引いても、やっぱりきれいな思い出だ。

不幸な結末を殊更望んではいない。相手が本人ではなく、その家族だったらなおさか、冷静に思い返す。

　……うん、我ながら寛大だ。

　その言葉が出てくるからには、やっぱり相当鈍いのかもしれない。

　ぱっとは浮かばないまま、ふと手に触れた端末を見る。

　やばい、つい長考した。

ら。

「寛大だなあ、私」

　勝手な自己評価を口にする。でもまあ、執念深い性格でないことは確かじゃないかな？　小学校の時分、私をいじめたあの子たちに対してだってそうだ。お墓参り、帰省したら行こうかな……。

　呟きながら、私は今後の方針を再確認する。

　やっぱり、ホワイト・ドワーフの人たちは助けたい。そのためにも、絶対にSを見つけ出さないと。

　そう決意したとき、引っかかるものを感じた。

　しまい込んだばかりの怒りを取り出し、子細に観察する。直感が告げている。これは何かのヒントだ。ただし、これだけでは足りないとも教えてくれている。調味料のように化合物のように、さっきの感情と何かを照らし合わせたら、思いも寄らない扉が開くかもよと予感が騒いでいる。

　軽い混乱を感じて、私はよろよろと部屋を歩き回る。

　でも調味料なんて、どこから探してきたらいいのだろう？　メンバーと顔を合わせ続けても、進展はなさそうだ。ベーカリーも、とっくに封鎖されている。

現在を見回しても、新しい材料は手に入りそうにない。

「だったら、過去だ」

立ち止まり、呟いた。


翌日は朝から大雨だった。外へ出るのが億劫(おっくう)だったけど、明日が面談だから、ぐずぐずしてはいられない。

私は大学構内にある宗教史研究室の書庫を訪れていた。

基本的に、大学で必要とされる書籍は図書館に収蔵されている。とはいえ特定の研究者にしかニーズのないニッチな専門書類や一次資料は、図書館より該当分野の研究室で保管した方が効率的なので、ある程度の規模を有する研究室には書庫が併設されている。そうした資料の中には検索サービスでヒットしないものも多いので、入庫許可を得て直接確認するしかない。

私の目的は、園長先生が代表を務めていた光意安寧教の資料を探し出すことだった。

ウィキペディアには同団体について京都で立ち上げられた教団であること、設立者が園長先生であること、後に東京進出を図り、その際設立した保育施設が問題視されて衰退につながったこと等が記されていたけれど、私が知りたいのはもっと詳細な事柄だ。たとえば、設立当時の構成員や、他の宗教団体との関わりについて。教団はこの京都で設立されたのだから、勢いのあった時分は他団体と交流していたとも思われるので、この大学にも教団関連のデータが残されているかもしれない。

とりわけ私が確認したいのは、光意安寧教が掲げていた教義の詳細だった。保育施設にいた頃、その手の話を吹き込まれた覚えはない。後から思い返すと、道徳や死生観にまつわる「おはなし」を時々聞かされたかな、という程度で、閉園するまで両親でさえ新興宗教との関わりに気付いていなかったくらいだ。それとなく教義に染めた後、卒園後に入信させる手筈だったのかもしれない。

そのため教団が何を指向していたのか、改めて知っておきたかった。

……実は教団の過去を知ったところで、それがSを決め打つことにつながるのか、根拠も何もない。関係なんてゼロかもしれない。それでも私は、その先に宝物を期待していた。裏付けが皆無でも、自分の決定を尊重したい気分だった。

研究室で所定の手続きを済ませた後、カードキーを借りて書庫の扉を開く。内部は、書庫というより書物の雪崩跡だった。

本棚があることはかろうじて判る。収納しきれなかった本やファイルが、周囲に積み上げられ、棚の嵩を超えたあげくにあちこちで崩れているため、無秩序に近い状態だった。

これ、私が整理しないとだめかな……。

立ち尽くしていると救世主が現れた。

「そこにお宝はないと思うよ」

書庫の入り口から声をかけてくれたのは徐さんだった。手にノートパソコンを抱えている。

「見ての通りスペースがないから、紙媒体はデータ化済みのものから廃棄をしている。アナログで残っているのは、メジャーな宗教の資料ばかりだね。そうでない分は、もう、この中」

ノートPCを触ると、「その他団体」とマーカーで記されたCD－Rが飛び出した。

「ここに来たということは、あのパン屋さんの前の仕事を調べるためでしょう？　手伝ってあげよう」

　鹿原弘一が宗教団体の教祖だった話は、すでにニュースでも報じられている。一足先に、関連するデータが保存されている媒体を用意してくれたらしい。

　報酬の何割かと引き替えね、と指で丸をつくる徐さんに、私は頷いた。

「徐さんの専門って、たしか、日本の地域発達史でしたよね」

　無造作に転がっていたパイプ机を組み上げ、ＰＣを載せた徐さんに私は訊いた。

「宗教とかも分野なんですか」

「まあ、この大学だからね」

　徐さんはいくつかの検索ワードを打ち込みながら、

「宗教のデータはいっぱいだから、使わないのはもったいない。大きい宗教団体は、地方で都市を作り上げたりもするから、私の分野とも関係してるんだよ。それで時々お邪魔して、欲しいデータだけ集めさせてもらってる」

「徐さんの研究って中国だと盛んな分野なんですか」

　私がそう訊いたのは、実利的な発言の多いこの留学生が、研究を手がけている動機に興味を持ったからだった。

「どちらかというと、これからですね」

徐さんは意味ありげに笑う。

「知っての通り、ここ何十年かの、中国の発展はすごいスピードだ。でも広い国だから、全然昔のままの地域だっていっぱいなんだ。つまり日本が五十年前くらいに体験してきたような、発展に伴う格差や公害といった社会問題が、もっと大きなスケールで発生することになる。というか発生してる」

なるほど。つまり徐さんは、お国で発生している、もしくは将来的に発生する問題に対処するための研究に取り組んでいるわけか。思ったより、真摯(しんし)な動機だった。

「研究が上手く行く、私、出世できる」

そうでもないかもしれない。

「まあ、そんなわけで、中国でも怪しげな新興宗教は危険だって見ているからね。データは集めてあるんだよ」

徐さんはディスプレイに表示された「光意安寧教」のフォルダを示す。

「雑誌や新聞の切り抜きを取り込んだ画像ファイルが十二個。インタビューの音声データが二つ。私も中身は知らない」

どれからチェックする、と訊かれた私は、とりあえず「1990説法・基礎」とタイトルの入った音声ファイルを選んだ。

音楽再生アプリが起動する。他に誰もいないとはいえ書庫内なので、私は徐さんと片方ずつイヤホンを耳につないだ。さらさらと耳に心地いいノイズが小さくなっていく。これ、風の音か？　野外で話しているのだろうか？

「あらゆる宗教において、人々は超越者に救いを求めます」

朗々と声が流れる。

「店長さんの声かな」

徐さんが首を傾げる。たぶんそうだろう。昔の録音で声も若いけど、園長先生の姿が浮かんでくる。

「あるいは、超越者に救いを求める試みを宗教と呼ぶのかもしれません。神、仏、天……超越者の呼び名は様々ですが、今は分かりやすく『神』と呼びましょう。すると問題になってくるのは、『神』と呼ぶための条件です」

「神を求める人々の前に、何かが降り立ったとして、圧倒的な暴威を示さなければ、人は安心して服従できません。『こいつに服従しても、もっと強い奴が現れるかもしれない』と不安を抱かれてしまうからです。神に要求されるのは究極の力を自由自在に駆使できること……つまり神は『全知全能』でなければ許されないのです。様々な一神教の神や、多神教の主神が同様の特徴を備えていることが、この定義の証明となっています」

「ここからはこの『全知全能』について具に分析をしてみましょう。物体及び生命は、世界に対して作用する際、エネルギーを消費します。我々人類ならカロリーを、ロボットなら、電池やバッテリーの類を使うことになります。神を動かす原理がどのようなものであるにせよ、なにかを消費することは避けられません。しかしエネルギーが底をついた場合、行動不能に陥ってしまう……そんなことでは全能とは呼べませんん」

「つまり神が神たりうるためには、無限の燃料を備えている必要があるのです。ただの全能ではなく『全知』全能なのですから、あらゆる知識・情報を蓄えていることも要求される。そのためには限りがある脳細胞や半導体ではなく、無限に情報を記録できる記録媒体も持っていなければならない……」

「ここまでの話をまとめると、神の必要条件は『全知全能』であり、全知全能であるためには『無限』である必要があります。ようするに『知性を備えた無限』を神と呼ぶのです」

「無限とは、文字通り、限りがないという意味。宇宙がどれほど広大であっても、無限である神は、その全領域を満たす状態でなければなりません」

「さて、このくだりが重要なのです。無限に広がる神の領域の中で、私たち人類はどのような位置づけなのでしょうか？　コップに水を注ぐとします。水の中にわずかでも砂利が混じっていたならば、コップはすべて水で満たされているとは言えません。神が全宇宙を満たすためには、私たちも神の一部でなければならないのです。言い換えると人間を含めたあらゆる存在が神の一部であるからこそ、神は神の必要条件である無限になれるのです」

「私たち人間は神の一部。神の一部であるということは、神そのものであることも意味します。なぜなら神は無限なのですから――無限をいくら分割しても無限にしかなりません。人の子にとって、超越者の一部でありすべてであるという事実以上の救いが存在するでしょうか。つまり私たちはすでに救われている……日常に訪れる、恐怖・不安など取るに足らないものなのです」

「……とはいえ、そんなことを言われても苦しいものは苦しいのだと仰る方も大勢いらっしゃるでしょう。表層的な苦しみであっても、苦しみであることには違いないのですからね。我々光意安寧教は、そのような嘆きも軽んじたりはしません。偽りであれ、これから、仮の苦しみを取り払う術をお伝えします」

「本来、私たちは神の一部であり、無限に広がる神の思考の上に漂う、表層にすぎません。自問自答する幻覚のような存在なのです。幻覚なのですから、自身の苦痛を調整することも可能です。不安や苦しみを、虫を払うように除くことのできる心のあり方、無限へつながる第一段階。これを私たちは『光意』と呼んでおります」

「残念ながら、この私も含め、この境地に到達できた者はまだ現れておりません。だからこそ私たちは、共に光意を目指す同志を募っております。人の平穏は本来、日々の暮らしの中で、家族や隣人との関わりから親愛のしるしを見出すことで手に入るもの。ならば、同じ道を歩む仲間が増えれば増えるほど、光意への道程は容易なものへと変わることでしょう。そのようにして万人が光意の境地に至り、表層的な苦痛から逃れて安寧を享受する、これが、私たち光意安寧教の目指す世界です」

「意外だな」

イヤホンを耳から抜き取り、徐さんは腕を組んだ。

「わかりやすい話だった」

「私も驚きました。宗教の、それも教祖ポジションのお説教だから、もっと難しいかなって」

造語や難解な専門用語をちりばめて煙に巻くものだと思い込んでいた。

「『コウイ』以外はほとんど一般の単語だったね。話も、一回で理解できた」

徐さんは本気で感心している様子だった。私も少なからず、園長先生を見直していた。

誠実だ。超常を語りながら、はぐらかしがない。神の定義という、不実な教祖なら棚に上げてしまいがちな事柄を明確に料理している。広げた大風呂敷をきちんと畳んだ上で、心の平穏を保つという身近な目標を掲げ、その目標さえまだ到達者がいないことを正直に語り、弟子の類ではなく同志を募るという名目で入信を呼びかけている。

きれいな声と、大物ぶった雰囲気だけで人を集めていたわけじゃなかったんだ。

同時に、そこまで真摯な宗教家が、私に悪魔の烙印を押しつけた理由も理解できた。

ホワイト・ドワーフで聞いた話を信じるなら、幼い時分の私は、光意安寧教が理想に掲げていた「光意」の体現者かもしれないという話になるからだ。

教祖である園長先生自身も届いていない境地に足を踏み入れていた子供。広告塔として利用する選択肢もあるにはあった。けれども園長先生は、教団に害を及ぼす存在として排斥する方を選んだのだ。

その気持ちも理解できなくはない。提唱者は自分なのだから、皆で光意を目指そうと建前を掲げても、最初の到達者として崇拝されたいというのが本音だったのだろう。

「面白かったけど、Sの正体とは関係なさそうかな?」

「いえ、教義を把握できたのは前進ですよ」

「それ、Sに関係ある?」

首を捻り、徐さんは残りのファイルを指で示す。

「今度は、キーワードでサーチしよう。画像に混じっている文字をチェックできるよ」

　徐さんが画面を撫でると、検索語を入力するウインドウが複数表示された。ここに文字を入力すれば、画像形式で保存されている語句もピックアップできるということらしい。

最初に入力する文字は……やっぱり人名かな？　私同様、教団に関わりのある人間が他にもメンバーに紛れ込んでいるかも。

「桐山、三島、茂木、香川、箱川、安楽。この六人の名前で検索してもらえますか」

「徐は入れなくていいのかな」

……言いにくいことを指摘してくれてありがとうございます。

実験のメンバー全員と、安楽さんの名前を入力してもらう。数秒で結果が表示された。

　検索結果：０件

「だめか」徐さんは結果のウインドウを指で閉じる。「下の名前だと、どうかな」

私は玲奈の両親が離婚していた件を思い出した。現在の桐山姓が以前から使っているものじゃなかったとすれば、彼女や彼女の親族が関係者でも、桐山の名前ではヒットしない可能性が高い。

検索語を玲奈、大我、水観、霞、博文、小雪、是清に切り替えて再度検索を行う。

検索結果：1件

ヒットしたのは、「1985　会報」という画像だった。中身を確かめる。教団が発行していた広報物の紙面をスキャンした画像のようだ。六ページ目に、信者の子供たちが描いたらしい園長先生の似顔絵が数点、掲載されていた。画力が壊滅的なので、言われなければ園長先生とは判らない作品ばかりだ。

似顔絵の下に、作者の名前が添えてある。名前の一つが赤く点滅していた。この部分にヒットしたのだ。

「うえっ？」

徐さんが呻く。私も喉（のど）が鳴りそうだった。キーワードに加えたとはいえ、予想外だ。この人がヒットするなんて。

湯浅是清くん　六歳

「うん、それ、僕だ」

躊躇も後ろめたさも感じられない声で安楽さんは認めた。

「似顔絵か、懐かしいなあ……差し支えなければ、画像、送ってくれる？」

私と徐さんは研究室の廊下にいる。書庫の外に出たのは、安楽さんと連絡を取りたかったからだ。二人が腰掛けているソファーの中央にスマホをセットして、スピーカーモードで通話中。

「安楽さんは光意安寧教の信者だったんですね？」

「家族ぐるみでね、最初に父が入信して、そこで母と知り合ったんだ。僕は生まれた瞬間から教団の子供だった」

「パン屋さんで会ったとき、弘一さんは何も言いませんでした」徐さんが口を挿む。

「今は信者と違うですか」

「僕が十歳の頃に破門された。家族全員ね」

それなら、園長先生が気付かなかったのも頷ける。名字が変わっていたならなおさらだ。

「何をやらかしたですか」

「信用ないなあ」

ノイズが笑う。

「やらかしたのは僕じゃない。父親だよ。それも悪意があってのことじゃないけどね……親父はさ、到達しちゃったんだ。教祖様もまだだった境地にね」

「……『光意』ですか」

私が口にした言葉に、電話の声が喜色を帯びる。

「ああ、そこまで勉強したんだね。その通り、光意だよ。自分自身の精神をカスタマイズすることで俗世の苦痛から脱却できる境地。箱川さん、君も足を踏み入れかけていた領域だ」

「どこまで？」私は自制を失いかける。「安楽さんは、どこまで承知の上だったんですか。やっぱり実験を始める前から、私のことも調査済みだったんですか」

「それは違う。そこまで神様じゃないよ」

安楽さんは否定する。

「箱川さんが教団の保育施設に通っていた件を知らなかったのは本当だ。教団が園児の一人を悪魔扱いしたことから崩壊に至った話は承知していたけれど、それが箱川さんだとは把握してなかった。確認したのは前にも言った通り、実験を組み立ててからだよ。とはいえ、推測はできる。ただの園児を過剰なまでに危険視した理由はね」

控えめながら、声に嘲笑が加わった。

「鹿原さんは、真摯な求道者だった。凡百のインチキ教祖みたいに、できもしないことをできるとごまかしたりはしなかった。ただ、嫉妬や敵愾心と無縁の聖人でもなかった……自分が届かない光意に至った親父や箱川さんに対して、教団を乗っ取られるかもしれないと猜疑心にかられ、排除した……」

話を聞きながら、私は自分の幸運を痛感していた。

私は光意安寧教の信者ではなかった。でもあのまま園が存続していたら、次第に取り込まれて教えを信じたかもしれない。生活のすべてに教団が入り込んだ段階で、破門みたいな仕打ちに遭っていたら……。

「教団乗っ取りを企む悪魔呼ばわりされて、親父は教団から追放された。おふくろはそれでも教祖様を妄信していたからさ、家庭は即、崩壊。僕もまあ、色々苦労したよ。その後も諸々あって、両親とも、早い時分に死んじゃった」

重たい話を、結構適当に片付けるんだな、この人……。

「そんなわけで傷心の少年は、人の心の成り立ちに興味を持ち、研究者として名を成して立身出世を果たしたのでした。めでたしめでたし」

いやいやいや……。

「勝手に終わらせない」

徐さんが突っ込んでくれた。

「ああ、エピローグがあったね。そこそこの地位と財力を得た僕は、教団のその後を追いかけた。僕が手を下すまでもなく崩壊していたと知ったときはショックだったけど、教祖様自身は健在で、元信者と温かい家庭を築きながらパン屋さんを営んでいるって知ったとき、ちょっとした悪戯心が芽生えたんだ。困窮するパン屋の援助を引き受けた上で、実験を企画した」

「回りくどい復讐ですね」

「回りくどする意義のある復讐なんだよ」

私の揶揄にも心理コンサルタントは動じない。

「復讐という言葉も正確じゃないな。ずっと怨恨をくすぶらせていたわけじゃないからね。ただ、帳尻を合わせたいと願っていた。僕が払った労苦と元教祖様の現状を、僕の主観で釣り合う形に持って行きたかった……教団を失っても、教祖様は元信者の家族に囲まれて暮らしている。けっきょくのところ、ホワイト・ドワーフは教団の縮小型にすぎない。彼の教団を、完全に崩壊させてやりたかった」

少しだけうわずってきた安楽さんの声に、私は初めて人間味を感じた。

「僕なりに考えた美しい結末、それは、親父を悪の権化と断じて排斥した教祖様が、僕の想定した『悪』の手によって破滅するという図式だった」

――そういう構図だったのか。

「純粋な悪を探しているという話も、嘘じゃなかったんですね」

研究と過去の清算、この人は、その一石二鳥を狙っていたわけか。

「やっぱり、関係者の私が押しちゃったら、台無しになりませんか」

「君は、別枠。親父とポジションが似ている人には、復讐の機会を与えてあげたかった」

……うれしくない配慮だ。

とにかく当初の目論見通り、「純粋な悪」に近いような思想を標榜するSがスイッチを作動させ、柚子さんを唆して園長先生を葬った――。

「予想外だったけどねえ。まさか物理的に葬られてしまうなんてさ」

「大筋はわかりました」

事前説明もなく駒扱いされていた不快感を私は口には出さず、

「その上で提案させてもらいたいんですけど、Sを見つけ出したらホワイト・ドワーフへの援助を復活するっていう約束をしてましたよね」

「ああ、あの話は変わらないよ。もっとも店主が死亡、奥さんが刑務所行きの有様じゃあ、援助しても再開は困難だろうけどさ。残ったお子さんたちに、援助額と同じくらいのお金を渡すことは問題ない」

「見つけなきゃだめですか?」

「うん?」

「個人的に、Sが誰なのかは明らかにしたいと思っています。でも、その話は抜きにして、望さんたちを援助してもらえませんか？」

アマイヨ、と横で首をふる徐さんを無視して、私は言葉を続ける。

「安楽さんのいう釣り合いは、もう取れましたよね。園長先生は報いを受けました。安楽さんの家族を崩壊させた件には責任がないかもしれない、柚子さんまで不幸になりました。もう、いいんじゃないですか？　残ったお子さんたちは、無条件に助けてあげてもよくないですか？」

「君はつくづく博愛主義者だねえ」

あざ笑う風ではなく、真剣に感心している声。

「信頼していた相手に、悪の烙印を押されるなんて経験は、幼い時分ならなおさら堪えるはずだ。君は今でも、光意に届いているのかい？　憎悪をコントロールできるのかな」

「全然です。憎い人は憎いし、好きな人は好きですよ」

私は正直に答えた。どこかの棚にしまい込んでも、感情自体が無くなるわけではない。

「でも」

「ひどいことをされて恨みに思う気持ちと、その人と一緒にいて楽しかった思い出は、プラスマイナスで相殺できるようなものじゃないと思うんですよ」

「なるほど、それも理屈だね。でも僕には難しい。あのパン屋さんに、君たちほどの思い入れもないしね」

安楽さんは自分を笑うように声を弾ませた。

「なにより僕のなかにいる悪行機械が、手を緩めるなと囁いている」

だめか。

「最初の約束は守るから安心してほしい。Sさえ特定してくれたなら、必ず援助はするよ。内心どう思っていようとね」

私は警戒する。もう一ヵ月以上の付き合いになるけれど、初めてこの人に人間味を感じたかもしれない。

でもそれは、悪い意味だ。この人は約束を守る人だけれど、きっと、約束しか守らない人だ。Sを見つけたら、望さんたちを援助してくれるというのは本当だろう。けれどもほとぼりが冷めた後で、次のなにかを平然と仕掛けるかもしれない。

「わかりました。なるべく早いうちに結論を出します」

懸念はあっても、Sを特定しないことには始まらない。とくに締め切りはないはずだけれど、安楽さんが先に見つけてしまったらそれで終わりになってしまう。安穏とはしていられない。

「じゃあ、今日はこのくらいで。せいぜいがんばってね。望さんたちを救いたいのなら」

「安楽さん」

「はい？」

私はふいに思い立った言葉を口にした。

「私は、あなたのことも救ってあげたいと思ってます」

電波の向こうで、息を呑む音がした。

隣の徐さんは、「ええ……」と呆れている。

やがて爆笑が返ってきた。

「ははははは。面白い。実に面白い。ここ数ヵ月で、他人から聞く言葉がここまで予想外だったのは初めてだよ！」

ぱちぱちと、拍手までしてくれているようだ。

「ご自由に……僕はどっかに落っこちた覚えなんてないけど、何かから拾い上げてもらえるなら、それはありがたいことだ。それじゃ」

ノイズの泡を耳にしながら、私は自分自身に呆れていた。

あんな言葉、どうして出てきたんだろう？

「格好いいじゃない」

徐さんも苦笑いで拍手のポーズを取っている。

「でも、あてはあるの？　まだ何もみつかてないよ」

「そうなんですよね」

私はうなだれる。現状Sの正体については何のとっかかりも見つかっていない。それが問題だ。

「私、しばらくここにいるから、後は手伝えない」

徐さんが研究のために書庫へ籠もると言ったので私は研究室をおいとますることにした。徐さんが用意してくれた他のデータから、人名だけをコピーしてスマホに記録しておく。後々、メンバーの関係者に該当する名前が出てくるかもしれないからだ。

「これで充分です。ありがとうございました」

「なに、ヒントがあったの」

徐さんは意外そうに首を鳴らした。

「わたしには、全然、手がかり見えなかったけど」

「直接Sの名前とは関係してませんけど……もしかしたら重要なことかもしれないんです」

報酬期待してください、と伝える。研究棟を離れて、私は勤行館へ向かった。

今日もカウンターで受付を担当していたのは茂木さんだった。「心の相談」を申し込むと瞳が意味ありげに輝いた。

「相談という名目で、『S』探しですかな」

「そんなところです」

今更繕って(つくろって)も仕方がなさそうだ。

前回と同様に、香木が焚かれているシンプルな構造の部屋に通される。私は早速本題を切り出した。

「茂木さんは、光意安寧教という宗教団体についてお詳しいですか」

「店長さんの件ですな」

スキンヘッドの額に皺が寄る。

「この京都で、それなりに名を馳せた団体ではありましたから、一通りの知識は持ち合わせております。とはいえ、内部に知り合いがいたわけではありません」

訪問したとき、元教祖様の顔に気付かなかったくらいですからな、と茂木さんは言う。

「詳しいっていうのは——教義にもですか？」

「一通りは、頭に入っております」

茂木さんは指先で頭頂をつつく。

「たとえばこの『心の相談』ですが、制度として成立する前から、似たような試みは繰り返されておりました。我々のような伝統を有する宗教団体の場合、新興のそれらに関するもめ事が持ち込まれるのもしゅっちゅうでして……よくある話だと、退会したい、させたいという話ですな」

そういえばニュースか何かで、カルト教団に入信したまま帰ってこない子供を取り戻すために、キリスト教の神父を頼った父親の話を聞いた覚えがある。

多かれ少なかれ、そういう役割は伝統宗教に期待されているというわけか。

「極端な思想を掲げるようなカルトにのめり込むお子さんは、案外、理詰めで考える方が多かったりするのです。だから教義の不備を指摘してあげると、案外あっさりと醒める」

「光意安寧教って、問題をよく起こす団体だったんですか？」

「いえいえ、少なくともこの京都を中心に活動していた頃は優等生でしたよ。教義を頭に入れたのは、念のための用心でした」

光意安寧教の危険性はともかく、肝心なのは茂木さんがその教義を知っていたという点だ。

「光意安寧教の教えを把握したら、何か謎が解けるかもしれないんです」

私は自分の意図を正直に伝えた。

「これから私が話す安寧教の教えと、茂木さんの認識で食い違っているところがないか、聞いてもらえますか」

さっき音声データで聴いたばかりの説法を、私は出所を伝えないまま要約して話した。

「……うん、私の知っているそのままですな」

聴き終えて数秒瞑目したあと、茂木さんは判定を下した。

「というより、それが安寧教の教え、ほぼ丸ごとです。ごてごて神学用語や密儀ではりぼてを飾る宗教が多い中で、あそこの教えは実にシンプルでした」

目の前にいるお坊さんの言葉が、信頼に値するものなのか、私は量る。

さっきの音声データはフェイクじゃないだろう。警察でも探偵でもない私に対して、わざわざ園長先生の声に似せたデータを徐さんが用意するなんて現実味の薄い話だ。その内容に太鼓判を押した茂木さんは、少なくともこの件に関しては嘘をついていない。それだけで、この人をSではないと信用するべきだろうか？

それは甘すぎるかもしれない。でも、光意安寧教の情報は、この人が独占しているものでもないはずだ。仮にこの人がSだったとしても、説明にフェイクが混じっていたら後で確認する手はあるはず。当然、Sだってそのくらいは警戒するだろうから、けっきょく、本当のところを語るしかない。結論。光意安寧教に関する限り、茂木さんの説明は信頼してもいい。もっと突っ込んだ質問もしてみよう。

「茂木さんは、安寧教の考え方をどう評価されてますか」

「シンプル、かつ現代的というところでしょうか。教えそのものは平凡ですが、中身を信者に提示する姿勢はきわめてスマートであり、誠実です。だからこそ、それなりの規模まで成長を遂げたのでしょうな」

平凡という評価は意外だった。

「私には、ユニークな教義に聞こえたんですけど。神様の定義を無限につなげて、人間も神様の一部だって結論付ける辺りとか……」

「その辺の筋道は、たしかに風変わりではあります。しかし仏教においても、阿弥陀仏の『阿弥陀』とは無限の時間を示す無量寿（むりょうじゅ）と無限の空間を示す無量光（むりょうこう）という言葉の別名であったりもするのです」

無限の時間と空間――ある意味、安寧教より攻めている。神様の類についての定義は、それほどオリジナリティのあるものでもなかったのか。

「加えて最終的に到達すべき真理と、個人が救済されるための条件を別々に設定しているという意味では、典型的な大衆向けの教義と言えますな」

……ちょっと分かりづらい。

「具体例として、我々仏教者の話を挙げましょうか。浄土思想という考え方がありま す。阿弥陀仏をひたすら拝むことで、死後、阿弥陀様の住まう西方浄土、すなわち極楽へ生まれ変わることができるという信仰です。阿弥陀様におすがりすれば、来世ではかけらの苦しみも存在せず、大海のような幸福がただただ広がっている世界に転生することができる……この信仰は、鎌倉期以降の仏教界で急激に伸張を遂げました。その結果、日本の仏教徒の半数以上が浄土思想の影響下にある宗派に属していると言われています。ですが」

生徒を名指しする教官のように、茂木さんは人差し指を私の方へ向けた。

「『極楽へ移住することを目的とする』この思想、仏教としては矛盾しているように思いませんか？」

矛盾……。

そうか、仏教で繰り返し唱えられるお題目だ。

「仏教って、悟りを開くことが目的のはずですよね。苦しみとか迷いとか、そういうのはどうでもいいというか、無になっちゃうような境地にたどり着くために修行があるっていうか……でも極楽はそうじゃない」

「はい。仏典ではすべてが微妙で快い世界であると表現されています。そんな世界に入れたならすばらしいことでしょうが、そこに行けること自体が悟りを意味するものではない。さらに言えば、悟りとは、字義通り自分で悟らなければ意味がないものですから、阿弥陀様におすがりするというのもおかしな話です」

目的が変わってしまっているわけだ。

「この矛盾を信仰の中でどう消化しているのかと言いますと、阿弥陀様に浄土へ連れて行っていただくのは問題ないが、そこは信仰の終着点ではない、という解釈をいたしております。極楽にいようが地獄に落ちようが、仏道の終着地点が悟りであることに変わりはございません。ただ、同じ悟りを開くにしても、人間ですから環境に左右される部分はあるでしょう。人の悟りを、卵から雛（ひな）が孵る（かえる）ような現象とお考えください。適切な環境でなければ卵はなかなか孵化（ふか）できない。しかしながら灰頭土面（かいとうどめん）という言葉がございます。本来、それ以上何を成す必要もないような高みにおられる方が、わざわざ俗世に戻り、低い場所にある者たちを助けてくださる例もある……それが阿弥陀仏のお慈悲なのです。阿弥陀様にお頼みすれば、卵の位置を移していただける。もちろん孵化できるかどうかはあくまで卵次第ですが、孵りやすい場所に変えていただくだけなら、ズルをしているわけではない……」

「卵の孵りやすい場所が極楽なんですね」

納得の行く説明だった。これなら、仏教の根本を無視しているわけではない。

「左様です。極楽という概念は大衆にも受け入れやすいものだったため、浄土思想は急速に広がっていったのです。そもそも我が国におきまして、平安時代まで仏の教えはおおむね皇族や貴族を相手にしたものでした。彼らは生活基盤が安定していたからこそ、抽象的な苦痛からの解放である悟りという発想を理解できましたし、追い求める余裕もありました。一方、鎌倉期以降の仏教者が伝道の対象とした民衆は、日々の暮らしさえ成り立たない有様である者たちが多かった。彼らに対して、無だの空だの悟りだのを教えても飛び付きはしないでしょう。それよりも、『楽しいことばかりの世界へ連れて行ってもらえる』という理屈の方が分かりやすいでしょうし、はるかに魅力的です」

ああ、それでさっきの評価につながってくるわけか。

「最終的に到達すべき真理と、個人が救済されるための条件を別々に設定している……」

「はい。そういう意味で、光意安寧教の教義は大衆向けの典型だと申したのですよ。神を擬人化された無限と定義した上で、その一部である人間は最初から救われているという考え方は、端正な理詰めではあっても感覚的には実感しがたいものです。それゆえ、光意という分かりやすい救いの形を用意したのでしょうな」

安寧教を浄土思想に対応させると、光意＝極楽、神と一体であることを実感する＝悟りというところだろうか。

「安寧教は——現代風アレンジの浄土思想ですか」

「そうとも言えますな」

言下に否定されるかと思ったら、意外にも茂木さんは肯定した。

「そもそも浄土思想自体が、鎌倉時代における仏教の『現代風』アレンジであったという見方も成り立ちます。時代背景を差し引くと、あらゆる宗教の教義は何種類かの定型に区分できてしまうものかもしれません。あの教団の特異性は、教義よりむしろその構造にあったと言えるでしょうな」

「構造、ですか」特異性という言葉に私は飛び付いた。

「教団の体制については、全然知識がないんですけど」

規模の大きい団体ではなかったと聞いていたから、そこは気にかけていなかったのだ。

「そんなに難しい話ではありません。安寧教は、教祖の地位が独特なのですよ」

茂木さんは人差し指を立てる。

「そもそも今、『教祖』と呼びましたが私が勝手に言っているだけで、新聞や雑誌で『代表』『指導者』などと呼称されているのも、各媒体の恣意的な命名にすぎません。あの教団は、少なくとも建前の上では教祖を含めた全員が横並びなんですよ。教祖が信者に対して優越性を有していないのです」

「運営とかを、民主的な手続きで動かしているってことですか？」

「いや、そこは建前にすぎなかったようで」

茂木さんは石の表情をしたまま手を振る。

「実際は教祖様がなにもかも決定していたようです。いくら平等を標榜しても、創始者の発言力は段違いですからな」

そうだよな、と私は保育園時代を顧みる。子供を突然悪魔呼ばわりして世の中から隔離しろと提案するなんて、合議制による決定だったら誰かが反対していただろう。

「しかし、教義の上で特別扱いされていなかった点は本当です。宗教団体の主宰者を『強い教祖』『弱い教祖』の二種類に大別するとしたら、安寧教は弱い教祖に当てはまります。インタビューか何かをご覧になったならご存じでしょうが、信者がとりあえず目指すべきとされていた境地である『光意』について、教祖自身も到達していないと明言されていたのですからね」

たしかに、そんな話を言ってた。

「普通そういう境地って、教祖様はすでにたどり着いてるって話にした方が信者を動かしやすいですよね。どうして弘一さんは、自分も到達していないって明言したんでしょう」

「せいじつ、な方だったんでしょうな」

誠実、という言葉を揶揄するように茂木さんは言う。

「人間が神の一部であるという理屈を思い付いた。現実の苦しみから逃れるためには精神をコントロールすればいいという方便も組み立てた。その境地には、まだ自分自身も届いていない。だから共に歩むための同志を募ったのでしょう。美しい理想ですな」

理想、と口にするとき寂しげな口調になったのは、茂木さんも、園長先生の末路を知っているからだ。教団は崩壊し、教団の代わりに作り上げたようなホワイト・ドワーフも立ち行かなかった。しかも家族の手にかかって最期を遂げたのだ。

それに、私は知っている。皆で光意に到達するという教団の理想さえ、守られはしなかった。

園長先生の話が本当なら、子供の頃の私や安楽さんの父親は、安寧教の言う「光意」に到達していた——あるいは初めからそういうものだった。

にもかかわらず、私たちは排斥された。たぶん園長先生は、自分が最初の到達者となって尊敬を集めたかったのだろう。

柔和な面差しと優しい声を思い出す。

美しいものがねじ曲がり、腐り果ててしまったのだと知るのは、とても悲しい。

「お役に立てましたかな。Sを見つけ出す手がかりには到底、つながりそうもない話でしたが」

感情を蒸発させたような茂木さんの声が、思考の脱線を修正してくれた。とっても助かりました、と私はお礼を言う。

「何がどう助かったのかは、上手く説明できないんですけど」

「気付き、というものは往々にしてそうですな」

大した興味もなさそうに口を動かす茂木さんに、私は聞いてみたくなった。

「茂木さん、安楽さんは復讐のためにあの実験を立ち上げたみたいなんです」

茂木さんは無言で頷いた。安楽さんも狼谷のＯＢである事実を合わせると、たぶん、この人は心理コンサルタントの因縁を知っていたのだろう。

「復讐は、半分くらいは成功しています。教祖様は奥さんに殺されて、団体の残り火みたいだった家庭も崩壊しました。私は残されたお子さんたちのダメージを、できる限り和らげてあげたいって考えているんです。けどそのためには、安楽さんの財力が必要なんです」

茂木さんは手の甲であごを持ち上げた。

「お子さんたちを助けるには、安楽さんに復讐を断念させねばならないわけですな」

「一応、安楽さんは約束してくれました。Ｓを特定したら、残った子供さんたちを援助してくれるって。けど安楽さんがそのつもりなら、後々もう一度突き落とすことだってできそうじゃないですか」

「目の敵にし続けるかもしれないわけですな」

茂木さんは頷く。なにしろ安楽さんは、あの人たちをこんな実験の材料にしても構わないって割り切っているわけだから、後日、別の実験の餌食（えじき）にすることだって考えられる。私が安楽さんを「救いたい」と言ったのはそういう意味合いだ。安楽さんは笑っていたけれど、あの人が変わらなかったら、望さんたちも危ういままだ。

「赤の他人が、人から復讐心を取り上げる方法ってありますか」

「さて、難題ですな。人の心はままならないものですから……」

十秒ほど瞑目した後で茂木さんは、

「箱川さん、いっそのことあなたが代わりに復讐をしてさしあげる、というのはどうでしょう」

とんでもない話だ。

「いや、だめじゃないですか。わたしは双子ちゃんたちを傷付けたくないんですよ？」

「別のなにかを、やっつければよいのです。『非有非無（ひうひむ）』という言葉がございます。

人の感情、行動も含めた一切は物事の関わりによって生じるものであり、実体があるわけではない。しかし関わり自体は否定できないのだから、現象として存在はしているという考え方です。学者さんという人種は、物事を概念としてとらえることに慣れておられますから、憎悪の対象を、光意安寧教を象徴する別のなにかに移し換えることも難しくはないはずです」

象徴、憎悪を移し換える……。

理屈はわかるけれど、具体的な流れは思い浮かばない。

「簡単に申し上げますと、光意安寧教が作り上げた立派な大仏のようなものがどこかに聳え立っていた場合、そのお像を、爆弾かなにかで粉微塵にしてあげたらいいのです。安楽さんは胸のすくような心地になるでしょうな」

仏教徒とは思えない暴言だけど……。

「仏像なんてありませんよね。光意安寧教は」

「そうですな、教団の案内を見せてもらったこともありますが、偶像を重視してはいない様子でした。お像にはお像で、人の心に訴えやすい利点があるのですがね」

私は象徴という言葉をこね回す。

仏像――つまり本質。考えのそのままを表したもの。

教団としての光意安寧教は消え去ってしまった。シンボルのようなものが作られていたとしても、現存はしていないだろう。残っているのは、家族だけだ。でも家族を壊すというのは、安楽さんが最初から実行していることと変わらない。

「手詰まりです。望さんたちの他に、教団の象徴なんて残っていない……」

「前提が間違っていたかもしれません」茂木さんは細い指を伸ばした。

「箱川さん、安楽さんが憎んでおられるものは、果たして光意安寧教そのものなのでしょうか？」

頭の風通しがよくなった気分だった。

違う。光意安寧教が正しく機能していたのなら、安楽さんのお父さんも、私も排斥されはしなかった。だから光意安寧教を恨んでいるというのは正確じゃない。

「安楽さんは光意安寧教自体ではなく、教団の偽善性を憎んでいる。教祖様は皆の精神を救いたいと公言していたはずなのに、自分より素質がありそうに見えた信者を追い出しました。その中途半端な善意を嫌ってるんですね？」

「そう考えるべきでしょうな」

香木が、ぱちりと爆ぜた。

「あれ、中途半端な、善意……」

ソシャゲの連鎖コンボみたいに、私は次の気付きにたどり着く。

中途半端な善意。それを裏返したら――純粋な悪、になるのでは？

「そういう組み立てなんだ」

目を細くする茂木さんを前に、私は勝手に納得していた。

教団から漂う中途半端な善を憎んだから、安楽さんは、純粋な悪を求めたのだろう。ようするに私が壊してあげたらいい仏像は、教団の偽善性を象徴するものだ。納得はした。納得はしたけれど……。

具体的に、それが何かはわからない。Sの正体は不明のまま。それどころか、安楽さんの憎悪を解くという、追加のミッションまで背負ってしまった……。

夕方、私は図書館裏のフリースペースにあるテーブルで物思いにふけっていた。朝の大雨は上がったみたいだ。九月も中旬。半月もすれば、屋外で過ごすのも肌寒くなってしまうだろう。

テーブルに頬を乗せる。通り過ぎる学生たちのお腹から脚にかけてばかり目に入る。

みんな、人間なんだなあ……。

当たり前の事実を、頭の中で呟いた。つい最近まで、私は自分だけが欠落のある人間だと思い込んでいた。今でも、もしかしたら少しは。

原因は、やっぱり園での出来事だろう。家族より触れる機会の多かった園長先生から、悪魔の烙印を押しつけられた。だから思い込んだのだ。園長先生を代表とする社会には完全な人間が揃って暮らしていて、不合格と見なされた私は、そこから外れる不良品のような子供だって。

ようするに、自分が大事じゃなかった。

頭を軸にして全身をぐるりと回す。後頭部をテーブルに乗せ、空を見る。朱と濃紺が握手しているような色合いの雲。

園長先生も、同じだったのかもしれない。

人を救いたいと志したから宗教家になった。崇拝されることが望みじゃなかったから、教祖と信者が同列に並ぶような教団をつくった。

でも心の根っこでは自分を大事にしていなかったから、徹底できなかった。求めていたものを先に摑まれてしまったとき、相手を憎み、嫉妬した。だから私も、たぶん安楽さんのお父さんも排斥された。

まだ欲得ずく、権勢欲に満ちた教祖の方が幸せになれたのかもしれない。宗教団体の主宰者なんて、不向きだったのかも。教団が壊れ、家族とつくったホワイト・ドワーフでは幸せになれたんだろうか？

姿勢を正す。通り過ぎる人間の手足を眺め続けながら、少し前の私や、園長先生みたいな人は案外多いのかもと考えた。自分を大事にできない。大事にするやり方がわからない。そんなちぐはぐさを抱えたまま、転がり、周囲を巻き込み、取り返しのつかない形へ変貌してしまう。

家族を思い出した。私から見ても無愛想（ぶあいそう）な弟は、両親と上手くやれているだろうか？　今度、個別にじっくり話してみようかな。今、サッカーのなんとか選抜とかで忙しいときだっけ――。

スマホのカレンダーを立ち上げ、予定を確認する。ふいに、胸が騒いだ。

なにか、重要なとっかかりにぶつかっている。きのう、突然怒りが芽生えたときと同じだ。ただそれが何なのか、理屈が追いついていない。落ち着こう。私はカレンダーの表示を凝視した。言葉に換えられないけれど、重要な何かに掠(かす)っている感じがあるんだ。とくに意図もなく、私はカレンダーをタップした。編集モードに切り替わったらしく、触った日付が左右に揺れた。

私は茂木さんの論評を思い出していた。教祖としての園長先生に対する評価。鹿原弘一の地位を、茂木さんは『弱い教祖』と呼んだ。

おかしい。

『弱い教祖』なのに、どうして殺されてしまったのだろう?

弱い教祖。

怒り。

スイッチ。

無関係に思えた事柄たちが、頭の中でつながった。

そういうことだったのか。

とととと、とリズムがつむじを叩く。まぶたに水滴が跳ねたので、ふたたび雨が降り始めたと気付いた。周囲を行き交う足が騒がしい。朝を超える豪雨になりそうだ。

雨宿りできる屋根を探しながら、私は悪態（あくたい）をついた。

「Sのやろう……騙（だま）された！」

まだSの正体が判明したわけじゃない。けれども私は摑んだ。

Sが、自分の名前よりも隠していたかった秘密を。

六　誠実

夜、家に帰ってからその日の収穫をノートに整理していると、スマホが震えた。
玲奈からのメールだ。
大抵の場合、私と玲奈はゼミのSNSでやり取りしているので、メールは珍しい。
件名に深刻なものを感じた私は、姿勢を正した。

件名：皆さんへお願い
送信者：桐山玲奈
本文：
ええと、こんばんは。
このメールは、実験に参加した全員と主宰の安楽さんに向けて送信しています。

Sがスイッチを作動させてから五日が経ちました。私も含めて、全員、Sが誰なのかをずっと気にかけていたと思います。

私は、犯人探しに疲れてしまいました。

人の気持ちの裏を探るなんて得意じゃないし、容疑者が知り合いの人たちだったらなおさらです。

でも実験に参加した一人として、Sを見つけ出すのに貢献したいとは願っています。

そこで、Sを除いた実験メンバーにお願いします。

これから私は、Sに対して、名前を明かすよう呼びかけます。他の皆さんも、説得に参加してもらえないでしょうか。


十五分ほど経って、二件目のメールが送信されてきた。

件名：「S」へ
送信者：桐山玲奈
本文：
スイッチを作動させてしまったSへ。
傍から見れば、あなたの振る舞いは冷酷非道です。
でも、私は知っています。安楽さんも含めて、実験に参加した人たちの中に、根っからの悪人なんていません。そんな人間に会ったことはありませんけど、私はそう信じています。
安楽さんの「純粋な悪」理論が正しいとするなら、あなたは突然開いた落とし穴に落ちたような感じで、今回の悪事を実行してしまったのではないでしょうか。
今頃、どうして自分があんな残酷な行いに手を染めてしまったのかと後悔しているんじゃないですか。
だから、あなたに呼びかけています。
今すぐ名前を明かしてください。

誰にも罰せられずに過ごしてしまうのは、きっとあなたにとって、逮捕されるより何十倍もつらいことだと思います。

たぶんあなたは、今回のことを除いて、犯罪や非行に走った経験のない人なんでしょう。だからこそ、自分の罪に震えているんじゃないですか。

形は違いますけど、私にも憶えはあります。

私は中学生の頃、自分の心の弱さが原因で、大切な弟を見捨ててしまいました――。


玲奈は、どんな気持ちでこの文面を打ち込んだのだろう。

知らず知らず、私は肩を触っていた。玲奈の手のひらの感触が、ずしりと重かった。


今日、私は弟の家を訪ねました。弟は私に顔も見せてくれませんでした。それでも私は、弟に手紙を残しました。これまで何回も渡した謝罪の手紙です。手紙の返事は一度もありません。返事が返ってこないたび、私は真っ暗な気持ちになります。
それでも謝罪できるということは、私にとって救いなんです。
今のあなたは謝ることもできません。とてもつらいはずです。どうか思い立ってください。あなたが誰なのか、私たちに教えてくれませんか。

それから、続けざまに三件のメールが送られてきた。

件名：「S」へ
送信者：三島大我
本文：
メール、誰も送らないのか？　それとも考えてる最中か？

三島です。とりあえず二番目に送らせてもらいます。

俺は桐山みたいに相手の気持ちを思いやったりできないし、自分をさらけ出すのも苦手だ。だから簡単な理屈だけ言わせてもらう。

Sへ。物事には原因と結果ってものがある。

お前はあのスイッチを利用して、人を傷付けて遊びたいと考えた。だから柚子さんをあんな手紙で煽ったあげく、スイッチで援助を打ち切って、人殺しのきっかけを用意した。目論見通りに、弘一さんは殺された。

原因と結果だ。でもな、悪事を働いたやつが報いを受けるっていう原因と結果だって存在するんだよ。あんたは罪を犯した。そしたら罰にぶん殴られるのは、当たり前の流れなんだ。

桐山も言ってたけど、S、あんたは根本的には、まっとうな人間のはずだ。だからさっさと観念しろよ。自分がやったんですって名乗り出て、楽になっちゃえよ。

件名：「S」へ
送信者：徐博文
本文：
徐です。
最初は送らないつもりでいたのですが、前二人のメールが気になったので送信します。
桐山さんも三島君も、Sの人間性を信じすぎていますね。私は別の方向から提案します。日本の警察は優秀だと思いますから、近いうちにSは殺人教唆の罪で逮捕されるでしょう。
時間の問題なので、それなら自分から名乗り出た方が有利です。
減刑があるかもしれませんし、今なら安楽さんに色々助けてもらえるでしょう。
安楽さんはきっと、あなたを分析したいと思っているはずなので、なるべくあなたが早く出てこられるよう、お金やコネを駆使してくれると思われます。
ようするに、さっさと白状した方がお得ですよ。

件名：「S」へ
送信者：香川霞
本文：
うえーい。宅飲み中でーす。
一人寂しくチューハイあけてまーす。
Sの人はねえ、さっさと白状しなさいっての！　こんなにあんたを心配してくれ人がいるんだからさあ。
自分が手紙を送ってスイッチを押して人殺しを呼びましたってさっさと謝れえっ。
おらS！　あたしは就職したいんだよさっさと自首視野がれは;jひゃあsわts
わわた

まったくこの人は……。

そのまま酔いつぶれてしまったのか、訂正のメールは送られてこなかった。

私も推敲を終えて、スマホの送信表示をタップする。玲奈のやり方でこの件が片付いてくれるなら、きっと、その方がきれいな結末だ。

件名：「S」へ

送信者：箱川小雪

本文：

箱川です。

少なくとも私は、誰がSだったとしても、その人を軽蔑するつもりはありません。たぶん、他の参加者も同じだと思います。

間違いを打ち明けるなら、今回のメンバーは割合悪くない人たちだと思いますよ。

件名：「S」へ
送信者：茂木水観
本文：
茂木です。
他の方々のお話で充分伝わったかとも思われましたが、拙僧からも一言。
仏法とは、簡単に申し上げてしまえば、人々が心安らかに過ごすためのしるべのようなものです。
その観点からすれば、Sであるあなたが心の底からすべてを納得しておられるのであれば、これ以上申し上げることはございません。
あのスイッチと手紙を使って過去の遺恨を掘り起こし、妻が夫を殺めるという絵図を描き出したあなたが今、嘘偽りなく安らぎを感じておられるのであれば、それがあなたにとっての幸福なのでしょう。
しかし、そうでないのであれば、針の先程度でも良心の呵責に苦しんでおられるのであれば――警察機関にすべてを打ち明けてしまうのが最良の道ではないかと思われます。どうか、ご自身の内面としっかり向き合った上で、より良い道をお選びくださいませ。応声即現(おうしょうそくげん)。あなたが助けを求めるのであれば、仏は必ず救済の道を示します。

参加者全員のメールを読み終えて、私は溜息をついた。
その日、最後のメールは少し後に届いた。

件名：RE：「S」へ
送信者：安楽是清
本文：
桐山さん、ありがとう！　なかなかに面白いものを見せてもらいました。
この僕も含めて人間は悪だの善だのと不用意に口走ってしまいがちですが、個々の人間が何を善しとし何を悪とするかは実際のところ、埋めがたい隔たりが横たわっているものです。

今回の呼びかけ、全員の人生観や罪に関する許容範囲が垣間見えるようで、心理学に携わる者として、純粋に興味深いものでした。

重ねてありがとう、桐山さん。

でも残念だったね……。

君も含めてメンバー全員が呼びかけている。

誰の真心も、Sには届かなかったみたいだ。

「イラッとくるなあ、安楽さん……」

スマホを指で弾(はじ)いて、私はメーリングソフトを閉じる。落胆しているだろう玲奈を思うと、傍観者気取りの心理コンサルタントが気に食わない。

とはいえ、玲奈を気遣ってばかりもいられない。安楽さんが面白がっているように、さっきメールを発信した五名の中には、Sも混じっている。名乗り出るつもりがないとしても、何かしらメールを打つのは自然な対応だ。自分一人だけ送らなかったら、疑いの眼を向けられてしまうかもしれないから。

でもSは、単純にそれらしい文面を送るだけで済ませるだろうか？　Sが頭のいい人間なら、自分を説得しようとする流れを利用して、有利にことを進めようともするはずだ。簡単に言うと、それとなく、自分に都合のいい表現をメールに隠す。

そういう文面になっているメールが、三通も発信されていた。

悩ましいのは、純粋な気持ちで打った文面と区別がつかない点だ。たとえば茂木さんも、メールの中でそういう表現を使っている。でも茂木さんがSだとは考えづらいのだ。今日、茂木さんが私に教えてくれた話は、Sの目的を台無しにしかねないくらい致命的な内容だった。後で裏を取られる可能性を怖れて嘘がつけなかったのだとしても、Sがあそこまで漏らしてくれるとは、とても思えない。

茂木さんは違うとして、同じような表現を使っている残り二人……このどちらかがSなのかな？

でも、三人とも無関係だとも解釈できる。やっぱりSは、流れに合わせただけで欲は出していない可能性もある。

「明日はもう、面談なのに……」

もう一度呟く。

本当にもどかしい話だ。ようやくSの心に近付いたのに、それが、誰の心なのか決まらない。

翌九月十六日、安楽さんとの第二回面談当日。昨晩から降り続いている雨の中、指定された八号館の前までやってくると、屋根付きベンチの中にメンバー二人を見つけた。

「おうえええええ」

ベンチに香川さんが伸びている。なめくじみたいに脱力している癖(くせ)して、右手には酒瓶をしっかり握ったままだ。

「スピリタスじゃん」

大我が上からラベルを覗き込む。

「新歓で、新入生が飲まされて問題になるやつだぞコレ。大人がこれじゃ示しがつかねーだろ」

「ううるるうっさあああい」

あ、反応できるんだ。

「ギリギリなのお！　あたし、追い詰められてるのよおお！」

暴れる肩が、ベンチをがんがんと鳴らす。かわいそうに。事件のストレスだろうな。まだSも判明していないし、なんにも考えたくない気持ちも判る。

「ソシャゲのガチャ……また爆死しちゃった」

事件と関係なかった。

「ろくなことがないのよう。次の職場を探そうにも、事情聴取とかがありそうで時間がとれないし……」

香川さんは涙目だ。

「大我も面談だよね。私、これからだから、大我はその次？」

「俺は三時半。早く来すぎちゃったんだよ。箱川の次はこの人なんだけど、大丈夫なのかね」

大我は足を伸ばして酔っぱらいを示した。

３０３号室に入ると、もう安楽さんは到着していた。前の面談のときと同じくらいの広さ、構造の部屋だ。前回同様、安楽さんは教壇ではなく中央の机に座っている。

　私も同じように、向かい合う位置に座った。

「それではインタビューを始めます……といいたいところだけど、箱川さんと僕で勝負みたいな形になってる以上、情報を要求するのはフェアじゃないのかもねえ」

　安楽さんは途方にくれるように天井を見上げた後、

「箱川さん、Sの正体について、君はどこまで掴んでいるのかな」

　ずばり切り込んできた。私は言葉を選ぶ。

「二、三人、そうじゃないかって人はいるんですけど……決め手はありません」

「それは残念。僕の方は、一応まとまっている」

「本当ですか」

　正直、くやしい。

「安楽さんお忙しそうなのに、調査とかする時間、取れたんですね」

　私にアドバンテージがあるとしたら、自由時間が多いところだと思っていたのに。

　ところが安楽さんの返事は予想外なものだった。

「調査は全然していない。前の面談で、手に入れた情報がすべてだよ」

　まじか。

「箱川さんにも見てもらった、誤入力されたパスワードの一覧と、証言から作ったタイムテーブル……あれさえあれば、一人に絞ることは可能だよ」

「待ってください。最初の面談で、あの情報だけじゃ何も判らないとか言ってませんでした？」

「たしかに言ったけど、よく考えたら、そうでもなかったよ！」

この男……。

とはいえ、信じられない見解だ。Ａ４一枚に収まりそうな情報で、Ｓを特定できるなんて。

「僕としては、箱川さんが気付かない方が不思議なくらいだね。重要な手がかりは、君自身が持っているんだから」

私自身が？　わけがわからない。

とにかく安楽さんの言葉がハッタリじゃないならば、私の負けということになってしまう。

「もう援助はしてもらえないわけですね」

「悲観するのはまだ早い」

心理コンサルタントは指先を揺らした。

「Sが誰なのか、見当がついたのは確かなんだけどね。物理的な証拠が存在しないんだよ。だから本日の面談で、全員に揺さぶりをかけるつもりでいるんだけど」

なるほど。Sがこれ以上ミスを犯さないようなら、そうするしかないだろう。

「とはいえその場合、面談に同席できない箱川さんに対して、こっちが圧倒的優位になっちゃうよねえ。フェアプレイを重んじるなら、箱川さんにも面談の様子を見せてあげるべきだ」

こいつを使って、と安楽さんはサインペンを取り出した。キャップの部分がＷＥＢカメラの役割を果たすので、私のスマホに中継が可能だという。

「面談の間、箱川さんはトイレとか人目のつかない場所でこちらの様子を把握してもらったらいい。どうしても気になる点があったら、メールしてくれたら僕から質問できる」

「いくらなんでも、公正すぎませんか」

「あるのかな？　公正すぎて問題になることなんて」

心理コンサルタントの言葉と表情は真剣なものだった。そう見せかけるすべを心得ているだけかもしれないけれど。

「もしかして、私に勝ってほしいんですか？」

ついつい、訊かなくてもいいことを訊いてしまう。

「大胆な指摘だねえ。どうしてそう思う」

「光意安寧教から排除されたのは、あくまで安楽さんのお父さんで、安楽さん自身じゃないからです」

ここに来る前にまとめた考えを、私は若干、アレンジして伝える。

「復讐する資格は、安楽さんにも充分、備わっていると思いますけど、排除された本人ほどじゃないですよね。もしお父さんが存命で、『もう仕返しなんて必要ない、残された家族くらいは助けてあげなさい』って言ったら、安楽さんは助ける気になるかもしれない」

安楽さんは口を挿まず、曖昧な笑顔を浮かべている。

「そこで、私です。私はお父さんと同等の被害者だから、私が助けたいと願った場合、その意向は尊重してもいいんじゃないかって迷ったりしてませんか？　でも前言を撤回するのも格好悪い。男の人って、意地っ張りですから」

「なるほど、きれいな理屈だね」

安楽さんは組み合わせた両掌を上に持ち上げ、伸びをした。

「文句をつけるとしたら、自分の感性を、他人に当てはめすぎているところかな。箱川さん、君は自分が人間として、相当寛大な部類だってことを自覚した方がいい。大抵の人間は、君よりはるかに偏狭で、残酷だ」

「安楽さんもその一人って話ですか」

「否定はできないねえ。そんな風に偏狭で残酷な僕から言わせてもらえばだよ、光意安寧教は、まだ滅びてはいないかもしれない」

何かを握りつぶすように拳を目の前で動かした。

「あの家族の中には、鹿原弘一の思想が受け継がれているのかも。もしかしたら、柚子さんの中にも、まだ」

微笑をたたえながら、視線は鋭い。

「だからあの家族は、完全に離散した方が彼らのためにもなるんじゃないかと僕は考えているんだよ。彼らにかけられた呪いのようなものを、箱川さんが解いてくれるなら話はべつだけどね」

私は頭の中で拳を握る。安楽さんの言葉は、昨日、茂木さんと話し合って得た結論を裏付けているようだ。問題は、その方法がわからないこと。

「そんなわけで、勝負は続行ね。カメラ用のアプリを転送するから、インストールしてくれる？」

言われるままにアプリをダウンロードする。マニュアルが付属していたけれど、結構操作がややこしそうなソフトだ。私は機能を把握するのに苦労した。

結論から言うと、カメラを使う機会はなかったのだけれど。

次の面談は三十分後、香川さんからだ。

「安楽さん、ここでランチしても問題ないですか」

私は鞄からサンドイッチを取り出す。承諾させる前提だ。

「うーん、いいんじゃない？　僕もコーヒー、買ってこようかな」

十分ほど経って、玲奈と大我が入ってきた。

「もう終わったのか？　安楽さん、さっき廊下で見たんだけど」

「終わった。今はお昼してるだけ」

「そうか」

大我は外を眺めた。

窓際に寄ってみると、さっきの屋根付きベンチで徐さんと茂木さんがお弁当を開いている。

「ここ、使えるんだったら、二人も呼んでくるわ。外、雨が激しくなってきたからな」

「そういえば香川さんは？　次の順番なんだけど」

「いなくなっちゃったんだよ。ついでに探してくるわ」

大我はすぐに出て行った。

しばらくして茂木さんと徐さんが入ってきたため、部屋の中には香川さん・大我以外のメンバーが揃う。安楽さんもコーヒー缶を持って戻ってきた。

大我はまだ帰ってこない。他にも対象者は集まっていることだし、二人が戻らなかったら面談の順番を変えてもらったらいいだろう。

まだ二時二十分。なんだか、眠くなってきた。ここ数日、頭を使ったりいじくったりしたので疲れたのかもしれない。

ちょっと目を瞑ろうか。私は机に額を当てる。
三十分になったら出て行ったら、いい……。
ぽたぽたと水の垂れる音が聞こえる。私はうつ伏せのまま、顔を上げる気になれない。
誰かが入り口から入ってきた。足音が静かだ。女の人だな。香川さんか。
誰も、何も言わない。なんでだろ？
女の人らしき気配が、私の横で止まる。
出て行ってほしいのかな？　私は話しかけられるのを待った。
「ホワイト・ドワーフへようこそ」
眠気が一瞬で蒸発した。
飛び起きる。
目の前に、鹿原柚子さんが立っていた。端正な営業スマイルを浮かべながら。

七　暴走

九月中旬には暑すぎるような白のダッフルコートに、黒のデニム。それに加えてずぶぬれの髪が不健康な色気をかもしだしているせいか、柚子さんは、パン屋さんで会ったときより若々しく見えた。張り付けた笑顔だけは、ホワイト・ドワーフのままだ。

この場にいるのが当然のように立っているために、自分が何か勘違いしているのかと不安になる。周囲を見回し、その懸念は払拭された。玲奈も、茂木さんも、徐さんも、余裕ぶった笑みを常に見せている安楽さんでさえ、表情に困惑が浮かんでいる。

「どうして、ここに」

ようやく、言葉を出せた。

「構内を探していたら、窓から安楽さんが見えたもので。大学って、思ったより狭いんですね」

「ここは市街地ですから。郊外のキャンパスは広いんですよ」

何をまじめに話してるんだ。私……。

訊きたいのはそういうことじゃない。逮捕されたあなたがなぜここにいるんですかって話だ。釈放、保釈？

いやいやいや、夫をバラバラにして川に流そうとした犯人が、ほんの数日で放免になるなんて、法治国家じゃない。

「脱走して参りましたの」

あっさりと疑問は解消された。

脱走って……。

パン屋の奥さんでも可能なの？

「本日は、現場検証の日取りでしたの」

今日は運動会でしたの、と変わらない調子で柚子さんは言う。

「警察の方たちと三日ぶりに我が家を訪れたら、全然様変わりしていなかったので拍子抜けでしたわ。手錠をかけられたまま、厨房で、夫を殺して解体した流れを再現いたしました。そのとき、いいものを見つけたんです。皆さん、あそこにあった石窯を覚えておられるかしら？　娘が大事に大事に扱ってきた、あの厨房の石窯です」

「まさか、石窯の中に、秘密の出口でもあったとか？」

陽気な声を出した安楽さんに、柚子さんは首を横に振り、

「石窯の傍らにね、メンテナンスに使う工具やらなにやらが置いてあったのです。望ったらまったく凝り性で、石切り専用の電動ノコギリなんかも揃えていたんですよ。夫の解体には肉切り包丁を使ったので、警察の方は重視していなかったみたい」

思い出したように、柚子さんは濡れた髪を手櫛で整えた。

「妙案を思い付いた私は、頃合いを見て、トイレに行かせてもらいました。トイレの手洗い蛇口を開けっ放しにして、しばらくしたら厨房の方まで水浸しになるように調節したんです。刑事さんたちの注意が、一瞬でも私から逸れるように」

柚子さんは窓に視線をやった。雨が激しくガラスを叩いている。

「皆さん、当店にいらっしゃったときは晴れの日ばかりでしたね。あの店の立地、結構危ないと思われませんでした？」

そう言われると、そうかもしれない。宇治川が氾濫したら、河原周辺の草原は簡単

に水没するだろう。ホワイト・ドワーフのある丘だけが孤立するような形になるのも想像できる。

「実際は、それほどの雨ではありませんでした。でも現場へ行く途中、刑事さんたちが洪水を気にされているのを耳にしたんです。そこで店内を水浸しにしたら、刑事さんたちも動揺するのじゃないかと考えました」

たしかに洪水が気がかりな状態で、足下に水が流れてきたら、勘違いするのも無理はない。

「何人かの刑事さんが外へ様子を見に行かれて、一瞬、監視の眼が緩みました。厨房に残った刑事さんはたった一人になりました。そのタイミングを見計らって、私は石窯の横に転がっていたボンベのバルブを開いたんです」

どういう用途のボンベだろう？　窯の横に用意されていて、それを使うことが脱走につながったとするなら――思い当たるものを私は口にする。

「消火器ですか？」

「火災用、という意味では同じです。でも私が使ったのは、これ」

言い切って、柚子さんはダッフルコートを開いた。

中に見えたのは、ペットボトルサイズのボンベ。

そこには飾り気のない書体で、「CO_2」と印字されていた。

「文系の学者さんや学生さんでも、ご存じですわよね。二酸化炭素くらい」

ボンベは二本。いずれも首にかかったロープからぶら下がっている。

バルブには消火器の操作部分のようなレバーが被さっており、レバーの先から伸びた別のロープが、両の指先にかかっていた。

指先の動作一つで、ボンベの中身が放出されることは一目瞭然（いちもくりょうぜん）だ。

「海外から取り寄せた消火用のボンベです。厨房に配備していたものですわ。火災発生時に開放すると、大量のCO_2が放出されて、空気中の酸素濃度が希釈され、鎮火します。それはつまり、人体にとっては酸欠状態が生じるという意味です」

私は窓を見た。あいにく大学の小教室にありがちな施錠式だ。たぶん、専用の鍵がなかったら、開かない。そしてこの部屋の入り口は教壇横の一ヵ所のみ。換気扇のリモコンも見当たらない。たぶん集中管理方式なのだろう。

レバーにつながった二つのロープを弄びながら柚子さんは笑う。

「ドライアイス工場でたまに事故が発生しているのはご存じかしら？　空調対策を施

した専用の工場でさえ、時折、人死にが出ます。一酸化炭素ほど悪名は轟いていませんが、二酸化炭素も、充分に恐ろしいガスなんですよ」

「刑事さんはどうなったんですか」玲奈が蒼い顔で訊いた。「まさか……」

「いえいえ、虚を衝かれたとは言え、四六時中犯罪者を相手にされてるような方たちです。とっさの対処もお見事でした。私の傍にいた刑事さんは、危険な気体だと見抜いてすぐに鼻と口を覆っておられました」

再現するように柚子さんは手のひらでマスクをつくった。

「でもそうなると手が使えなくなりますから、私が走り出しても捕まえることが難しくなります。私は手錠を嵌めたまま、ボンベと電動ノコギリを抱えて、裏口から一目散に駆け出しました。これが脱走の一部始終ですわ」

柚子さんはロープを絡めたままレバーから手を離し、ダッフルコートの袖をまくって見せた。青白い手首の上に、鎖のちぎれた輪が光っている。

「なるほどなるほど。電動ノコギリで、手錠の鎖を切り離したんですね」

両掌を広げ、心理コンサルタントは身をのけぞらせた。

「ええ。手がくっついた状態で切断するのはヒヤヒヤしましたわ。かさばるので、用済みになったノコギリは廃棄しました」

「うんうん、ところが同じくらい邪魔になりそうなボンベ二つは、そのまま持っておられる。見せびらかしに来られたわけではなさそうだ」

「もちろん、使うために持ってまいりました」

営業スマイルとは違う種類の笑顔が、柚子さんの顔に広がった。

「こちらにいらっしゃる、手紙をくださった方への返礼ですわ」


ああ、そうなっちゃうよな。

私はSが失策を犯したと悟った。Sは柚子さんを理解していなかった。

人間はそんなに簡単じゃないし、従順でもない。

「私、刑事さんの前では、ほんの少ししかバルブを捻りませんでした。ですから鼻口を押さえるくらいでなんとかなったのでしょう。でもこの一帯に充満するほどの量を一気に放ったら、状況は変わります。説明書に注意書きがありましたわ。『濃度の高い二酸化炭素を吸い込むと、人間は一瞬で意識を失う』って。ようするに、今、ここでバルブを全開にしたら、全員、一瞬で酸欠状態に陥り、換気が済む前にあの世行きでしょうね」

そんな便利なものを持っていたなら、園長先生に使ってあげればよかったのに、と私は思ったが、さすがに口にする勇気はなかった。

安楽さんが笑う。

「そんな便利なものをお持ちなら、弘一さんに使ってあげたらよかったじゃないですか」

……言っちゃうのかよ。

「──ごもっともですわ」

意外にも、柚子さんは怒らなかった。

「でも、ガスじゃだめなんです。それだとあの人、なにがなんだかわからないまま死んじゃうかもしれないでしょう？　反逆を示さなければならなかったの。アイスピック。出血、恐怖……あの人の反応を愉しむことで、私は自由を手に入れたかったのよ」

「自由ですか」

安楽さんは頬に爪を走らせる。

「それなら、留置場に戻られた方がよろしいのでは。ここにいたらどんどん刑期が延びますよ」

「そういう自由を求めているわけではないのです」

柚子さんは右耳に垂れた髪を手櫛で整える。

「私が求めているのは真実の自由なのよ。見えない鳥籠からの自由、精神的な足枷からの自由……私のこれまでは、常に誰彼の影響下にある人生でした。最初は両親、次は初めの夫、それから教祖様でもあった次の夫に寄りかかり、依存して、自分を垂れ流して過ごしてきたのです。従属物のように扱われても、人形以下に転がされても、不平一つ口にせず、自尊心を物置にしまい込んで日々を暮らして参りました。あの手紙を読むまでの話です」

突然、柚子さんがジャンプした。

十センチほど。少しだけボンベが揺れた。

「脈絡もなく飛び上がってもいい。これもまた自由ですわ」

真顔で言う。

「あの手紙は、私の自尊心を蘇らせてくれました。正直申し上げて、前の夫をさほど愛していたわけではありません。たしかに弘一は教祖の支配力を行使して前の夫から私を奪いました。けれども前の夫にしたところで、私を思うままにできる所有物みたいに扱っていた点は大差なかったのです。私の魂を傷付けたという意味では、前の夫も、弘一も変わりはありませんでした……」

悲しげに俯いた後、柚子さんは子供のように微笑んだ。

「だからこそ、弘一を裏切った瞬間は心が躍りましたわ。教団を失い、代替品としてのホワイト・ドワーフまで失ったみじめな男は、最後まで付いてきてくれると高をくくっていた私に引導を渡されたんです。アイスピックを突きつけられたあの人は、最後まで『どうして』と言いたげな顔のままでした……ばらばらにして、詰め込んで、流す工程をぐずぐずしていたのも、そこが頂点だったからかもしれません。私は弘一を殺したんじゃないんです。これまで従わされてきた、あらゆるものに刃を突き立てたんです。でもね」

柚子さんはもう一度、部屋の一同を見回した。

「けっきょく、あのときも、私は影響されてしまった。援助の打ち切りを利用して惨劇を引き起こしたいと望んでいた、誰かさんの目論見に」

そうか。私はここに来て、柚子さんが脱走を決めた経緯を理解した。

先日ホワイト・ドワーフで会ったときの柚子さんも精神の均衡を崩してはいたものの、あの時点で、彼女はまだ知らなかった。援助を打ち切った張本人が安楽さんであり、その「モニタリング」に参加していたのが私たちだったことを。

けれども、今は違う。お見舞いに行った時点で望さんも知っていたのだから、柚子さんにも取り調べ中に伝えられていたとしてもおかしくはない。

私たちや安楽さんが狼谷の関係者であることは初回の訪問時に承知していたはず。だから脱走までしてここへやってきた。もしかしたら、破滅の引き金を引いた人物に会えるかもしれないと期待して。

「いらっしゃるのでしょう？　皆さんの中に、手紙の差出人が」

かわいらしく柚子さんは首を傾げる。

「私の背中を押してくださったこと自体は、本当に感謝しておりますのよ。でもね、そのままじゃあいけないんです。完璧な自由ではない。その方の操り人形だったことになってしまいます。ですので――」

反対方向に首を傾けた。

「その方がどなたであっても、死んでいただくしかないんです。私の命と引き替えにしても、自由を完成させるために」

反論の難しい理屈だ。

自分で価値観を設定して、その価値に殉じても構わない、殺しても構わないのだと言い切られてしまったら、説き伏せるなんて難しい。

「ご高説はたしかに承りました」

しかしぬけぬけと、心理コンサルタントは言い放った。

「ですが構内で大声を出されるのも迷惑なので、お引き取りいただけませんか」

柚子さんは静かな表情のままだ。激昂したり、がなり立てたりしないのがかえって恐ろしい。

「そう言われて、おとなしく帰るとでも?」

「持ち合わせがないならタクシー代を融通してさしあげましょうか?」

「必要ありませんわ。これがあらゆる物事に対する最後のチケットですから」

二つのボンベが、ほんの少し揺れた。私は CO_2 のロゴから眼が離せない。フェイクか？　いや、そうとは思えない。

この人が脱走してから、どれくらい時間が経っているのだろう？　面談前に覗いた、ネットの地域ニュースには見当たらなかった。だったら脱走後、改めて偽物のボンベを用意するなんて余裕はなかったはずだ。だからこの二本のボンベが、パン屋の厨房に配備してあったものだという話に嘘はないように思われる。脱走の経緯もそれらしい話だった。さらに言えば、彼女は酸欠に対応できるような何か、たとえば酸素吸入器付きマスクの類を身に着けていない。そんなもの、厨房にはなかったからだろう。ホワイト・ドワーフを抜け出した、その足でここにやってきたという流れだろう。

ただし、ガスの残量が残り少ない可能性はゼロじゃない……。

「私の目当てはお一人だけですが……時間もありませんし、『手紙をくださったのはどなたですか？』などと質問しても、名乗り出てはくださらないでしょう？　そこで」

柚子さんは爽やかな声で宣言した。

「皆様丸ごと、死出の旅路へご招待いたします。私の自由と共に」

「なるほど」

うんうんと頷いたあと、安楽さんは首を横に振った。

「いやです。帰ってください」

「死ぬのが怖いですか？　過ちを悔いておられますか？」

皆を睨め回すように眺めた柚子さんは、ふいに茂木さんへ視点を定めた。

「お坊さんなのに、こんなふざけた企画に参加されたせいで命を落とすなんて、本当に滑稽ですわね。後悔してます？　恐ろしいですか」

「いやあ、むしろ感謝したいくらいですな」

棒読みの声で茂木さんは応える。

「何ですって」

「人間、いずれ死ぬものです。早死になら、急な病か交通事故、長生きならチューブにつながれ、脳機能の減退がもたらす恐怖の中で。いずれも安らかな死とは言いがたいものでしょう。ですから少々早まったとはいえ、二酸化炭素による酸欠とやらであっさり逝かせてもらえるなら、実に幸いではないかなあと」

「お坊さんは口がお達者ですわね」

「嘘偽りは申しません」

まじめな眼差しのまま茂木さんはぺろりと舌を出した。「私を楽に逝かせることが気に食わないようなら、一人だけ見逃していただいても結構ですが」

「そうはいきません。あなた方全員が自殺志願者だったとしても、殺さない手はありません」

ここで初めて気付いたように、柚子さんは眉を寄せた。

「ですが、人数が足りないようですわね。体のがっしりした男の学生さんと、眼鏡のお姉さん……たしか三島さんと香川さんだったかしら？　お二人はどうされました？」

どう答えるべきか迷っていると、徐さんが口を開いた。

「二人はいません。病欠しています」

「嘘は嫌いよ」

柚子さんは冷淡な声で切り捨てる。

「でまかせは結構。いつこちらに来るか聞いているんです」

徐さんは校則違反を咎められたみたいに舌打ちしてから、

「香川さん、どこかへ行ったので三島君が探しています」

「そう……」眼を細め、思案する風を見せた後、柚子さんは玲奈の方を向いた。「あなた、外へ出て探しに行ってちょうだい。なるべく早く、二人を連れてくること。一人で逃げたり、警備員を呼んだりしたらボンベのバルブを開くから、そのつもりでね」

安楽さんが眼を丸くした。

玲奈は濡れた瞳を揺らしたが、

「いやです」

きっぱりと言った。

「二人を連れてきたらバルブを開くんでしょう？　言うことをきくわけないじゃないですか」

ごつっ、と鈍い音が響いた。

「おい」

徐さんが太い声を出す。

玲奈の上半身がぐらぐら揺れている。柚子さんの平手打ちをまともに食らったのだ。手加減せずに手のひらをぶつけたら、ドラマみたいなきれいな音はしないものだと、初めて知った。

「うっう」

呻きながら、玲奈は倒れまいとこらえている様子だった。

「桐山さん、私が冷静に見えるのなら、それは大間違いですよ」

聞き分けのない子を諭すように、柚子さんはゆっくりと声を出す。

「私はねえ、頭がどうにかなってしまったの。仕方がないわよねえ、長年の連れ合いを手にかけたのだから。その亡骸（なきがら）を、何分割もしたのだから」

柚子さんは玲奈を殴った手で自分の鼻梁（びりょう）を撫でた。

「夫を刻んだとき、塩パンの匂いがしたわ」

身を竦（すく）ませている玲奈に、優しく語りかける。

「オイルの匂いね。正確には。塩パンに塗りこめていた、特性オイルの香り……自分たちで作ったパンばかり食べていたから、あの人の肉体は、パンの材料で構成されていた。血や脂肪に、オイルが染み込んでいたのかもしれないわね」

幻覚じゃないですか、と口は挿めない。

「それでね、試してみたくなっちゃったの」

悪戯を見抜かれた少女みたいに肩を盛り上げる。

「もしかしたら、オイルの代わりに夫の血をふりかけてみたら、同じ風合いの塩パンが出来上がるのじゃないかって」

この人、今何を言った？

「ひとかけら、実験してみたのよ……ただの血の味だったわ」

眉間（みけん）に皺を寄せ、残念そうに首を横に振る。

本当に、この人が園長先生を殺したんだな。

ようやく、実感した。可能性だけなら、柚子さんが手を下していないという確率もゼロじゃない。でも、今の発言には理屈を超えた説得力がある。

玲奈も気圧（けお）されているようだ。柚子さんから視線こそ逸らしていないものの、まぶたが震えている。

「わかっていただけたかしら？　私はとっくに踏み越えたの」

柚子さんは玲奈の肩を摑む。

「私は、あなたに命令しているの。時間をとらせないでよ。さっさと行け」

おとなしく従うべきだよ、と私は念じる。

ここで玲奈が逃げ出したとしても、警備員を連れてきたとしても、私は恨んだりしない。一人だけでも、助かるチャンスはふいにしちゃダメだ。私たちは私たちで、対処を考えたらいい。

けれどもそこに立っていたのは、私を変えてくれた、不器用な信念だった。

虚ろに落ちかけていた玲奈の瞳が、ふいに力を宿す。

「絶対にいやだ！」

優位にあるはずの柚子さんが一瞬、たじろぎ、安楽さんも「ほう」と感嘆するような強い言葉だった。

玲奈は柚子さんを見据える。

「あなたにだけは、死んでも、なにがあっても従いたくなんかない！　たしかに私たちは、あなたたちを弄んだかもしれない。私たちが本気で反対したら、安楽さんも援助を打ち切らなかったかもしれない。私たちの中にいる誰かは、あなたを唆して弘一さんを殺させる遊びを楽しんでいたかもしれない……」

強い瞳のまま、たたみかける。涙が散っていた。

「でも、行動に移したのはあなたでしょう？　旦那さんを手に掛けたのはあなたでしょう？　何正当化してるの？　全部の責任はあなたにあるんだよ。あなたのせいで、望さんも学君も衛君も大切なお父さんを亡くした！」

暗い心の煮こごりみたいだった柚子さんの瞳が、より一段、濁る。それでも玲奈は止めない。

「何が自由よ！　子供をないがしろにするような親を、私は絶対に認めない。あなたの自由なんて、排水口に流れちゃえ！」

再び鈍い音。

先程より勢いをつけて殴られた玲奈が、床に倒れ込んだ。私は柚子さんがどうでもよくなってしまうことを危惧した。今、この瞬間にもボンベのレバーを引きかねない。

しかし柚子さんが取った行動は、

残忍な笑顔を浮かべながらコートに忍ばせていた凶器を取り出すことだった。

内ポケットからするすると取り出された大振りのアイスピック。

意識を失ったのか、床の上で、玲奈は動かない。

茂木さんと徐さんが駆け寄るより早く、凶器が振りおろされる。

――怖い。

私は足下の震えを自覚する。宇治川で双子を助けに向かったとき、こんなに竦んだりはしなかったはずだ。それはたぶん、自分のことをどうでもいいって思っていたから。今は違う。自分も大事だから、動くのが恐ろしいのだ。アイスピックに二酸化炭素、二重の剣呑さ。近寄るだけとはいえ、すぐに対応できる徐さんと茂木さんに感心する。安楽さんは――まあ、ああいう人だから、微動だにしないのも別にいい。

私は動きたい。自分の大切さに気付かせてくれた玲奈の命が危ないのだから。自分の価値を知った上で、あえて危険を選びたい。

踏み出せないまま。私は時間のない暗闇を見ていた。コインが宙に浮かんでいる。それなら僕を使いなよ、と誘惑する。けれども、ここで頼ったら、私は何も変わっていない。

助けたい。動きたい。でも恐ろしい。コインが揺れる。頼りたい。頼りたくない。

助けたい、とにかく助けたい！

――もういいよ！

私はコイントスを敢行した。闇の中、金属がくるくると輝いた。

表が出たら、玲奈を助ける。そして——。

裏が出ても、玲奈を助ける！

ひどいルール違反だ。

でも、文句あるか！　私の自由は私が決める！

私は飛び出した。男性二人に警戒を払っていたと思われる柚子さんはアイスピックをそちらに向けており、私の動きに対応が遅れた。

私が狙ったのは、フリーになっている方のボンベだ。アイスピックを握ったことで、当然、柚子さんの手の片方はボンベに通じるロープから離れている。そのレバーに私は手を伸ばし、あえてボンベを開放させようとするふりをした。

眉をひそめ、柚子さんは身を引いた。私の手は空を切ったけれど、柚子さんの位置は玲奈から離れた。

首筋を汗が伝う。たった一瞬動いただけなのに、緊張で壊れそうだ。

私は柚子さんを睨む。

何を言っても止まらないかもしれないけれど、これだけは投げつけてやりたかった。

「パンを売ってもガスをまきちらしても、自分を大事にできなきゃ救われません」

私は数日前まで浮かびもしなかった意見を舌に乗せる。

「柚子さん、知ってますか。自分の価値をゴミ箱に放り投げることは、無意味に人を傷付けるのと同じくらいの悪行なんですよ」

ボンベに添えられた手を私は睨みつける。

「ユニークな見解だ」

脳天気に手を叩く安楽さん。

「それ、君のオリジナル？」

「パクリです！」

私は堂々と言った。

そこで倒れている女の子に教わったのだ。

「放り投げてなどいないわ」

柚子さんはアイスピックを握りしめる。

「私の無意味な心身を、私が尊いと信じるものに捧げるのよ。誰にも否定はさせない」

だめか。

刑事ドラマなら、観念してくれるんだけどなあ……私が刑事さんじゃないからか。

膠着（こうちゃく）状態だ。こちらの説得は失敗。私の推測が正しければ、柚子さんも柚子さんでバルブを開くふんぎりはつかないはずだ。

時間を稼いだ分、異変に気付いた警備員さんとかが駆けつけてくれる可能性は高まったかもしれないけれど、確実ではない。

柚子さんはアイスピックの切っ先を巡らせる。誰か近付いても今度こそ貫く、と意思表示するように。

そのとき入り口の扉が開いた。

柚子さんの動きが止まる。全員の視線が、扉に集中した。

入ってくるのが香川さんと大我なら最悪。警察や警備員なら――。

「うーい」

現れたのは、酒瓶を手にぶら下げた香川さんだった。

大我はいない。

全員の動きが止まった。柚子さんも含め、どういう風向きなのか計りかねているのだろう。

「あなた一人？」

柚子さんは玲奈から離れ香川さんの方へ向き直った。アイスピックの尖端をくるくると回す。ボンベを警戒しているのか、茂木さんたちは距離を取っている。

「香川さん、今、危ない」

徐さんが声をかける。

「その人、ガスのボンベ持ってるよ。開けたら、みんな死ぬ」

「ちょっとおおお」

それには応えず、香川さんはつかつかと柚子さんに近寄った。

「うるさくて眠れないんですけど。静かにしてよ」

何言ってるのこの人。

いやな予感がした。

だめな顔色だ。キマってる。

「さっさと扉を閉めなさい。余計な真似をしたら、こうよ」

柚子さんはアイスピックをかざす。

次の瞬間、その顔面に香川さんの右ストレートが炸裂（さくれつ）した。

「がっ！」

柚子さんの上半身が後ろに揺らぐ。すぐに体勢を立て直したが、その顔には信じられない、という驚愕が浮かんでいた。それでも胸元のレバーは動かさず、凶器の切っ先を酔っぱらいに向ける。

香川さんが酒瓶を放り投げた。こともあろうに、胸元のボンベめがけて。

ぎいん、とボンベが鳴り、柚子さんは再びのけぞった。今度は立て直せず、仰向けに倒れる。

「だから！　ガス！　危ないの！」

徐さんが叫ぶが届かない。

あっと言う間に香川さんは柚子さんに馬乗りになり、肘を、拳を、めちゃくちゃに振りおろしていた。

「寝れないから！　静かにしろって！」

「言ってる、でしょうがあっ！」

「愚蠢的女人（ユーチュンダヌレン）！」

徐さんがわめく。お国の言葉を話すのを初めて聞いた。「がんばれ」とか「いいぞ」とかいう意味じゃないのは確かだ。

柚子さんは肩口に転がったアイスピックを摑もうと懸命になっている。ボンベを開放する気配はない。しかし、酔っぱらいに殴り殺されるくらいなら、今、この瞬間にも自爆を決意するかもしれない。

あーあ……。

なんだか、考えるのがばからしくなっちゃった。

今までなかったくらいに弛緩した脳みそのなかに、するりと放り込まれたものがある。それは、高度な客観性だった。これまで事件にのめり込んできた私が、私を含めた色々を外側から眺めるための視点だ。

私はカレンダーを観ていた。

「箱川小雪」という、自分の名前を眺望していた。

なんだよ。

そんなに単純な理屈だったの？

こんな結論なら、安楽さんがトレースできるのも当然だ。心理コンサルタントだけじゃない。私の背後に私の観たもの感じたものを把握できる幽霊のような存在が憑いていたならば、間違いなく気付いていたはずだ。

「S」として、誰を疑えばいいかということを。

我に返る。

ガスボンベがきりきりぶつかり合う不快な音が楽器みたいに続いていた。マウントポジションこそ外れたものの、まだ酔っぱらいは柚子さんに拳を振りおろし続けている。

「就職浪人だからって、バカにしてるんじゃないわよォ!」

関係ない。

見かねた男性陣も距離を詰める。首を盛んに動かしていた柚子さんが入り口の方を向いて呻いた。警備員たちがなだれこんできたからだ。

茂木さんが柚子さんの右手首を取り、引っ張った。直後に左手を徐さんが掴んだので、ボンベに添える指はゼロになった。そのまま男性二人に両手を引かれ、仰向けにずるずると引きずられる。一方の香川さんは、数人の警備員に取り押さえられていた。

「うごごごごごごご」

「あー、違います。危ないのはその人じゃなくて――まあ、その人もアブないですけど、本命はこっちです」

立ち回りに参加する気配ゼロだった安楽さんが、要領よく警備員たちに説明する。

「この人、脱走犯です。警察に連絡してもらえますか？」

八　犯人

三時前。

教室は大学職員と警備員、そして到着したばかりの警察官でごった返していた。変わった形の拘束具を柚子さんにはめ込み、抱え上げて連れて行こうとしている最中だ。すでに CO_2 のボンベは撤去されていた。耳に入ってくる刑事さんたちの話を聞く限りでは、二本とも本物が詰まっていたらしい。

あらましの説明は安楽さんが引き受けてくれている。

香川さんはつなげたイスをベッドにして眠りこけていた。

「なんなのあの人」

寝顔を眺めながら、徐さんがげんなりと言った。

「どういうジャンルの人？」

「バーサーカー、ですかね。人生全般の」私は真剣に評価した。

「小雪ちゃん、大丈夫？　ケガしてない？」

自分も氷嚢（ひょうのう）で頬を冷やしているというのに、玲奈が気遣ってくれた。

「玲奈こそ、顔」

「私は殴られただけだから」

「私なんか、近くに寄っただけだし」

安心した。今のところ玲奈のケガも大したことはなさそうだ。

「すまん。全然力になれなかった」

傍らの大我が青い顔をしている。柚子さんが連れて行かれた後で戻ってきたのだ。

「俺が一番、力も強いのに……やばいときに、間に合わなかった」

大我の責任じゃないし、その場にいたとしてもさほど状況が変わっていたとは思えない。私も玲奈も、ゆっくりと首を左右に振った。

やがて現場検証も終わり、教室には安楽さんとメンバーだけが残された。

「まあ、そろそろ落ち着いただろうってことで」

安楽さんが陽気な声を出した。

「ここでそろそろ、Sの正体について種明かしをさせてもらおうと思います」

全員の視線が安楽さんに注がれる。

「証拠が見つかったんですか」

私が訊くと、心理コンサルタントは弁解するように眉を上下させた。

「さっき打ち明けたように、正直に言って、裁判で採用できるような証拠は集まっていない。ただし、論理的に考えて、この人物しかSであり得ないという話をすることはできるよ」

安楽さんは部屋の全員を見回す。

「本当は、もう少し泳がせておくつもりだったんです。きちんとした材料を手に入れてから、皆さんや警察に話を切り出すつもりでした。でも、さっきのような事態が発生しましたからね。柚子さんが再び脱走を企てる可能性も皆無じゃない。だから平和が訪れている間に、指摘はしておこうかと考えを改めました」

「筋の通った根拠を述べたところで、Sが観念するとは限らないのでは？」

茂木さんが疑義を呈する。

「すでにSは殺人の……ええと、教唆犯の立場になってしまっているわけですから」

「私は観念してくれると信じています」

安楽さんは素早く言った。

「私の見立てですが、Sだと睨んでいるその人物は、論理的な説明を放たれてなお、見苦しくあがくような性格ではない。納得したら、負けを認めてくれるはずです。とはいえ、この場にいる大半が、指摘などしなくていいと考えているなら、やめにしても構いません」

「俺はやってほしい」大我が手を挙げた。

「毎日知り合いを疑い続けるのに疲れてきちゃいました。そろそろ結論が欲しいっす」

「私も、就職活動をしたいので……」

香川さんも同意した。相変わらず、気持ち悪いくらいアルコールからの回復が早い。

私は玲奈と顔を見合わせた後、揃って手を挙げる。徐さんと茂木さんも異論を唱えなかった。

「……わかりました。それではもう少々、長広舌にお付き合いください」

言ってから、安楽さんは私に水を向ける。

「それとも、箱川さんに説明してもらおうかな？　君も判っているようだから」

「いえ、安楽さんにお願いします」

私は譲る。今更気が付いたところで、自分の手柄みたいにするのは気がひけたからだ。それに自分の話も関わってくるので、少し話しづらい。

「それでは、Sの正体について。誰がSなのか、僕が当たりをつけたのは、第一回の面談が終了した直後のことだった。こちらに残っているスイッチの作動記録と、全員からのヒアリング内容を照らし合わせると、箱川さんのスイッチを拝借してアプリを作動させた人間の思考をトレースすることができる。判明している事実は、それほど複雑なものじゃない。箇条書きするとこんな感じだね」

ここで安楽さんは、面談の際も使用していたタブレットにテキストと表を表示させた。
①メンバー全員に箱川さんのスマホを盗む機会があった
②メンバー全員に箱川さんの生年月日（＝スイッチのパスワード）を知る機会があった

③スイッチが作動する前に、パスワードは数十回誤入力されている

「スマホが盗まれた時間帯、メンバー全員が図書館の中か比較的近い場所にいたことは間違いない。スマホを操作した上で一階へ放置できる機会があったのは、箱川さん以外の五名――茂木さん、香川さん、徐君に三島君に桐山さんだね。そしてスイッチを作動させるパスワードは、各人の誕生日に固定してあった。この五名だけど、箱川さんの誕生日を、少なくとも一度は眼にしているはずなんだ。学生・卒業生の四名はゼミの親睦会で、職員一名は申込用紙を読むことによってね。

　にもかかわらず、誤入力が四十一回も発生してる。つまりSは、箱川さんの誕生日を見聞きする機会があったにもかかわらず、それを記憶していなかったことになる。

　これはフェイクじゃない。本当は一発でログインできるのに、わざと知らないふりをした、という偽装工作は考えられない。なぜならパスワード

時刻	入力したパスワード
18:28	1102　1203　0117　0204　0329
18:29	1114　1213　0125　0228　0305
18:30	1115　1216　0129　0210　0310
18:31	1122　1224　0128　0215　0320
18:32	1130　1227　0103　0218　0307 1124　1230　0112　0223　0331
18:33	1123　1202　1205　1126　1128 1204　1129　1125　1201　1127 1206
18:35	1217（正解）

を入力するためにはスマホの電源を入れておく必要があるからね。位置情報サービスや捜索アプリを使用される危険がつきまとうから、なるべく早く用を済ませて手放さないといけない。

以上を確定事項として、僕は誤入力されたパスワードの日付を手がかりに、Sの思考をなぞることにした。

第一に、パスワードの候補が十一月〜三月に限定されている件についてだけれど、これは、箱川さんの『小雪』という名前から、晩秋〜初春が誕生日と考えたからと推測できる。Sはこの範囲内をターゲットに絞り、当たりを得たわけだ。では、入力した順番から得られる情報はないだろうか？

これだけ大量の日付を短時間に入力しておきながら、重複が一切発生していない点を考えると、おそらくSはメモ用紙の類に即席のカレンダーを書き込んだか、カレンダーアプリのようなものを利用して、どの日付が入力済みかを逐一チェックしながら進めていったんだと思う。ここで入力された日付と、その順番から示唆を得るために、こちらもカレンダーをつくってみた」

タブレットの画面が切り替わり、十一月〜三月のカレンダーが表示された。土日祝日の色分けもされていない、シンプルなものだ。

11月

1	2	3	4	5	6	7
8	9	10	11	12	13	14
15	16	17	18	19	20	21
22	23	24	25	26	27	28
29	30					

12月

1	2	3	4	5	6	7
8	9	10	11	12	13	14
15	16	17	18	19	20	21
22	23	24	25	26	27	28
29	30	31				

1月

1	2	3	4	5	6	7
8	9	10	11	12	13	14
15	16	17	18	19	20	21
22	23	24	25	26	27	28
29	30	31				

2月

1	2	3	4	5	6	7
8	9	10	11	12	13	14
15	16	17	18	19	20	21
22	23	24	25	26	27	28
29						

3月

1	2	3	4	5	6	7
8	9	10	11	12	13	14
15	16	17	18	19	20	21
22	23	24	25	26	27	28
29	30	31				

「では、この適当なカレンダーに、パスワードが入力された順番を追加してみます」

何人かが姿勢を変えたようで、イスのがたがた響く音がした。

「最後の辺り、範囲が狭いですね」

徐さんがタブレットに指を近付ける。

「それまでは、十一月から三月まで、均等な感じで選んでいました。ところが三十一回目から後は、十一月と十二月だけになっています」

私も同じような表を作って確認した。ただ数字が並んでいるのを見ているだけではわかりにくい変化だ。

「それだけじゃない。十一月後半から十二月初旬の期間だけ、隙間がありませんね」

香川さんも指を伸ばした。「途中から、入力する方針を変えたってことですよね」

「お気付きの通り、カレンダーで見るとまばらな入力範囲の中で、十一月の後半辺りから十二月の最初だけ、びっしり埋まっている。では、この期間にはどういう特色があるのだろうか？　誰かに教えてもらおう。では、徐さん」

11月

1	①2	3	4	5	6	7
8	9	10	11	12	13	⑥14
⑪15	16	17	18	19	20	21
⑯22	㉛23	㉖24	㊳25	㉞26	㊵27	㉟28
㊲29	㉑30					

12月

㊴1	㉜2	②3	㊱4	㉝5	㊶6	7
8	9	10	11	12	⑦13	14
15	⑫16	㊷17	18	19	20	21
22	23	⑰24	25	26	㉒27	28
29	㉗30	31				

1月

1	2	㉓3	4	5	6	7
8	9	10	11	㉘12	13	14
15	16	③17	18	19	20	21
22	23	24	⑧25	26	27	⑱28
⑬29	30	31				

2月

1	2	3	④4	5	6	7
8	9	⑭10	11	12	13	14
⑲15	16	17	㉔18	19	20	21
22	㉙23	24	25	26	27	⑨28
29						

3月

1	2	3	4	⑩5	6	㉕7
8	9	⑮10	11	12	13	14
15	16	17	18	19	⑳20	21
22	23	24	25	26	27	28
⑤29	30	㉚31				

指名された徐さんはしばらく眉毛を上下させていたけれど、

「ごめんなさい。わからないです」

「では、ヒントを一つ。『カレンダーによっては、載っているものもある』」

「ああ……」すぐにたどり着いたようで、徐さんはちょっとくやしそうに口元を寄せる。

「ニジュウシセッキですね」

誰かも、ああ、と呟いている。

「二十四節気。中国でも使ってます古い暦の名前です。季節の変わり目の呼び方ですね。十一月下旬の二十四節気は小雪。箱川さんの名前と、同じ漢字ですね」

「そう、史学科の学生なら頭にあって当然の基本常識だね。恥ずかしながら、浅学の僕は詳しく知らなかったけど、二十四節気は特定の日付を示すと同時に、次の二十四節気までの期間を意味する言葉でもあるそうだね。小雪は年によってズレがあるけど、おおむね十一月二十二日か二十三日。次の二十四節気は十二月六日、もしくは七日の『大雪』で、その前日までのおよそ二週間も小雪と呼ばれている……おそらくSは、三十件のパスワード入力が不発に終わった時点で方針を転換すべきと考えた。そして箱川さんの誕生日が二十四節気の小雪のどこかではと思い当たり、該当の期間で、それまで入力していなかった日付を埋めようとしたんだろう」

「私も、今日まで失念してました。自分の名前なのに」

さすがに反省する。

「言い訳じゃないですけど、別に二十四節気とは関係ない命名だったので……」

「さてさて」心理コンサルタントは手品のフィナーレみたいに手を合わせる。

「というわけで、Sは適当に冬の日付を入力していたわけではなく、自身の有していた知識を基に、的を絞って入力していたことが判明しました。最初に箱川さんの名前から時期を絞り、二十四節気の期間に限定することで、さらに範囲を狭められると考えた。あいにく、この推定は間違いだったわけですが、Sが二十四節気を頼りに正解にたどり着こうとしていた事実は重大な意味合いを持っています」

「まさかそれを根拠にSを特定するつもりですか？」

香川さんが渋い顔をしている。

「史学科の学生しか知らない知識、なんて断定するのは乱暴すぎます。このメンバーで史学科に関係がないのは茂木さん一人ですけど、茂木さんだってご存じでしょう」

「はい。二十四節気は仏教でも暦分けに使うものですから……」

茂木さんも首を傾げている。

「さすがにそこまで短絡的じゃあありません」

無用の心配だと、安楽さんは笑った。

「僕が強調したいのは、Sがあてずっぽうに日付を試していたわけではなく、一定の推測に則って入力していたという点です。もう一度、入力されたパスワードを確認してください」

安楽さんはタブレットを全員の鼻先へ順に突きつけた。

「あてにしていた小雪の期間がすべてハズレに終わったSは、当然、別のパスワードを入力しなければならなかった。では小雪に該当する日付の後、どのようなパスワードが入力されているだろうか？」

「あら？」香川さんが首を傾げる。

「ね、おかしいだろう？」

入力されたパスワードは計四十二通り。

小雪に該当する期間のパスワード入力が間違いに終わった時点で、すでに四十一通りが入力されている。

残った日付。

それは正解のパスワード——私の誕生日である十二月十七日だけだった。

「つまり、小雪の期間がハズレだった後、いきなりアタリを摑んだってわけだよ」安楽さんは火起こしをするみたいに両手を擦り合わせた。

「それまで、ずっとランダムに日付を入力していたのであったなら、Sは四十二番目に正解に行き着いたんだな、で終わる話だけどさ。一つの根拠に従って入力を続けた結果、それが見当違いに終わった直後に正解を引いている。これ、君たちはどう解釈する？　あてが外れて、やけくそで選んだ十二月十七日が正解だった——そういうことだと思う？」

「いくらなんでも、あり得ないです」

玲奈が左右に大きく首を振る。

「可能性はゼロじゃあないですけど……都合がよすぎます」

「そうだよねえ。だったらこう考えるしかない」

要点中の要点だ。心理コンサルタントはこれまでより通りのいい声を出した。

「Sは、二十四節気の日付を試している時点では、箱川さんの誕生日を知らなかった。ところがその直後に、何らかの事情で誕生日を推測する新しい根拠に気付いた。あるいは、誕生日そのものを知ることができた」

息を吞む音が重なった。

「ではこの『何らかの事情』とはどういったものだろう？　小雪に該当する最後の日付を入力してから正解を入力するまで、間隔は二分程度しかない。つまりこの二分程度の間に、Sに箱川さんの誕生日を伝える、幸運な何事かが訪れたことになる。その何事かとは？　ここでもう一度、時系列を確認してみよう。正解のパスワードが入力される直前、誰が、どこでなにをしていたのか？」

タブレットの表示が切り替わる。パスワードの代わりに現れたのは、最初の面談で見せてもらったものとほぼ同内容のタイムテーブルだった。

「何度も繰り返すよ。小雪に該当する日付の穴埋めを開始した十八時三十三分の時点では、Sは箱川さんの誕生日を知らなかった。ところが二分後の十八時三十五分には、正解にたどり着いている。言い換えるとSは、この時間帯に、正解を知る幸運に恵まれた人物ということになる」

18:20〜30頃	箱川、ガイドブックを借りるため地下一階貸出カウンターへ向かう（事前に返却カートで同資料を閲覧しており、その際、カートにスマホを忘れたものと思われる）
18:28〜36頃	41回のパスワードエラーの後、箱川のスイッチが作動する
18:32〜38頃	箱川、同階の自動貸出機で貸出処理。その後周辺で資料を探す
18:38頃	箱川、スマホの紛失に気付き、地下一階カウンターに問い合わせるも見つからず
18:40〜45頃	三島・桐山が図書館内を捜索。各階のスタッフに問い合わせるが見つからず
18:40〜45頃	箱川、地下一階で待機（移動していないことを徐が確認）
18:43	一階新聞閲覧席の返却カートに放置されていたスマホをスタッフが発見、地下一階カウンターに届ける
18:45	地下一階カウンターに再度問い合わせ。スマホを回収

言葉を止めた安楽さんの眼が、私に発言を求めている。

……十八時三十六分。スイッチの作動と前後して、私は自動貸出機で本を借りていた。

貸出。貸出処理。

貸出の手続き。

貸出に必要なもの。

「学生証」

「学生証……」

「そうそう、学生証だよ。印字されてるよね。生年月日」

安楽さんは意を得たように拍手した。

あのとき、カウンターは混雑していて。

そうしたら、自動貸出機を使ってくださいって司書さんに薦められて。

貸出機を使おうとしたら、使い方がわからないって困ってたから、教えてあげた。

私が持ってきた本を実際に使って。

私の学生証を、目の前の機械にかざして、教えてあげたのは――、

「はーい、答え合わせです」

特別賞を発表するような心理コンサルタントの声。

「それまで箱川さんの誕生日を知らなかったSにチャンスが到来した。箱川さんが自

動貸出機を使用する際、学生証を、覗き見できるチャンスです。そのとき、箱川さんの後ろにいたのは――君だね！」

陽気に、ぽん、と肩を叩かれたのは。

私の友達であり、

泣いている子供を放っておけないような優しい心根の、

三島大我だった。

「はい。論証終わりでーす」

プレゼンが終わった後みたいに安楽さんは手を叩く。

「そんなわけで三島君。反論、講評などございましたらいくらでもどーぞ」

「ちょっと」玲奈が声をかけたが、大我は夢心地のように視線をさまよわせている。

しばらく経って、口を開いた。

「とくにないっす」

「ないって」

殴られたところが判らなくなるくらい玲奈の顔色が悪い。

「嘘だよね？　間違いだよね？」

「間違ってなんかない。全部本当だ」

大我はあっさりと認めた。

「俺が柚子さんに手紙を送った。箱川のスマホを盗んでスイッチを作動させた。ごめんな箱川」

リアクションに困る。「いや、忘れた私も悪いから……」

「どうしてよっ」

玲奈が手のひらを大我の胸に押しつける。

「なんでなのよ……受験のとき、声をかけたじゃない。誰も声をかけなかったのに、私と。小雪ちゃんと、大我君だけ、声をかけたのに！　どうしてっ」

「あのとき俺は、深く物事を考えてたわけじゃない」

大我はぼんやりと口を動かした。

「なんとなく、ケガをした子供をみて、そうしたいな、って思っただけだ。今回も同じだよ」

玲奈のまつげが震えている。

「あの一家の事情を調べて、騒動につながりそうな弱点を手に入れて、そいつを抉る手紙を送る。なんとなくそうしたいなあって頭に浮かんで、実行しただけなんだ。あの人たちを憎んでたわけじゃない。いじめて楽しくもなかった。こんな有様になって、かわいそうだとさえ感じてるよ」

「それなら、なんで」

根幹を否定された玲奈は、大我と目を合わせる動作さえつらそうだ。それでも、直視している。それが玲奈だから。

「なんとなくそうしたいって思ったんだ。それだけなんだ」

そうして大我は、無感動な表情で立っていた安楽さんの方を向いて、頼んだ。

「警察を呼んでください」

こうして、心理コンサルタント・安楽是清主催の「悪意の実験」は幕を下ろしたのだった。

九　接見

二日が経った。

ニュース番組や情報サイトにとって、依然、ホワイト・ドワーフの事件は興味を惹かれない内容らしく、検索エンジンに柚子さんの名前を入力してもほとんどヒットしない。現場検証からとはいえ脱走を果たしたのだから衆目を集めそうなものなのに、警察のメンツに配慮しているのだろうか。

大我に至っては、ヒット件数ゼロだ。実験の話が広まっていないので、よくある家庭殺人の、共犯者の一人としか認識されていないのかもしれない。

私は図書館で時間を潰している。玲奈は出てこないし、徐さんもシフトに入ってないみたいだ。一人だと、談話スペースも居心地が悪い。

あれから、心理コンサルタントからの連絡はない。メンバー間でも、玲奈を除いてやり取りはなし。

一昨日、私は玲奈へ一件だけSNSを送っている。

――大我に対しては、しばらく堪えてほしい。確認したいことがあるから。絶望するのも、怒るのもそれからにして。

――わかった。

短い返答に、信頼を感じる。玲奈は私よりずっと強い。二〜三日くらいなら、大丈夫だろう。

それから、私は待っていた。逮捕された大我が、本当のことを打ち明けるかもしれないと期待していたからだ。自白した方が間違いなく扱いはよくなるはずだから、大我が自分で暴露してくれるようなら、そっちが望ましい。

二日経ったけれど、警察も、安楽さんも連絡をよこさなかった。

夜になって、安楽さんに電話をかけた。柚子さんか大我、どちらかと接見済みか訊いたけれど、まだどちらも、という返答だった。

「私でも、会おうと思ったら会えますか？」

「問題ないんじゃないかな。今のところ接見禁止じゃないって聞いてるから。難色を示されるようなら、僕から口を利いてあげてもいい。三島君も、誰か来てくれた方が嬉しいだろうからね」

「いえ、大我はいいんです。私が会いたいのは柚子さんの方」

「ふうん?」安楽さんの声が弾む。「いいんだ?　三島君は」

「安楽さんこそ、まだ大我に会いに行ってないのはおかしくないですか」

追及する。「安楽さんは純粋な悪を求めていたはずですよね。ようやく探し当てた心の持ち主に、あれこれインタビューしなくてよかったんですか」

「たまたま所用で、面会に行けなかっただけだよ。もちろん嬉しいに決まっているよ?　予見通りに現れてくれたんだから」

「安楽さん」

はぐらかされないよう、私は声を重くする。

「純粋な悪は、本当に見つかったんですか」

「見つかったとも。三島大我君に宿り、スイッチを作動させた感情こそ、それだったよ」

「どうして嘘をつくんですか」

十秒ほど無音が続いた後、同じ言葉が返ってきた。

「どうして嘘をつくんだろうね？」

「そうやって、大事な質問から逃げ続けてきたんですか？」

「手厳しいなあ！」面白がる声だった。「箱川さんは、実験の結果に疑問を持っているわけだ」

「疑問というより確信です」言い切る。「純粋な悪がスイッチを作動させた結果、鹿原弘一さんが殺された——絶対に、そんな構図じゃありません」

「だったらどういう絵図だったのかな」

「スイッチを押したのが純粋な悪とは遠い感情だったから、安楽さんは興味を無くしたんじゃないですか？　安楽さんは純粋な悪を使ってあの一家に引導を渡したかったんでしょう？　それは失敗に終わりました。でもこのまま、じわじわとあの人たちが不幸のどん底まで落ちて行ったら、少なくとも実験で復讐を果たしたことにはなりますから、様子を見ているんじゃないですか」

囁くような笑い声に、私は提案した。

「安楽さん、明日、二人で柚子さんに会いに行きませんか」

「一緒に？　どうして？」

「どうせなら一緒がいいです。安楽さんも、判ってるんでしょう？」

「まーね。あやうく見逃すところだったけど」

「だったら、気付いている人間が二人もいるって、教えてあげましょうよ」

「それもまあ、そうか」

安楽さんの語尾に、悪戯っ子の響きが加わった。

「このまま、勝ち逃げ気分にさせておくのも癪だからねえ」

接見室に通されるのは初めての経験だった。警官に先導されて、私と安楽さんはその部屋に入る。会議室のようなイスが並ぶ大部屋の突き当たりにアクリル板の仕切りがあり、向こう側に柚子さんが座っている。窮屈な部屋を想像していたけど、こちら側も向こうも、案外余裕のあるスペースだ。先導してくれた警官は、私たちの後ろに立っている。向こう側にも警官が一人、薄緑の服を着た柚子さんの真後ろに控えていた。

「香川さんはお元気？」

柚子さんは紫に腫れた頬を撫でる。

「あの人にはびっくりしたわ……ああいうのを『無敵の人』って呼ぶのよね？　私もそっちサイドだと自認していたけれど、あの人はもっとすごかったわねぇ」

営業スマイルを無感動に眺めながら私は切り出した。

「今日は、私の友達を助けてもらいに来たんです」

「どなたのお話かしら？」

「スイッチを押した張本人の、三島大我です」

「ああ、刑事さんに聞きました。あの方だったのね。でも、助けるってどういうことかしら」

「ご存じだと思いますが、三島君は殺人教唆の罪に問われているんですよ」

安楽さんが手のひらを向ける。「その罪を、柚子さんの証言で晴らしてもらいたいんです」

「おかしなことを仰いますのね」

柚子さんは戸惑うように瞬きを繰り返した。

「刑事さんに聞きましたよ。誰かがスイッチを押したらホワイト・ドワーフへの援助が打ち切られる仕組みになっていたんでしょう？　あの人は私に手紙を送って、夫への反逆を奨めた。その上でスイッチを作動させた……原因と結果です。間違いなく、殺人を煽った張本人じゃないですか。唆された私が言うのも滑稽ですけど」

「そんなことはありません」

私はアクリル板に距離を詰める。

「たしかに大我はスイッチを押しました。でも作動させたところで、殺人を実行させるなんて不可能です」

「可能でしょう？　破滅を予告して、破滅に応じて殺せばいいと持ちかけて、スイッチを押せばいいわけですから」

「いいえ、できません」

私は柚子さんの瞳を覗き込む。

「あなたが園長先生を殺したのは、スイッチが作動する前なんですから」

柚子さんは何も口にせずただ瞑目していた。その様子が私の推測を肯定しているように見えた。

「私たちはあなたを被害者だと思っていました」

反応を待たずに私は言葉をつなぐ。

「もちろん旦那さんを殺害したという意味では間違いなく加害者です。でもあなたの凶行は、Sに唆されたせいだと信じていました。スイッチを手に入れたSが、操り人形のようにあなたを動かして殺人を楽しんでいたんだって勘違いしていました。でも、操り人形なんて存在しなかった。柚子さん、あなたはSの意のままに動かされてなんかいません。反対なんです。Sの方があなたに合わせてスイッチを押したんでしょう？ あなたが旦那さんを殺したことを知ったSが、あなたを助けるためにスイッチを使ったんです」

柚子さんの首が揺れる。

「助ける？ なにから私を助けるというの？」

「正確には、あなたと子供さんたちを助けるためです」

私は傍らの安楽さんに一瞬、視線を移す。心理コンサルタントは曖昧な笑顔で頷くだけだった。

「みんなを錯覚させた最大の要因があの悪意の実験でした。純粋な悪意が、スイッチを押すかどうかを見極めるという実験。この印象が強すぎたせいで、全員、スイッチが作動した後に何事かが起こることを恐れていました。だから実際にスイッチが使われて、園長先生が殺されたと知ったとき、スイッチが作動したせいでそうなったんだと誰もが疑いませんでした。でもスイッチの作動↓殺害という時系列を決定付ける証拠は存在しないんですよ」

「死亡推定時刻があるじゃないですか」

熱の籠もらない声で、柚子さんは反論する。

「あなたの仰る通りなら、夫の殺された日が、三、四日ほど前にズレることになってしまいます。警察なら、検死やなにやらで正しい死亡日を判定できるのでは？」

「それがそうでもないんです」徒労を感じながら私は答える。

「この可能性に気付いた後、ネットの学術論文や、図書館で入手できる限りの専門書にあたってみたんですけど、その死体が死後五日なのか、二日なのかを区別するのは意外と難しいみたいなんですよ。早期死体現象って言って、その人が亡くなってから二〜三日の間に体温の低下とか死後硬直とか、お腹の変色とかが順を追って発生するんですけど、時間が経つほど、細かい指標になる特徴が限られちゃうんです」

私が目を通した限り、死後二日後には発生しないが五日後には発生している、と断言できるような現象は発見されていないようだった。加えて園長先生の場合、冷蔵庫で保存されながら、時々切断するために出し入れを繰り返していたはずなので、余計に判定は難しかったはずだ。

「この一ヵ月、私たちはあのスイッチを強く意識していました。だから援助の打ち切りがきっかけで殺人が発生したって話を簡単に信じたし、私たちが証言すれば、警察の人もある程度は捜査方針を誘導させせられたはずです。殺害された日は十一日以降だって考えに傾いてしまった」

あの手紙もスパイスの役割を果たした。これはそんなに難しいトリックじゃない。園長先生が死んだ後で、自分宛に手紙を送ればいいだけの話だ。さらに望さんも大我も、それとなくメンバーを誘導していた。原因と結果、スイッチを押したから園長先生が殺されたという嘘の因果(いんが)を、機会を見て私たちに吹き込んでいた。玲奈の呼びかけに応じたメールにも、大我は「スイッチ作動↓殺人」という嘘の構図を混ぜ込んでいる。

「何が楽しくて、そんな手の込んだ悪戯を？」

柚子さんが人ごとのように眉を下げる。

「私も、三島さんも……何の得があって、夫の死んだ日を動かす必要があったのです？」

「自分で判ってることを訊かないでくださいよ」

黙っていた心理コンサルタントが、小馬鹿にするような声を出した。

「弘一さんの殺害日がスイッチの作動以前だとしたら、殺害されたと思われていた日の前後に、子供さんたちが旅行へ出かけていた事実が興味深いものになってきます。それまで完璧だった、お子さんたちのアリバイが崩壊してしまう……」

人形に化けているみたいだった柚子さんの眉間が、わずかに険しさを増した。

「不明点を不明点にしたまま整理すると、こんな感じじゃないかなあ。九日以前に、何らかのアクシデントがホワイト・ドワーフで発生して、結果的に弘一さんが殺されてしまった。手を下したのは他の四人――いや、双子ちゃんたちにはさすがに難しいでしょうから除外するとして――柚子さんと望さんの二人だったのかな？　柚子さんが一人で罪を被っている点を考慮すると、おそらくあなたが主犯的なポジションだったのでしょうね。

とにかく家長を殺めてしまった一家の前に、Sが偶然姿を現した。メンバーのうち何人かはあの店の常連になっていましたから、タイミング的にあり得ない話ではありません。何らかの取引きが発生したのか、殺害に至った事情を知って同情したのかこれも定かではありませんけど、Sは柚子さんたちに協力すると申し出た。殺人そのものを隠蔽（いんぺい）するのは難しい。けれども、誰か一人を犠牲にして他の家族を守ることは可能だと考えたんでしょう。遺体の冷凍と、Sの手紙をでっちあげることで殺害日をずらし、他の家族はその前後に完璧なアリバイを作り上げる。全員が旅行に出てしまうと遺体が冷凍されていた事実を説明できなくなってしまうから、柚子さんが、罪を被ると名乗り出たのかな？」

それまで直立不動のままだった両側の立会官が、ふいにアイコンタクトを交わす。こちら側の立会官が部屋を出て行った。捜査担当の人に伝えにいったのだろうか？

軽く咳払いをして、安楽さんは続ける。

「まあ、年端（としは）も行かない双子ちゃんたちが演技を押し通せるとは思えないから、あの子たちは事情を知らなかったのかもしれませんね。とにかくお子さんたちはスイッチが作動する前に急いで旅行に出かけ、柚子さんは何食わぬ顔で営業を続けて、作動を待った。

協力者のSとしては、望さんたちが旅行に出かけた後ならいつスイッチが押されても問題なかったわけですけど、誰も作動させなかったので、やむなく最終日に箱川さんのスイッチを借用したんでしょう。その間、柚子さんは死亡日の見立てをずらすために、遺体の冷解凍を繰り返していたのかも。

スイッチが作動した後、理想的な展開は、実験に参加したメンバーに遺体と偽手紙を晒すことでした。これはメンバーの予定や意向もあるので思い通りに操作するのは難しいでしょうけれど、ちょうどいい具合に箱川さんたち四人が来店することになったので、それに合わせて望さんたちを呼び戻す。旅行先は東京でしたっけ？　新幹線を使えば、三時間程度で帰ってこられますからね。後は『たまたま早く望さんたちが帰ってきたために、処理中だった遺体を隠しきれなかった』というお芝居を披露して、手紙を読ませることでおしまい……」

話し疲れたのか、安楽さんは喉をさする。

「これでアリバイ工作は完了というわけです」

心理コンサルタントはくすぐるような視線を前に放った。柚子さんの後ろから新しい立会官が入って来て、それまでいた人と交代した。私たちの側も別の人が来るのかな、と思っていたら、こっちに戻ってきたのは同じ顔だった。

「一つ教えていただきたいのですが」その立会官が安楽さんに近付く。

「仰る話が本当なら、彼女が脱走したのは三島大我の口を封じるためですか？」

「そう考えるべきでしょうね」

安楽さんは認める。

「勾留されているうちに思い直したんでしょう。そもそも、三島君が秘密を守り続けてくれる保証はどこにもないし、実験の主催者である僕や、他のメンバーにも筒抜けかもしれない。だったら、見せかけのシナリオに乗じて、関係者全員、口を封じてしまえばいいんじゃないかって。それを実行するなら、すでに罪を被っている柚子さんが適任ですからね。

いやあ、すばらしい自己犠牲精神だ。宝石のような家族愛！」

安楽さんは称えるように両手を大きく広げた。

「……茶化さないでいただきたいわね」

ようやく口を開いた柚子さんの顔には、疲労が色濃く表れていた。自由のために旦那さんを殺めたという理屈・主張がすべてフェイクだったとしたら、この人は宇治川の河原でクーラーボックスを並べていたときからずっと、仮面を被り続けていたことになる。その心労は並大抵のものではないだろう。

「お見事です。正直申し上げますと、あなた方を見くびっておりました」

賞賛は、あまり嬉しくなかった。心理コンサルタントを出し抜いてやりたかったけれど、失敗しているからだ。

「教えていただけないかしら。綻びはどこでしたか？」

「綻びというか、きっかけは私の感情です」

私は指先でこめかみをつついた。

「私も園長先生に対して怒っていた時期があります。仕返しをしてやりたいと思ったけど、頭に浮かんだ復讐セットの中に、ただ殺すだけっていう選択肢は入ってなかったんです」

ある意味、私は自分の怒りにヒントをもらったのだ。

「でも柚子さんは、園長先生を単純に殺しただけでした。ずっと園長先生の傍にいて、あの人を知り尽くしているような人が、そんな単純な復讐で満足するものだろうかって不思議になったんです。その園長先生が『弱い教祖』だったと判って、ますます納得できなくなりました」

「弱い？」私の返事に柚子さんは首を傾げた。

「茂木さんが教えてくれたんです。大抵の宗教の主宰者は、自分を信者の一段上に置くけれど、光意安寧教はそうじゃなかったって。信者と変わらない状態で理想とする境地を目指す、『弱い教祖』だったって」

「たしかに、主張の上ではそういうものでした」

柚子さんはゆっくり瞬いた。

「でも、アリバイと何の関係が？」

「柚子さんは、自由になるために園長先生を殺したって言いましたよね。それは、柚子さんに影響を与えていた、教祖としての園長先生を殺すってことでしょう？　でも単純に殺しただけなら、『弱い教祖』を殺しきれません」

「なるほどね、信者にはない力を持っている、たとえば神通力を体得していると称するような『強い教祖』なら単純に殺害されるだけで失墜につながる……」

なぜか安楽さんは感心している様子だった。

「『すごい力を身につけているはずなのに、むざむざ殺されるなんておかしい。インチキだ』って失望されてしまうからね。でも、『弱い教祖』はそうならない。信者と同列の存在なのだから、『修行の道半ばで命を絶たれてしまった』と同情されるだけだ。殺害されても、教祖としての信望は、決してゼロにならない」

「そういうわけで、本当に教祖・鹿原弘一を殺したかったら、自殺に見せかけるという方法を選ぶべきなんです」

私は両手で自分の首を絞めるふりをした。

「うんうん、自殺だったら、修行から逃げ出したという謗りは免れない。『弱い教祖』でも評判はがた落ちになるからね」

「それなのに、凶器はアイスピック。自殺に見せかけるという痕跡がまったく感じられません」

話しながら、私は柚子さんの瞳に感情を探す。後悔や苦悩は浮かんでいない。

「書庫に残されていたあの手紙は、柚子さんに恨みを晴らせと誘っていました。手紙に従って全力で恨みを晴らしたのだったら、自殺に偽装するはずなのにそうしていない。だから柚子さん、あなたは、復讐のために園長先生を殺したわけじゃない。復讐じゃなかったら、不可抗力やアクシデントの結果だったとも考えられる。それなのに、私たちや警察には、復讐だったと、手紙のせいだったと主張している」

「なるほど、そういう切り口でしたか」

柚子さんは両掌を胸の前で組み合わせた。拍手を断念して祈っているような形だ。

「すると手紙の信憑性が疑わしくなってきます。あの手紙の内容を信じる限り、園長先生は、援助打ち切りが決定した後に殺されたと考えるしかありません。でもあの手紙がフェイクだったなら、園長先生は打ち切り前に殺されたとも考えられます。すると、完璧な望さんたちのアリバイが怪しくなってくる」

具体的な証拠は存在しないし、必要もない。私はこの話を、警察の耳に入れたらよかっただけだ。さっきの立会官の反応を見る限り、それなりに説得力のある推論だったことは確かだ。

「以上が、私の推測です」

話し終えた私に、柚子さんは目を細めるだけだった。ぱらぱらと拍手をくれたのは安楽さんの方だ。

「面白い。まさか宗教団体の教義からアリバイを暴くなんてねえ。恥ずかしながら、僕にはない発想だった」

　あれ？

「安楽さんもこのアリバイは見抜いてましたよね」

「見抜いていたけど、そこからじゃなかった。僕がカラクリを察知したのは、柚子さんが乗り込んできた直後だよ」

　柚子さんが瞳を元に戻す。

「ああ、やはりそちらでしたか。後から振り返ってみると、あれは愚行の極みでした」

「他は愚行じゃないと思っておられるのは問題ですが、仰る通りです。あなたは教室の中でCO_2ボンベを見せつけた後、その場に実験メンバーの全員が揃っていないのを気にかけた。そして桐山さんに命じて、外にいる香川さんと三島君を連れてこさせようとしましたよね」

　あっ……。

「気付いたみたいだね？　まあ、あのあと香川さんがすごかったから、印象が薄れるのも仕方はないけどさ」

「あのとき、柚子さんは誰がSなのかを知らない体を装っていた。それなのに、自分が手の届く範囲にいる玲奈を解放して、教室にいないメンバーを捜しに行かせようとした……」

振り返ってみるとおかしな話だ。玲奈がSだったら、みすみす標的を逃してしまうかもしれないのに。つまり柚子さんの視点で玲奈はSではなく、外にいたメンバーの方を重視していたことになる。外にいたのは、香川さんと大我の二人だ。

「直後に、香川さんだけが教室に入ってきたよね。そして大立ち回りが始まった。柚子さんはボコボコにされながらも、ボンベを牽制に使うのみで、決してガスを噴出させようとはしなかった。柚子さんからすれば、アブないお姉さんに殴り殺されるかもしれない剣呑な状況だ。実験メンバーは一人を除いて教室内にいるんだから、バルブを開いたら六分の五の確率でSを葬り去れるっていうのに、そうしなかった。この時点でも柚子さんは、教室内のメンバーより外にいるメンバーを重視していたって意味になる。……そして最後まで外にいた三島君こそ、僕がSじゃないかと見当をつけていた人物だった」

手紙を送りつけられただけでSが誰なのかを知らないはずの柚子さんが、大我が来るのを待っているように見えたわけか。

「Sが誰なのか、柚子さんは知っている。にもかかわらず、知らないふりをしている。もしかしてSと柚子さんの関係は、教唆・被教唆の仲ではなく、対等な共犯関係なのかもしれない。では、共犯関係を結ぶメリットは？　ここまで頭を転がして僕はようやく、手紙がインチキである可能性と、アリバイ偽装に思い当たったってわけ」

照れるように、心理コンサルタントは前髪をかき混ぜた。

「箱川さんの方が、早い段階で見抜いていたことになる。コレに関しては僕の敗北だな」

「いや、そういう勝負はしてなかったですし……」

理屈としては、安楽さんの方がシンプルできれいに聞こえるから、勝ち誇る気にはなれない。

「免れ得ないものですね……隙も、綻びも」

柚子さんはゆっくりと頷いた。

「たしかに、お伝えしていた動機は見せかけでした。『自由』だなんて、お笑いですわよね。奴隷制度も敷かれていないのに、そんな曖昧な概念のために人を殺したりできませんわ」

ですよね。

「私はただ、家族が大事だっただけです。家族のために夫を殺しました」

ひどく矛盾した説明だ。

「ええ、ええ、疑問を抱かれるのは当然でしょうね。大事な『家族』の中に夫は含まれないものなのかと……これは開き直りでも何でもありませんが、私は私なりに夫たちを愛していました。俊哉も、弘一も」

柚子さんは首筋に垂れた髪をけだるそうに撫で上げた。

「最初の夫、俊哉は教団の敬虔な信者でしたから、当初、弘一との関係は良好なものでした。私は妻として俊哉を愛し、指導者として弘一を心の底から尊敬していたんです。これだけは解っていただきたいことですが、光意安寧教の教えは断じて偽りでも夢物語でもありません。少なくとも俊哉は『光意』の一歩手前にまで到達していたのです」

私は安楽さんと視線を交わす。

「完全にではありませんでしたが、俊哉は自分の感情をある程度コントロールできる段階にまで訓練を進めていました……」

　私、安楽さんのお父さん、そして柚子さんの前の旦那さん。少なくとも教団の中から、光意に近付く人間が三名、現れていたことになる。

「あるとき、私は俊哉の様子が普段とまるで違っていることに気付きました。私の前に出現したのは、信じられないほど無垢な生き物でした。表情、些細な仕草、視線の動き、声……すべてが純粋で、あらゆる宗教の聖典に記される救世主や聖人とはこういった人を指すものだったのかと納得させられるほどの聖性を発散させていたのです。おそらくこの時点で、俊哉は一時的に光意に到達していたか、その手前まで至っていたのでしょう。私は自分の大事な人が、教団の希求する境地にたどり着いたことを心から喜び、夫を誇りに思いました。そしてすぐさまその事実を弘一に告げたのです。それが間違いでした」

「排斥されたのですね、俊哉さんは」

　安楽さんが肩を窄める。

「はい。鹿原弘一という人間が、お金に執着しない篤実な宗教家だったのは間違いありません。ですが同時にあの人は、自分が作り上げたお城の中で、自分より優れた人間が存在するのを許容できない偏狭さも持ち合わせていました」

「ありがちな類型ですね」

安楽さんが論評する。

「何らかの分野で先駆者の役割を果たした人物には、往々にして見受けられる脆さです」

「仰る通りです。ですがあの人の厄介なところは、自分でそれを認められない点でした。表向き、平等を謳う組織として教団を立ち上げたにもかかわらず、自分より一歩前に進んだ人間が現れると、嫉妬を抑えきれず、排除に走ってしまうのです。当然、俊哉も標的にされました。教団を追放された俊哉には、新しい団体を立ち上げるという選択肢もあったかもしれません。けれども彼個人は弘一へ深く傾倒していたせいで、そのような反抗は思いも寄らなかったみたいです。拒絶された衝撃から体調を崩し、光意への道筋も閉ざしてしまって、ほどなくして世を去りました」

私は園長先生の顔を思い出そうとした。出てくるのはホワイト・ドワーフ店長としての顔だけで、園にいた頃の表情は浮かばない。私も「光意」に近付いていると知ったとき、最初は困惑したのだろうか、嫉妬に狂ったのだろうか。

「俊哉を荼毘に付してから間もなく、弘一から私と望の生活費を援助したいとの申し出がありました。良心の呵責に苛まれたのでしょう。恥ずべき振る舞いと知りながら、私は生活のために、申し出を受けざるを得ませんでした……数年後、子供を悪魔扱いしたというスキャンダルで教団が崩壊した後、弘一は、私たちと家族になりたいと持ちかけてきました」

後は私たちも知っている通り、俊哉さんが教団に入る前の夢だったというパン屋を開店したわけだ。双子ちゃんも授かった。

「ホワイト・ドワーフを開いてからの私たちの生活は、おおむね穏やかなものでした。望は義父に懐いてくれましたし、双子の子供たちもかすがいになってくれた。でも次第に、店の資金繰りが上手く行かなくなり始めた。開店前に蓄えていた貯金も底をつき、スポンサーの援助が打ち切られたら立ち行かない状況が何ヵ月も続いて……弘一の精神は次第に追い詰められて行ったんです。彼は毎日のように呟いていました。世の中の人間を救いたいなんて大それた願いは捨てた。それなのに、家族とささやかな幸せを築く願いさえ、叶えられないのかって」

学生の私にだって判るくらい、甘い考え方だ。徐さん辺りが聞いたら、笑い飛ばすかもしれない。そもそもささやかな幸せってものが誰にでも手に入るのだったら、誰も宗教にすがったりしないのでは？

隣を見ると、安楽さんは笑いを堪えるように口を押さえていた。

「そして、破局が訪れたんです。きっかけは、衛の身に現れた『しるし』でした」

意外な単語が飛び出した。

「弘一が、説法の中で幾度となく口にしていた言葉です。身近な者から『しるし』を見出すことが光意への到達につながるのだと。ある朝、私が衛を着替えさせていると、両肘の辺りに、本人にも憶えのない変わった形の痣が浮かび上がっていました。星と、十字架の中間のような……」

柚子さんは自分の腕に視線を落とす。

「痣を見るなり弘一は断言しました。これこそ、光意に導いてくれる『しるし』に違いないと」

リアクションに迷う。

たしかにあの音声データの中でも、園長先生は話していた。生活の中で、愛する人や隣人との関わりから、自らを安らぎに導く「しるし」を見出してもらいたいって……。

　でもそれって、そういう即物的な意味だったの？　違うんじゃない？　触れ合いとか、好意とか、ポジティブな感情を受け取って、そこから自分の感情を安定させるとかいう、どちらかといえば抽象的な話じゃなかったの？　少なくとも私はそうとらえていた。キリスト教の聖人伝説に出てくる『聖痕』のような、物理的な痣を指す表現だとは解釈していなかった。

　でも、園長先生が肯定したということは、そちらの意味合いで正しいのだろうか。

「弘一は語りました。私は『しるし』が光意に到達するきっかけになると説いていたが、具体的なビジョンを持っていたわけではない。それでも確信できる。この痣こそ、それに当てはまるものに違いないと」

　ああ、自分で曲解しちゃったんだ。園長先生は、自分自身の発言を目の前の現象に合わせて捻じ曲げてしまった――。

「初めのうち、私たちは期待していたんです。衛の痣に触れることで、家族全員が光意に到達できるのではないかと。けれども、いつまで経っても影響は現れなかった。そのうちに、衛を見つめる弘一の眼に疑念と嫉妬が宿り始めました。ぶつぶつと、日に何度もこぼしていました。教えを広めた自分にこそ、『しるし』は現れてしかるべきではないかと。なぜ自分ではなく、何もしていない衛の身体に浮かび上がったのだと……」

嫉妬——？

「いやな予感がしたので、私は痣が弘一の眼に入らないよう気を遣いました。痣は、浮かび上がる日とそうでない日があったのですけど……予測はできないので、衛には、なるべく肘が見えない服を着せるようにしたんです」

衛君だけ、長袖で通していたのはそういう理由だったのか。

頭に暗い想像がよぎる。これまで園長先生は、宗教の世界で自分より前に出た者を排除してきた。信者なら、教団から放り出したらいい。園児なら、施設から追放したらいい。

でも、自分の子供だったら？

「もしかして、園長先生が殺された理由は」

私は訊ねる。柚子さんの唇が動く。

「あの人が、衛を殺そうとしたからです」

鹿原弘一。衆生を苦しみから救いたいと思い立ち、光意安寧教を立ち上げた人。それは、間違いなく善意から成る行動だったはずだ。にもかかわらず不幸をもたらした。

自分の信じる道筋の先に他人の姿を認めたとき、その人を祝福できなかった。引きずり戻し、害することを選んだ。

けっきょく園長先生も、少し前までの私と同じだった。玲奈の言う、自分のことを大事にできない悪だった。

「あの日、二階の事務室で、あの人がアイスピックをかざして衛の前に立ったとき、近くには私と望がいました。衛と学は、おもちゃの近くで二人して寝息を立てていました。把握できないくらい無造作に、まったく自然な動作で、あの人は衛の首筋に切っ先を突き立てようとしたんです……私と望が二人して飛びかかり、階段の方まで夫を引きずってもみ合いになりました。気が付いたら三人とも落下していました。アイスピックは夫の手を離れましたが、偶然夫に刺さったわけではありません……それならどれほど楽だったか。なおも起き上がって階段を上ろうとする夫を望が羽交い締めにして、私が拾い上げたアイスピックを——」

一瞬だけ柚子さんは両手で顔を覆ったが、すぐに離して、両目を見開いた。

「私には明確に殺意がありました。この人間の命を無くしてしまうべきだってはっきり決めました。それは、夫の拘束を解かなかった望にも伝わったはずです。私たち二人で夫を殺しました。すぐに目を覚ました双子の声が二階からしたので、望があやしに行って……。

わたしは夫の体を折り曲げて、とりあえず厨房の冷凍庫に移そうとしたとき——三島さんが訪ねてこられたんです」

階段の下から厨房へ移動するためには、カウンターの後ろを通らなければならない。そこで目撃されたという感じだろうか。

「夫を動かす前に、入り口を施錠しておかなかった私のミスです。私たちはパニックに陥りかけました。でも三島さんは、私たちを一方的に責め立てるでも警察を呼ぶでもなく、どうしてそんなことになったのか、親身になって事情を聞いてくださったんです。そうして話を聞き終えた後、いい方法がある、と提案してくださいました。全員、無実というわけにはいかなくても、家族がバラバラになってしまう事態は避けられるかもしれないって」

「そんな大我を、口封じしようとしたんですか？」

私が非難すると、柚子さんは目を伏せた。

「三島さんには、いくらお礼を言っても言い足りませんわ。私に命を狙われてもなお、私たちに協力してくださったのですから」

柚子さんは部屋の後ろに視線を移した。大我もこの建物に勾留されているからだ。

「たしかに三島君の献身は度を越していますね」

安楽さんはアクリル板の仕切りへ距離を詰める。

「柚子さん、あなたに口封じをされそうになってもなお、アリバイの件を漏らすつもりがないみたいです。どんな弱みを握っているんです？」

「弱みなんて持っていません」

柚子さんは深く息を吐いた。

「私も驚いています。命を狙われたというのに、まだ教唆犯のふりを続けてくださっている。お人好し（ひとよ）の域を超えていますわ。どういうつもりなのかしら」

不器用なんだよ、と私は言ってやりたくなった。三島大我は、腹が立つくらいまっすぐなやつなんだ。望さんたちを助けると決めたら、それを貫き通す。疑念を持たれて殺されそうになっても、自分の決心には関係ない。最後まで、操り手のSを演じ続ける覚悟なんだ。

「まったく、拍子抜けにもほどがある」

心理コンサルタントは両手を上げる。

「僕がSに期待していたのは『純粋な悪』の発露としてスイッチを作動させてくれることでした。でも現実は正反対だった。Sは望さんたちにアリバイを与えるためにスイッチを作動させた。コレはどう解釈しても悪なんかじゃありません。明らかに善意によるものでしょう」

つまらなそうに一同を見回す。

「それも、中途半端で歪な善意……『かわいそうだ。たすけてあげたい』っていう、あまりに平凡、チープ、お涙ちょうだい的な発想だった。僕がサンプリングしたいものとは正反対です。それなりに準備をして、お金もかけたんですけどねえ」

そういう意味ではこの実験、安楽さんに得るものはなかったわけだ。

「宣言せざるを得ませんね。スイッチを押したのは純粋な悪ではなかった。作動させたのは正反対の精神、中途半端な善意でした。実験は大・失・敗！」

おおげさな身振りで、安楽さんは天を仰いだ。そこには無機質な蛍光灯が光っているだけだ。

「でもね」

安楽さんは姿勢を戻して微笑む。

「まだ終わりじゃないですよね？」

たしかに何かありそうだ。目論見が崩れ去ったはずなのに、柚子さんには余裕が感じられる。

「希望は残されています」

柚子さんは唇を勝ち誇る形に歪めた。

「最良の形は、アリバイも暴露されず、私たちを『操っていた』方も明らかにならないまま終わることでした。今は正反対。望のアリバイも崩れてしまった最悪のケースですが」

振り返った柚子さんは、挑むような視線を立会官に送った。

「あの子たちを逃がす時間稼ぎにはなりました」

向こう側にいた立会官の表情が変わる。奥に備え付けられている電話で、なにか通話を始めたようだ。

「なるほど、高飛びの用意をする時間稼ぎですか」

安楽さんは拳で手のひらを叩いた。

「結構余裕がおありだったんですね。へそくりでもため込んでましたか?」

「お金なんて必要ありません。渡航費を除いては」

おかしなことを言い出した。

「しかし、どこに逃げるにせよ、身を落ち着けるにはそれなりに使うじゃないですか」

「身を落ち着けたりしないからです」

柚子さんはからりと言った。

「場所はお伝えできませんけれど、あの子たちは、相当な僻地へ向かっています。生身の人間では、一週間も持たないような危険で、無慈悲な場所です」

声が震えている。喜んでいるような震え方だ。

「弘一が以前、言っていました。文明世界の中では、望み通りに悟りを得るのは困難かもしれないと。過酷きわまりない環境に身を置いてこそ、気付きを得られるかもしれないと……あの子たちには、それを試してもらいます」

「それでもお母さんですか？」

私は硬い声を出した。

「それって、死ぬかもしれない境遇でいちかばちかを目指すって意味じゃないですか。失敗したらどうするつもりなんです」

「そのときは、あきらめるしかありません」

「大我も承知してるんですか？　こんな愚行に手を貸すって」

「いいえ、三島さんには、二人とも逮捕されてしまった場合、せめて望たちが心の整理をつける間だけでも黙っていてほしいと、お願いしていました」

年の割にきれいだった柚子さんの頬に、すうっ、と一本の皺が走った。干からびた沼みたいな、醜い線だった。

「私の人生は失敗ばかりでした。裏切られてばかりでした。失望ばかりでした。しくじりばかりの記憶の中で、唯一信じられたものが『光意』です。私の最初の夫は、間違いなくその境地に足を踏み入れていたんです。そのときの夫からは、人間の限界を超えたような澄み切った感情が見て取れました。その境地に達したのが、弘一の薫陶によるものだった点は否定できません。俊哉の娘が、望です。弘一の息子が、衛と学です。三人が力を合わせたなら——到達できるかもしれないのです」

狂気だ。宝石を泥に放り込む異常な判断だ。

「はあ、僕の想像以上だった！」さっきより乱暴に心理コンサルタントが手を叩いている。

「僕の望みは光意安寧教の残党が、とことんまで落ちぶれる姿を眺めることでした。しかしここまでとは……想像を超える、グロテスクな結末が見られそうだ！」

こっちもあっちも、心がどろどろだよ……。

私は大きな溜息をついた。

「柚子さんも安楽さんも、そんな結末を求めて、なにが楽しいんですか？」

「むしろ楽しくない理由があるのかなあ？」

「楽しいですとも。長年求めていた喜びが手に入るのですから……」

「どんなにきれいなものだって、手に入れるために手段を選ばなかったら、ボロボロになっちゃいますよ。欲しかったものも、自分もです」

年齢が倍くらいの大人に説教するのは、さすがに気が滅入る。

「けっきょく二人とも、自分を大事にしてないんですよ」

それでも口に出さずにはいられなかった。「前にも言いましたけど、自分の価値をゴミ箱に放り投げることは、無意味に人を傷付けるのと同じくらいの悪行なんですよ」

勝手な言い分かもしれないけれど、自分が抜け出した場所でぐずぐずしている二人を見ると、腹が立って仕方ない。自分用のロープを持っていないわけじゃない、頭のいい人たちなのに。

だから今から始めるこれは、単なるいやがらせだ。

「私ですね、『光意』になれるかもしれないんですよ」

唐突に告白する。

「なんですって」

柚子さんの瞳が騒ぐ。これまでの感情表現が見せかけだったのではと思わせるくらいのあわてぶりだった。安楽さんも眉の角度が変わっている。

「光意ですよ。光意。園長先生が、柚子さんたちがたどり着きたいって言ってた場所です。私はそこに届きます。たぶん」

「嘘を仰い。あなたの才能は、子供の頃に失われてしまったと聞いています」

声から、脅えと疑念、期待が漏れている。これが特効薬になると私は確信した。だったらこれ以上の問答は不要だ。

私は、私ではない私に身体を明け渡した。

声、皮膚の感触、全身の熱が一瞬で他人事（ひとごと）に変わる。たましいの抜けた自分の肉体を、別の自分が人形ごっこのように後ろから動かしている、そんな感覚だった。

その人形の口から、言葉が流れる。

「柚子さん」

一言発しただけで、成功したと確信する。柚子さんの狼狽が濃度を増したからだ。

「う、そ」

殺人犯は、動揺を隠そうともしていなかった。

「柚子さん、今の私の声、表情、視線に覚えはありませんか」

私の眼球・声帯・顔の筋肉を、別の私が動かしている。その現象を、きっと柚子さんは過大評価しただろう。

殺人犯は瞳を湿らせていた。

「俊哉さん」

それは、事情を知らないものには奇妙な反応だったろう。柚子さんは私を、十数年も前に亡くなった旦那さんの名前で呼んだのだ。アクリル板に額を押しつけそうな距離までこちらに近付き、私を凝視している。

「やっぱり」

人形の私が確認する。

「俊哉さん、今の私とそっくりだったんですね」

柚子さんは繰り返し頷いた。意味もなく親に従う子供みたいに。

「その眼、俊哉さんと同じ……本当なの、あなたも光意を、光意を取り戻したというの」

突然、こちらへ突進して、すがるような手をアクリル板にぶつける。立会官が制止しようとしても、お構いなしだ。

「あなたは俊哉さんと同じなの？　同じところにいるの？　俊哉さんの気持ちが判るの？」

人形の私は答えない。

「お願い、私を、あの子たちを導いて……頼らせて、すがらせて、何も考えずに生きられるようにしてっ」

熱病みたいに震える柚子さんは、私だけを見つめている。私だけをすべてだと思っている。

その執着を読み取った上で、私は私を、一瞬で元に戻した。

「ごめんなさい、嘘でした」

宣言する。

「光意に到達できたなんて、ハッタリでした。今披露したのは、ただの見せかけです」

アクリル板に映る面々の反応は様々だった。

両まぶたをぱちくり動かす安楽さん。何が行われていたのか理解できず戸惑っている様子の立会官さんたち。そして柚子さんは大口を開けて絶句していた。

「見せかけなんかじゃなかったわ！」

少し経ってから、苦しそうに声を吐いた。「どうしてやめてしまったの。今、あなたが見せたそれは間違いなく光意だった。俊哉が到達した状態と同じものだった。その輝かしい扉を、どうして閉ざしてしまったの？　戻ってよ。さっきのあなたに戻って！」

「さっきの私が、俊哉さんと同じだったとしても」

私は無慈悲に訊ねた。

「それが、本当に光意安寧教の求めるすばらしい境地だったなんて、誰が保証してくれるんですか？」

柚子さんは絶句する。

「すごいな。親父とおんなじだ」

安楽さんが高い声を出す。

「さっきの箱川さんの表情と発音、僕の親父ともそっくりだったよ！　どうやったんだい？」

「俊哉さんやお父さんと同じやり方かどうかは知らないですけど」

私は右手の親指人差し指で丸をつくった。

「つい最近まで、私、大事な決断を脳内のコイントスで決めていたんです」

「ふむ、コイントス？」

「頭の中に、ありもしないコインの裏表を作り上げて、それを放り投げて決めるんですよ」

「ははあ、そういうカラクリか！」

手品の種明かしを知ったように喜色を浮かべる安楽さん。さすがに心の専門家、それだけの説明であらましを理解したようだ。でも柚子さんにはさっぱりだろうから、私はもう少し丁寧に言葉を並べる。

「園長先生が教えてくれたんです。ちっちゃい頃の私は、自分の頭を自由自在にカスタマイズできたって……今の私に可能な限りで、それを再現してみたんですよ」

そんなノウハウ、現在の私は、忘れてしまった——そう思い込んでいたけれど、つい最近、閃（ひらめ）いたのだ。脳内のコイントスに使用している、このコインは何なのだろう？

コインは、私の空想が生み出した塊だ。にもかかわらず、コイントスの結果が表になるか裏になるかは私自身にも予想できない。考えようによっては、私の思考から分裂しているものだとも言える。私の頭の中にあるのに、私の判断とは離れたところで、裏表を決定している。

簡単な言い方をすれば、これは私とは別個の人格だ。私は脳内でコイントスを行う都度、コインの裏表だけを決定するもう一つの人格を創り出し、終わったら消滅させている、とも解釈できる。

つまり今の私にも、心を改造する力は残されていて、細々と使い続けていたんだ。

「それで試してみたんです。これまでコイントスを受け持っていた人格に、別の何かを任せたらどうなるものかって」

私は手のひらで頬を撫でた。

「たとえば、私が考えた言葉を、私ではなく、その人格に喋らせる」

普段はコインの裏表しか担当していない人格に、発声や、言葉に応じた表情を任せたらどうなるか。当然、不慣れさが目立つものになる。あどけなく世間ずれしていない、ある種の純粋さを感じさせる表情と声が生まれるかもしれない。

「それが、さっきの私です。たぶん、俊哉さんたちも似たような技術を身につけていたんだと思います」

「まとめると、こういう話だね」

安楽さんが声を弾ませる。

「僕の親父や俊哉さんが見せた、ありがたい兆候は光意安寧教の求める境地の入り口でも何でもなくて……単なる二重人格だった」

「二重人格ですらないと思います」

私はこめかみを指のお腹で叩いた。

「心の一部を中途半端にいじっただけの、不謹慎な神様ごっこですね」

「親父や俊哉さんは、それを深遠な境地だと信じてしまったという話かな」

「どうでしょうね。ご両人とも、違うって気付いていたのかも」

私は柚子さんと心理コンサルタントを見比べた。

「教祖様でも踏み込めないような境地に到達したのだったら、安楽さんのお父さんも俊哉さんも、教団を分裂させたり、新しい宗教を立ち上げたりとか活動してもよかったはずですよね。でも、二人とも何もしないで終わったわけですから……」

「周りの人間が、勝手に勘違いしていたって話か」

　首を揺すって納得している安楽さん。一方の柚子さんは、仕切りから身を反らし、落ち着きのない手つきで自分の頭を撫で回している。

「そんなの嘘よ。俊哉は、きっと光意に達していたはずよ。あの人こそ、光意安寧教の体現者だった！」

　せわしない視線がアクリル板や壁を這い回る。私たちがここにやってきた頃の超然とした態度を、柚子さんは完全に失っていた。

「私は信じているわ。人間は、神の一部分なのだから……心を自在に操ることで、自分が神であると思い出すことができるはず」

「弘一さんのお説教ですか。その辺の理屈、結構危なっかしいですよねえ」

　安楽さんが顎を反らして応じる。

「たとえば人間の体内にある白血球とかミトコンドリアは当然、人間の一部です。でも一部だからといって、全体を統御することが保証されているわけじゃあない。逆立ちしたって、白血球は人体を操縦できません。神様の一部だからといって、神様そのものに成りきれるとは限らないのでは？」

混乱を示すように、柚子さんの額には青筋が浮かんでいた。

「ずっと求めていたのよ。目指していたのよ……私は俊哉のようになりたかった。なれないなら、導いてもらいたかった。私が目指し、あこがれていたあの姿が、ただのごっこ、見せかけだったなんて──認めるわけにはいかない！」

「認めちゃいましょうよ」

私はなるべく優しい声で語りかける。

「柚子さん、大人になりましょうよ。これが絶対とか、これさえ信じていれば安泰とか、そんな妄想に浸ったまま一生を過ごすなんて、死体の人生ですよ」

青筋を隠すように顔を手で覆う柚子さんに、私は問いかける。

「柚子さん、教えてください。望さんたちはどこへ逃げたんです？　このままだと、あの人たちは無駄死にしちゃいますよ。命を賭ける過酷な修行なんて、こんなもののためにする価値、ゼロですから」

「やめて、やめて、やめて！」

指の間から、瞳がぎらついている。

「それだけは口にしないでそれだけは認めないで！　そんなことを言われてしまったら、わたしはわたしはわたしは」

「いいえ、言っちゃいます」

私は無慈悲に放り投げた。

「あなたの神様なんて、どこにも居なかったんですよ」


手のひらが剝がれ落ちた。

涙一つ流れていないのに、すべてが決壊したみたいに柚子さんはしわくちゃに乱れていた。声も出さない。唇は何か言いたげに膨らんだり萎んだりを繰り返したけれど、意味のある音は出てこなかった。泣き顔は笑顔に転じ、ぐらりと崩れ落ちる。笑ったまま気を失ったようだ。

「起きてください」

私は容赦しない。

「気絶している場合じゃないですよね。教えてください、望さんたちの行き先を」

ゆっくりと表情筋が動く。唇から恨み言が漏れた。

「あなたは残酷な人だわ。これ以上ないくらい、残酷だわ」

「どうでもいいです。望さんたちの、行き先は?」

またしわくちゃに歪んだ。

「舞鶴(まいづる)よ。舞鶴市裏須磨(すま)十三の二十」

機械のように呟いて、また笑う。アクリル板に手を伸ばした後、ずり落ちた身体を立会官が支えた。今度こそ、完全に気を失ってしまったらしい。

私は暗闇に、コインを呼び出した。

今回は二択を任せるためじゃない。お礼を言うためだ。

(ありがとね。今まで、助けてくれて)

私の後ろで手を叩く音がした。これまで安楽さんが鳴らした中で、一番力強い拍手だった。

エピローグ

遊園地を観ている。

山麓（さんろく）に広がるアトラクションの群れと、その背後に聳える観覧車。ゆっくりと揺れるゴンドラの色影が、私が回っているコーヒーカップの真横まで伸びては縮み、縮んでは伸びを繰り返していた。

ぬるま湯のような音量で流れ続ける「ソング・サイクル」。

私の前には園長先生。

当然、脳みその作りごとだ。柚子さんと面会してから数日の間、私は頭の隅に埃（ほこり）のような余計な塊を認識していた。ほんの一瞬とはいえ、頭をいじった副作用かもと割り切っていたけれど、次第にそれが、削除可能な余分な思考であることを確信する。

スマホのクリーンアップアプリを使った直後みたいに、余分な情報が一ヵ所に集まっているのだ。そのまま消してもいいけど、どういうものか、最後に確認もできる。

この光景は、埃の中身だ。放置されていた余分な情報を視覚・聴覚情報に変換したものだ。夢とは別物とも言えるし、こういうものこそ夢であるとも言える。

「たくさん、迷惑をかけてしまいましたね」

回転するカップの中で、園長先生が眉を下げる。

「すべて、私のいたらなさが呼び寄せた災難でした。私はあらゆる意味で中途半端な人間だった。善人としても悪人としても。社会人としても反社会人としても」

隣のカップに座るピエロの手から、つながれていた複数の風船のうち一つが離れ、空に消えて行く。カラスは寄ってこない。

「感謝も、山ほどしたって足りません。あなたのおかげで、子供たちの命が助かりました」

園長先生は父親の表情になった。そもそものお子さんをあなたが殺そうとしたことが発端では、とは突っ込まない。面倒だから。

あれから、望さんたちはあっけなく確保された。柚子さんが漏らした地所で、密航船に乗る順番を待っていたそうだ。行き先は中国北方(ほっぽう)で、その後どうするつもりだったかは、本人たちにも判らないらしい。

「私は、なにもかもが至らない男でした。教団なんてものを立ち上げたりする前に、山にでも籠もって自分を見つめ続けるべきだったのかもしれません。あるいは身を粉にして働くべきだったかも」

アトラクションの脇を、熊(くま)のぬいぐるみが通り過ぎる。ぬいぐるみにしては造形がリアルなヒグマだ。背中に操縦用のハンドルがあり、子供がはしゃぎながら動かしている。

「それとも、家庭を持った時点で宗教家としての自分はきっぱり捨て去って、よき夫・よき父親としての役割だけ務めていたら――」

そこまで言って、園長先生は眉根を寄せた。

「あの、怒っていますか」

あ、喋った方がいいのか。

「リアクション、別に要らないと思ってました。どうせ私の頭の中ですし」

この園長先生だって、脳みそ産の偽物なのだから。

「本物かもしれませんよ」

先生は口角を上げる。

「一瞬とは言え、あなたはかつての才能を取り戻したのです。自身の精神を自由自在に動かすことで、神の領域に通じる鍵さえ手に入ったかもしれません。神の全能をもってすれば、死者との対話だってたやすいはず」

「飛躍した発想じゃないですか？」

私は感動しない。

「人間の心にそういう力が備わっていなかったら、できないものはできないはずです」

手を叩いて笑われた。こんなに軽い人だったっけ？

「恨まれてはいないようですね。私が現実だろうと、まぼろしだろうと」

なぜか先生は寂しそうな顔をした。

「はい。全然。もしかしたら、ちょっぴり怒りは残っているかもですけど」

私は回転する風景を見回した。

「その残った破片が、この光景なのかもしれません。この夢が終わったら、消えちゃうでしょうね。跡形もなく」

カップはひとりでに回転を停めた。

「安心しましたよ。鹿原弘一という男が人々に与えた影響は、益より害の方がはるかに多かった。落とした汚れは、なるべく早く、掠れ、消え去ってもらいたい」

先生は立ち上がり、座ったままの私を残してカップを離れる。そのまま山麓へと歩き始めた。

「それでは失礼します。行かなければならないところがあるもので」

「地獄ですか？」

「辛辣ですね」

園長先生は口を大きく開いて笑う。

「もう少し有意義な場所です。私の人生において、なにを間違え、なにが過剰で、なにが足りなかったのか——さっきお話ししたような疑問を、無限の時間に身を置いて考え続ける、そういうところへ向かいます」

手を振り、園長先生の影は離れて行く。

振り返しながら、私は首を傾げた。そういう場所を、地獄って呼ぶのじゃないのかな。

九月下旬、私は茂木さんに三回目の「心の相談」を申し込んだ。

いつも通り、香木が焚かれた居心地のいい部屋。相対する茂木さんの鉄面皮を眺めながら、どう相談したらいいか検討する。

私が悩んでいるのは、夢の遊園地で園長先生が口にした見解についてだった。

先生にはああ言ったけれど、これから先も心をいじり続けたら、光意安寧教の提唱する神との同化を確認する行為や、仏教で説くところの悟りの境地に達する手がかりの一つくらい、見つからないとも限らない。

私はその先へ歩みを進めるべきなのだろうか。柚子さんにはつまらないと言い切ったけど、私には、さらに足を踏み入れる義務があるのでは？

とはいえ「悟りを開いてもいいですか？」とか訊ねたら正気を疑われかねないので、一般的な質問に置き換えて聞いてみる。

「あのですね、仏教って、悟りを開いたらどうなるんですか」

「悟りですか」

茂木さんの表情は変わらない。

「どうなるかと申しますか、悟り、という言葉そのものが結果を表していると言うべきでしょうな。悟りとは、『菩提（ぼだい）』あるいは『見性（けんしょう）』と言い換えることもあります。『直感によって真理を理解すること』『生物的な本能を除外した際に出現する知性が、真実に合致すること』が一般的な悟りという状態の理解であるとされておりまして、まとめますと、『なにが正しいのか、直感で理解できる状態』というのが簡単明瞭（めいりょう）な説明かと……」

「ええと、そういう内面的な話じゃなく」

私はあわてて修正する。

「たとえばですよ？　お寺とか、仏教団体の中で、誰かお坊さんが『悟りを開きました！』って申告してくるとするじゃないですか。その場合、上のお坊さんとかはその人をどう扱いますか？」

「どうと申されましても」茂木さんは揺るがない。

「どうもいたしません。せいぜい、『それはよろしかったですな』とお祝い申し上げる程度かと」

びっくりするくらい淡泊な対応だ。

「試験とか、調査とかしないんですか。それでその人が本当に悟っているって確認できたら、認定するとか公表するとか」

「確認する術がございません」ゆっくりとかぶりを振る。

「先程申し上げたように、悟りとは直感的な気付きです。これが公式や理論の類なら、発表して検証も保証も可能でしょうが、直感的に体得したものを分析するなど不可能でしょう。たとえば水茂観木（すいもかんぼく）という言葉がございます」

「どういう意味ですか」

「何の意味もございません。私の名前を適当に並べ替えた言葉ですので」

なんなの、この人……。

「しかしこの適当な言葉でも、見性を得たものが触れた場合、意味を成すこともあり得るのです。処処全真（しょしょぜんしん）。悟りを開いた眼差しで見れば、世の中のすべてが真理そのものとして映ると言われます」

悟りを開いた当人は、トイレに立っても、ソシャゲに興じていても、常に真理が見えている。それはあくまで直感なので、他の人間には共有できないというわけか。

「でも寂しくないですか。せっかく悟りを開いたのに、誰にも証明してもらえないなんて」

「そこは真理を体得した人間なのですから、わかってもらえないだの寂しいだの、どうでもよくなってしまうのでしょう」

ああ、なるほど……。

悟りを開いたわけでもないのに、その理屈は判る……が、私はもっと深刻な可能性に考えが及んだ。

「待ってください。悟りを開いても理解してもらえないのはまだいい方で、えらい人に迫害されたり、嘘つき呼ばわりされて破門されたりとかもあり得ますよね。もしかしたら歴史上、そういう高僧が何人も葬られていたかも……」

「それはまあ、否定はできない話ですな」

全然動じない。

「そんなの、報われないにもほどがありませんか」

「ですから迫害されようと、葬られようと、その人は悟りを開いているわけですから」

噛んでふくめるような丁寧な発声で茂木さんは言う。

「そんな諸々は、どうでもよくなっているはずです」

……なんだかなあ。

「やめます」

「はい？」

「悟るの、やめようと思います」

「どうも経緯が判りませんが」

にこりともせずに、茂木さんは頷いた。

「やらなくていいものをやらずに済むのであれば、それにこしたことはございませんな」

十月の初め。すでに後期の授業は始まっている。夕方、玲奈と一緒に学食を覗いてみると、たまたま徐さん・香川さんと出くわした。話題は当然、実験と殺人の話になる。

「思ったより軽く済みそうだね」

ジンジャーエールを飲み干した徐さんが言う。大我の処遇に関する見解だ。先日、安楽さんから届いたメールによると、不起訴に終わる公算が高いという話だった。昵懇にしている検察高官から情報を仕入れたらしい。実際テレビやネットでも、三島大我の名前は広まっていない様子だった。

本人は現在、大学の指示で自宅謹慎中。大学側からの正式な処分は警察の対応が確定してからになるそうだけれど、おそらく数ヵ月の停学に留まるだろう、というのが香川さんの見立てだった。

「過去の事例を鑑みると、退学には至らないんじゃないかしら。警察がお咎めなしで済ませるようであれば」

湯気で曇るのか、眼鏡を外してラーメンをすする香川さん。

「停学は、カンニングでも科せられるくらいだから、まがりなりにも殺人犯を手助けした学生だと、免れるのは難しいでしょうね。警察の方はどうしてこんなに甘いのかはわからないけど」

「たぶん、警察のメンツじゃない？」徐さんが推測を口にした。「どこの国でも、警察はミステイクを隠したがるものだから。警察は最初、店長さんの死んだ日を間違えていた。でも柚子さんが白状するまでそんなに経っていません。だから修正しても、たいして格好悪くない。ようするに柚子さんたちの偽装工作をあまり言わないでおきます。自分たちは、騙されたわけじゃないってことにした方が評判も落ちない」

たしかにアリバイ工作に関する報道も皆無に近い。処罰する場合、大我が果たした役割を細かく説明しなければならず、結果的に捜査関係者が偽装に引っかかっていた旨を喧伝（けんでん）することにつながってしまう。体面を守りたい警察に、手心を加えてもらったような構図なのだろう。

「まあ、日本の警察はまじめな方だから、遺体を丁寧に調べるだろうし、けっきょくアリバイは崩れたかもしれないけど」

フォローを入れたあと、徐さんは玲奈のほうを向いて、

「よかったね。帰ってこれるよ。彼氏」

はにかんだ玲奈だったが、すぐに表情を曇らせる。

柚子さんがアリバイ工作を自白した翌日、私と玲奈は大我に面会した。同じ警察署の、同じ接見室だった。なぜか香川さんも付いてきていた。

「なんで？」

玲奈の瞳が震えていた。まだ残っていた頬の腫れ跡を、大我は気遣うように眺めていた。

「なんでって訊かれても……答えにくいな」

大我はばつが悪そうに鼻を掻いた。

「だいたい想像がつく感じだよ。ホワイト・ドワーフに行ったら弘一さんの遺体に出くわした。望さんたちは事故だって言い張ってたけど、問い詰めたらすぐに白状した。経緯も含めてな」

「柚子さんたちは」

玲奈はよろめいた手を机に押しつけた。

「自首しようとはしていなかったの？」

「ああ、そのつもりはかけらもない感じだったな。弘一さんの遺体は、切断して山奥か、海にでも捨てるって話してた。全部、黙っていてほしいって頼まれて、最初はそれだけ約束したんだよ。でもな、店を出たとき突然不安になった。あの家族、悲観して心中に走るんじゃねえかって」

心中、という表現に玲奈の手が震える。一家心中なんて本末転倒、とは笑えない話だ。追い詰められた人間の選ぶ行動はどこまでもズレてしまうものだから。

「だから引き返して忠告したんだよ。どっかに遺体を隠しても、発見されたら確実に家族が疑われるだろうってな。遺体は隠しきれないと覚悟した上で、なるべくダメージの少ない道を選ぶべきだって諭したんだけどな……最初のうちは、部外者の言葉なんて聞き入れてもらえなかった」

大我はたくましい肩をすくめた。だからスイッチの話を教えたんだよ、と。

「それから意見を出し合った。一家へのダメージを最小限に食い止めるために、スイッチの実験をどんな風に利用したらいいかって相談だ。そうして捻りだしたのが、弘一さんの死をスイッチの作動と関連づけるってアイデアだった。あとは、ご存じの通りだよ」

「裏切られちゃったのね。肝心の柚子さんに」

香川さんが口を入れる。

大我は捕まってもなお、アリバイの件を黙っていようと覚悟していたくらいだったのに、疑心暗鬼に陥った柚子さんは脱走までして口封じを試みた。

「信用されたと思ったんすけどねえ」

無念を表明するように大我は目を閉じた。

「そもそも柚子さん、光意だのを復活させたいって件も教えてくれなかったからなあ……、家族を守りたいって話をしてただけでさあ」

数秒たって、晴れやかな顔をつくり、場の全員に、一回ずつ頭を下げた。

「そんなわけで皆さんには、本当に迷惑をおかけしました」

高校球児みたいに笑う。

「そんだけ。じゃあな」

きびすを返し、部屋から出て行こうとしたところで、

「私のせい？」

玲奈の言葉に足を止めた。

「私の彼氏になったから？　私が彼女だったから？　私がその場に居合わせても、同じことをしただろうって思ったから？」

「自意識過剰だろ」

大我は笑い飛ばそうとして失敗した。声が掠れている。当然だろう。私だって、同じ状況に出くわしたら、似たような顚末（てんまつ）を辿（たど）ったかもしれないのだ。少なくとも、警

察に通報するなんて正しい対応を採れた自信はない。

「違う。絶対に桐山のせいじゃない。俺がどう動くかは、俺にしか決められない。関係ねーよ。俺が誰に影響されたって、俺の行動は全部俺の責任だ」

正論だ。でもそれを突き詰めてしまったら、全人類は独り（ひと）ぼっちで一生を過ごしたらいいという乾いた結論が完成してしまう。わかってないなあ大我、と私ははみ出しそうな文句をこらえていた。玲奈はさ、大我と共有したいんだよ。後から荷担したいんだよ。法律が許してくれたとしても、大我は今回のことを自分の罪として背負い続けるだろう。それでも玲奈は寄り添うつもりなんだ。でもここで突き放されてしまったら、身を引く他にない。

扉の前で立ち尽くしている大我は、今にも接見室から出て行ってしまいそうだ。玲奈も引き留めようとはしない。このまま行かせたら、それでおしまいになってしまうだろう。

かける言葉が見つからない。おそらく大我は、二度と戻ってこないだろう。軽い罰で済んだとしても、大学からは姿を消し、玲奈とも関わりを絶つ覚悟なのだろう。

「私にいい考えがあるわ」

ふいに香川さんが発言する。

……ぜったいに悪い考えだ。

「香川さん、お酒が残ってるんじゃないですか」

引きさがらせようとしたら、口を尖らせた。

「なによ、酔っぱらってないわよ。真剣に名案なの」

「本当ですか？　今の状況、理解してますか」

「桐山さんも、三島君の振る舞いには共感するところもないわけじゃない。でも社会的には誉められた所業じゃないのも確かだから、落としどころを探りかねてるってところでしょう？」

……思ったより的確な認識だった。一応、聞いてみようか。

「一発殴って、ケリをつけたらいいのよ」

…………。

アルコールが入ってるときと変わらない。

「桐山さん！」

香川さんは玲奈の手を摑み、無理矢理に拳を作らせる。

「自分勝手な彼氏に一発喰らわせて、それでおしまいよ」

絶対おしまいじゃない。

「いや、あの……」

要領が摑めない玲奈に取り合おうともせず、「無敵の人」は収容者を睨む。

「でも残念。仕切りがあるから、ここじゃ殴れないわね。出てきてから、三島君には会いに来てもらわないと」

おお……。

この人を見直すのは三回目くらいだろうか。

「そうだな、会いにいくよ」

大我は笑う。今度の笑顔は、赤ん坊のようにくしゃくしゃだった。

「十発でも百発でも殴ってくれ」

「そんなにいらないよ」

仕切りの向こうの大我に近付いた玲奈は、平手を顔の前に出した。

アクリル板に手は触れない。そのまま撫でるように動かした。

「かわいそうな家族を、大我は守ろうとしてくれたんだよね。私の代わりに」

細めた玲奈の瞳に賞賛が見える。

そこで拳を握り、振り抜くポーズを取った。

「だけど、それでもだめ。私のこと、大事に思ってくれたのだったらさ、傷付けないでよ。私の大切なあなたを、粗末にしないで」

それは私を叱ったときと同じ種類の言葉だった。私に染み入った言葉だった。

だから判る。大我にとっても特効薬だった。

「そうだな」

短い言葉に悔恨と、自虐と、満足がごちゃまぜに乗っかっていた。

「俺が悪かった。勝手に、相談もしないで……」

手を伸ばそうとして、胸元に戻す。

「でも、責任はとらなくちゃな。行ってくる」

「待ってる」

強い笑顔で玲奈は大事なひとを送り出した。

「私、もっと大我君と話し合ったらよかったんでしょうか」

ラーメンの上で玲奈は拳を作っている。

「それとも、バランスが悪かったのかな？　私に共感してなかったら、ぎゃくに、その場で相談してくれるくらい仲がよかったら、大我君はあんな手助けを選ばずに済んだかも……」

「あなたのせいじゃないよ」徐さんは首を横に振る。

「本人も言ってましたでしょう。誰に配慮しようと影響されようと、行動した者に責任があるんだよ。あなたは気にしなくていい」

珍しく徐さんが優しい。私も追従した。

「そうだよ。大我が帰ってきたとき、変に気を遣ったら上手く行かなくなるよ」

そうかもね、と玲奈は寂しそうに口元を綻ばせた。

「私、まだまだ弱いのかな？　人の気持ちとか、自分の言葉がどう伝わったのかを敏感にとらえすぎなのかもしれない。だったら、もっともっと強くなりたいな」

「どうして？」香川さんが声を上げる。「どうして強くならなくちゃいけないの？」

「いや、どうしてってって」学食のメニューにアルコールがないことを感謝しながら私は言う。

「玲奈が自分を弱いって分析してるなら、強くなりたいって願うのは当然じゃないですか」

「そうかしら」

香川さんは譲らない。

「弱いままでも別にいいじゃない。世の中に弱い人と強い人がいて、弱い人がつらい思いをしてるなら、それは強い人たちの責任じゃない？　強いのだったら、弱い人を助けてあげるべきなのよ。それが成されないからって、弱い人が責任感じたり、自分を責めたりするのはおかしくない？」

立派なことを言っている、かも？

「それ、共産主義みたいだね」

徐さんがおかしそうに指をさす。

「ちがう。香川霞主義よ」胸を張る。

「私は弱いけど、強くなりたいとは思わない。弱いまま、世の中の美味しいところだけしゃぶり尽くしたいの！」

……立派じゃなかった。

そう言い張れるような人は、充分に強い人なんじゃや……反論を控え、私はオレンジジュースに口をつけた。玲奈は目を瞑り考え込んでいる様子だ。香川さんにも一理あると認めつつ、全部受け入れたりはできないのだろう。そういう頑固さを持っている子だって、だんだん判ってきた。

「やっぱり、強くなりたい」

瞳をこじ開けて玲奈は呟く。

充分に強いんじゃないかな、と口は挿まない。強くても、強い幼虫かもしれない。糸を吐いて、繭（まゆ）をつくって、別の何かに変われるなら、きっとそっちの方がいい。

大学という施設は、とにかく座席が多い空間だ。

とはいえ十月も中旬に入ると、夕方以降の冷え込みが加速するため、屋外のデスクセットは人気がない。わざわざ防寒具を整えて利用するのはよほどの物好きだけだ。

物好きな私はウッドテーブルで課題に取り組んでいた。疲れたので木目に頭を乗せる。

適度に冷えた木材が、頬に心地いい。

思ったよりすっきりしてるなあ。

自分の心境を分析する。ホワイト・ドワーフの人たちを助けるという目的は、ほとんど達成できずに終わったと言える。安楽さんより先にSを特定して援助を再開してもらうというのがそもそもの想定だった。けれども園長先生は命を落とし、柚子さんは犯人として逮捕された。さらに望さんも共犯者であったと明らかになった今、残されたのは双子だけ。ホワイト・ドワーフという主体はもう成り立っていない。

安楽さんとの競争も、負けに終わった。先にSを見つけたのは安楽さんだったから、パン屋の人たちに援助なんてしてくれないだろう。最後に残った双子に対して、救済措置が施される希望はない。報酬ももらえないから、徐さんへの配当もゼロだ。にもかかわらず、何かさっぱりした気分でいられるのは、この流れが最悪ではないと信じているからだ。

あのまま大我たちの狙い通りに事が運んだとして、望さんも、柚子さんも幸せになれただろうか。母親一人に責任を押しつけて、望さんはこれまでのように笑ったりできたのだろうか。たぶん、無理だ。どこかで破綻する。小細工や欺瞞を抱えてねじれた人生を送るくらいなら、ぶちまけて、ゼロから組み上げる方がいい。

でも、双子ちゃんたちはかわいそうだよな……やっぱり、皆のアルバイト代を集めて何かしてあげられないだろうか。香川さんは使っちゃったみたいだけど。

冷えた頭を上げると、こちらに歩いてくるアロハシャツが見えた。寒くないのかな？

「やあやあ」

手を振る心理コンサルタントに、私は一礼を返す。「お久しぶりです」

「一ヵ月ぶりくらいかな」

安楽さんは両の手のひらを擦り合わせる。寒いなら長袖にすればいいのに……。

「柚子さんと望さんの処遇について、今後の流れをメールしようと思ったんだけどさ」

向かい側に腰を下ろす。少し肩が動いたのは、イスが冷たかったせいだろう。

「たまたまこっちに寄る機会があって、箱川さんを見かけたから、口頭でいいかなって。みんなには箱川さんから連絡してくれる？」

　別に構わないですと答える。教えてくれる義務があるわけでもないからだ。

「では、手短に済ませるよ。法文上の詳しい解釈は省くとして、あの二人が殺人罪で裁かれることはほぼ確定している。いくら家族を守るためとはいえ、あの状況で正当防衛は成り立たないし、過剰防衛としても無理がある」

　予想外ではなかった。柚子さんさえ、「殺すつもりだった」と明言していたくらいだったから。

「ただし、息子を守るための殺人という話が本当なら、情状酌量（しゃくりょう）の余地はありそうなんだ。実は衛君の『聖痕』とやらを見たことがあるというお客さんがいたらしくてさ、たしかに普通の痣や傷跡とは違う、奇怪な形状だったたって」

　柚子さんたちが長袖を着せる前の話だろうか。

「でも聖痕だけじゃ、園長先生の殺意を立証するのは難しくないですか。当の衛君は、眠ってたみたいですから」

「だから、前例の有無が問題になってくる」

　安楽さんは私の方へ上半身を近付けた。

「過去に弘一さんが、宗教にまつわる妬みから誰かに害を与えた、という証言が得られたら、裁判員の心証も変わってくるだろうね」

私は指先を自分の顔に向けた。

心理コンサルタントも同じポーズをとる。

「そう。僕と箱川さんが証人だ。僕は父親が、君は自分自身が排斥された経緯を証言できる」

証言台に立ってもらえるかな、と頼まれて、即座に了承した私だったけれど、

「安楽さん、相当肩入れしてませんか」

「そりゃあ、弁護士も付けてあげたからね。腕利きを見繕ってさ」

「どうしてですか?」

当たり前のように話すのが意外だった。

同時に思い至る。

「もしかして、大我の処遇が不起訴に終わったのも、安楽さんの差し金ですか……」

検察のえらい人にコネクションがあるという話だったから、不問に付すよう働きかけたのだろうか。

「いやいや、僕はそこまでの権力者じゃないよ」

ある程度の権力は持っていると白状するような言い方だ。

「ただ職業柄、選択肢に迷っている人を誘導する方法は心得ているけどね」

ほんの少し、「囁いた」だけだよ、と唇を曲げる。

「警察署に連れて行かれたとき、Sに呼びかけただろう？　名乗り出てくれるなら弁護士も付けてあげるって。応じてはもらえなかったけど、これくらいの手助けはしてもいい」

「大我を助けてくれたのはそれでいいとしても、柚子さんたちへは？」

私は得心できない。そっちの訴訟費用だってかかるのだ。

「私、安楽さんに勝てなかったじゃないですか。それなのに援助してくれたんですか」

「たしかに君との勝負はぐだぐだに終わったけれど」

心理コンサルタントは手のひらを私に向けて、

「面談のときに言ったでしょう？　あの家族は離散した方が幸せだ。でも、あの人たちにかかった呪(のろ)いのようなものを解いてくれるなら、話は別だって」

「解きましたか、私」

「少なくとも、柚子さんの呪いはね」

安楽さんはゆっくりと頷いた。

「あの人は、寄りかかり続けるしかできない人だった。配偶者に、教団に、家族に、神様に……もたれかかりしがみついて、自分をすり減らしていることにも気付かず生きている人だった。あの接見で、君は断ち切ったんだよ。そういう甘えをね」

「あれは、そこまで考えてなくて、アドリブというか……」

それは謙遜で、本当は安楽さんにもいくらか作用させたいという狙いもあったのは確かだ。

「そしてその光景は、僕にとっても痛快きわまりないものだった」

空に伸ばした手を盛大に打ち鳴らす。

近くの植え込みから猫が飛び出したので、ばつが悪そうに笑った。

「僕の知る限り、これまで『光意』に足を踏み入れたと見なされていた人間は三人。最初は親父。次は十味川俊哉さん、最後に箱川さん。教団の求めていた境地そのものではなかったかもしれないけれど、自分の精神を自由にできるなんて心安らかに暮らせるはずなのに、先の二人は失意の中で人生を閉じた」

確信した。一貫してこの人が私に好意的で、色々融通を利かせてくれた理由は、やっぱりそれなんだ。

「ところが君は、それを使って人を変えた。人を助けた。予告してくれただろう？　僕のことも救ってくれるってさ。あの光景を目の当たりにして、僕は、まさに救われた気分になったんだよ」

「そう言われたら、悪い気はしませんけど……」

「あれは、僕が本来想定していた片の付け方より、はるかに美しい形だった。裁判のあれこれは、そのお礼というか、君に対する敬意だよ」

もうあの人たちをいじめたりもしないよ、と安楽さんは笑う。

私の望んだ通りの結末だ。でも……。

「今の安楽さん、少し寂しそうに見えますけど」

指摘すると、肩をすくめた。

「それはやっぱり、僕自身の手札で止めを刺したかったからね。心残りはあるさ」

「ついさっき、言いませんでしたっけ？　私のおかげで、救われた気分になったたって」

「救われた気分、にはなったとも。だけど救われたわけじゃない」

「往生際が悪くないですか……」

「大人になると往生際が悪くなるんだよ」

愉快そうな顔で安楽さんは指を鳴らす。

私は迷った。全力で逃げに入っている大人に対して、効能は薄いかもしれない。

「――止めを刺したのは、安楽さんですよ」

それでも口にする。

「安楽さんが純粋な悪の話を聞かせてくれたから、私は、柚子さんをやっつけられたんです」

「ふうん？」

挑戦を受けるように安楽さんは口笛を吹いた。

「僕の話が、どうしたって？」

「憶えてますか。柚子さんを黙らせる前に、私が言った言葉です」

崩れ去る柚子さんを私は思い出していた。

「教室でも、私は柚子さんに呼びかけました。『柚子さん、知ってますか。自分の価値をゴミ箱に放り投げることは、無意味に人を傷付けるのと同じくらいの悪行なんですよ』って」

「ああ、あれは興味深い発言だったね」

「あれは、玲奈からもらった言葉のアレンジなんですよ。少し前まで、自分を隅っこに放り出していた私に、あの子が言ってくれたんです」

そう、待合室で、玲奈は私にぶつけた。

――安楽さんが言ってたじゃない。理由もなく人を傷付けるのが一番恐ろしい悪だって。だったら。

――その反対も、同じだよ。根拠もないのに自分を傷付けるのだって、きっと、同じくらい罪深いことなんだ。

「そんな風に、玲奈は言ったんですよ」

安楽さんは釘を打たれたように動きを止めた。

「桐山さんは」

小声でくっきりと呟く。

「僕の言葉で、君を助けたっていうのかい」

「そういうことになります。純粋な悪って言葉を、玲奈は、私の弱さを糾弾する足がかりにしたんです。玲奈の言葉で私は変わりました。変わったからこそ、あの接見室で柚子さんを観念させることができたんです。玲奈の激励がなかったら、大元になった安楽さんの言葉がなかったら、神様の真似事なんて、私には無理でした」

私は事実を浴びせかける。

「けっきょく、光意安寧教を終わらせたのは安楽さんの言葉なんです。あなたは自分自身で仇を討ったんですよ」

私が笑いかけると、心理コンサルタントはフラッシュを焚かれたような顔に変わった。

「……君、今、『光意』を使ってる？」

「そんなはずないじゃないですか」

「なるほど、そうかあ……僕の生み出した悪の定義が、回り回って柚子さんをこらしめたのか」

うんうんと頷いた後、アロハシャツはこちらへ両手を広げた。

「言葉遊びだね」

ばっさりだ。

「でも僕は遊びが大好きな大人だから、騙されたくなってしまうなあ」

両手を上に絡ませて、起き抜けのように大きく伸びをした。

「まあそういうわけで、柚子さんたちの減刑については、出廷の日取りが決まったら連絡します。その辺りの事情は、みんなに教えてもらっても大丈夫だから」

腕時計を一瞥した後、心理コンサルタントは席から立ち上がる。

「それと双子ちゃんたちの行き先だけどさ、評判のいい養護施設で預かってもらう手筈だから、ご心配なく。もしお姉さんたちが早めに出てこられたら、追加の援助もするつもりだから」

そう言った後、こちらへ一礼した。

「安楽さん」

これだけは訊いておきたかった。

『純粋な悪意』なんてもう要らなくなったんじゃないですか」

「いーや。実験は続ける。今回よりかは、穏当な形になるだろうけどね……僕はあの一家のためだけに捜し求めていたわけじゃない」

「じゃあ、何のためですか」

「何のためでもないよ。理由のない、純粋な探究心なんだ」

理由のない、純粋……。

「私今回のことで、純粋って言葉がこわくなっちゃいました」

「それはお気の毒」

笑みをこぼしながら、心理コンサルタントは手のひらを私に見せた。

「楽しかったよ今回の実験。君たちと出会えてよかった」

じゃあね、と広げた指を揺らす。そのまま早足で、夕暮れの中へ消えた。

私は予感した。この人と会うのは、これが最後かもしれないな。

——と思ったら、すぐに戻ってくる。今一つ締まらない人だ。

「忘れてた。まだ用件があってさ、これは箱川さんにだけなんだけど」

少し息を切らしながら、テーブルに手をついた。

「箱川さん、アルバイト、引き受けてくれない？」

「いやいやいや」

私は全力で右手を横に振った。

「この流れで、誰が引き受けますか？」

「大丈夫、これは実験じゃないから。人の心も弄ばないよ」

いつもは弄んでいるような言い草だ。

心理コンサルタントはポケットから取り出したスマホをいじっている。どうやらこちらにデータを送信するらしい。

「大した案件じゃない。お小遣い程度の報酬だから。プレゼントをね……考えてほしいんだよ」

プレゼント？

「さっきちらりと話したけどさ、衛君たちを預かってもらえる施設は目処が立っている。柚子さんたちの裁判はどう早く見積もっても年内には片付きそうもないからね。双子ちゃんたちは、その施設で年を越すのは間違いない。それならクリスマスプレゼントを贈ってあげようかなってね」

髪を触る安楽さんの表情は、珍しく照れくさそうだった。

「その施設で暮らしているのは双子ちゃんだけじゃないからさ、遺恨を生まないために、他の子の分も用意してあげたい」

「意外です」私は本気で見直していた。

「安楽さんが、そんな気遣いのできる人だなんて思いもよりませんでした……」

「失礼だなあ……本業だよ？　こういう状況に置かれた気持ちは理解できる。それまで、何不自由もなく誕生日なんかにプレゼントをもらってた子供がさ……突然ゼロにされちゃうのは、結構、堪えるものなんだよ」

「ああ、ご苦労されたんですよね」

お父さんが教団を追放された後、難渋したと話していたからそういう実体験があるのだろう。

「いや、僕はもらえたけどね？」

けろりと否定された。なんなんだ……。

「とにかく、渡したデータを見てほしい。よさそうかなと思う、まとめ買い可能なおもちゃのカタログだよ。僕も四十だからさあ、子供のニーズに自信がなくって。子供たちに自分で選んでもらうのもどうかと思うし」

クリスマスプレゼントだしなあ……自分で決めるのは夢がなさすぎる。

そこで子供に近い年代の意見が必要というわけだ。大我は今それどころじゃないだろうし、玲奈も精神的に参っている。消去法的に私が選ばれたのだろうか。

「お金に困っているような子供たちだったら」

送信されてきたカタログを確認しながら、私は別の選択肢を提案する。

「おもちゃより、参考書や電子手帳とかがよくないですか」

……こいつに意見を求めたのは間違いだったかもしれない、という目をされたので、あわてて打ち消した。

「いえいえ、わかってます。子供は断然、おもちゃですよね、おもちゃ」

私だったら嬉しいけどな、参考書……。

「まあ、まだ先の話だから、急がなくても大丈夫。これと思うのがあったら、メール、お願いねー」

今度こそ行ってしまった。

カタログを吟味しているうちに周囲はすっかり濃紺に染まっていた。秋も深まると日没が早い。

プレゼントは、有力候補を二つにまで絞り込んだ。ただし、私の好みが一般的な子供とズレている可能性もある。施設の男女比も聞いておけばよかったと後悔する。十二月の話だから、今、確認しても意味はないかもしれないけれど。

二択か……思えば人生って、選択の連続なんだな。物心ついて選択の自由を与えられた瞬間から、選択しなければ許されない不自由も強いられる——哲学すぎるかな。

そういえば最近、脳内のコインを使っていない。柚子さんを気絶させたあの日から、何事も意識せずに選んでいる。深く考えなくてもいい気楽な日常が続いているだけかもしれないけれど。

脳内コインなんてもう要らない、と言い切れるほどふっきれてもいない。今後も悩んだら、使ってしまう確率もゼロではないだろう。

きっと、それくらい割り切っている方が健全だ。

ふと、か細い線のような残り陽が、足下で反射していることに気付いた。テーブルの脚と地面の間に何か挟まっている。しゃがみこんで、手を伸ばす。

一円玉だ。落とし物にしては輝いている。雨に洗われたせいだろうか。

「どうしようかな……」

私は手のひらでアルミを転がした。二つのプレゼント。明確な優劣は見当たらない。つまり、どちらでもいい。どちらでもいいのだったら……。

硬貨を握る。

久しぶりに、現実のコイントスを試してみようかな。

本書は二〇二一年四月、小社より単行本として刊行されました。

|著者| 潮谷 験　1978年京都府生まれ。本作で第63回メフィスト賞を受賞しデビュー。その他の著作に『時空犯』『エンドロール』『あらゆる薔薇のために』がある。

スイッチ　悪意の実験

潮谷 験

© Ken Shiotani 2022

2022年９月15日第１刷発行
2024年５月21日第12刷発行

発行者——森田浩章
発行所——株式会社　講談社
東京都文京区音羽2-12-21　〒112-8001
電話　出版（03）5395-3510
　　　販売（03）5395-5817
　　　業務（03）5395-3615

Printed in Japan

講談社文庫
定価はカバーに
表示してあります

KODANSHA

デザイン—菊地信義
本文データ制作—講談社デジタル製作
印刷———株式会社KPSプロダクツ
製本———株式会社国宝社

ISBN978-4-06-529337-9

講談社文庫刊行の辞

二十一世紀の到来を目睫に望みながら、われわれはいま、人類史上かつて例を見ない巨大な転換期をむかえようとしている。

世界も、日本も、激動の予兆に対する期待とおののきを内に蔵して、未知の時代に歩み入ろうとしている。このときにあたり、創業の人野間清治の「ナショナル・エデュケイター」への志を現代に甦らせようと意図して、われわれはここに古今の文芸作品はいうまでもなく、ひろく人文・社会・自然の諸科学から東西の名著を網羅する、新しい綜合文庫の発刊を決意した。

激動の転換期はまた断絶の時代である。われわれは戦後二十五年間の出版文化のありかたへの深い反省をこめて、この断絶の時代にあえて人間的な持続を求めようとする。いたずらに浮薄な商業主義のあだ花を追い求めることなく、長期にわたって良書に生命をあたえようとつとめるところにしか、今後の出版文化の真の繁栄はあり得ないと信じるからである。

同時にわれわれはこの綜合文庫の刊行を通じて、人文・社会・自然の諸科学が、結局人間の学にほかならないことを立証しようと願っている。かつて知識とは、「汝自身を知る」ことにつきていた。現代社会の瑣末な情報の氾濫のなかから、力強い知識の源泉を掘り起し、技術文明のただなかに、生きた人間の姿を復活させること。それこそわれわれの切なる希求である。

われわれは権威に盲従せず、俗流に媚びることなく、渾然一体となって日本の「草の根」をかたちづくる若く新しい世代の人々に、心をこめてこの新しい綜合文庫をおくり届けたい。それは知識の泉であるとともに感受性のふるさとであり、もっとも有機的に組織され、社会に開かれた万人のための大学をめざしている。大方の支援と協力を衷心より切望してやまない。

一九七一年七月

野間省一

塩田武士　朱色の化身
芝村凉也　孤闘の寂〈素浪人半四郎百鬼夜行(六)〉
芝村凉也　追憶の輪〈素浪人半四郎百鬼夜行(拾遺)〉
真藤順丈　畦と銃
真藤順丈　宝島(上)(下)
柴崎竜人　三軒茶屋星座館1〈冬のオリオン〉
柴崎竜人　三軒茶屋星座館2〈夏のキグナス〉
柴崎竜人　三軒茶屋星座館3〈春のカリスト〉
柴崎竜人　三軒茶屋星座館4〈秋のアンドロメダ〉
周木律　眼球堂の殺人〈~The Book~〉
周木律　双孔堂の殺人〈~Double Torus~〉
周木律　五覚堂の殺人〈~Burning Ship~〉
周木律　伽藍堂の殺人〈~Banach-Tarski Paradox~〉
周木律　教会堂の殺人〈~Game Theory~〉
周木律　鏡面堂の殺人〈~Theory of Relativity~〉
周木律　大聖堂の殺人〈~The Books~〉
下村敦史　闇に香る嘘
下村敦史　生還者
下村敦史　叛徒

下村敦史　失踪者
下村敦史　緑の窓口〈樹木トラブル解決します〉
九把刀　阿井幸作／泉京鹿 訳　あの頃、君を追いかけた
神護かずみ　ノワールをまとう女
四戸俊成　芹沢政信　神在月のこども
篠原悠希　霊獣紀〈獲麟の書(上)〉
篠原悠希　霊獣紀〈獲麟の書(下)〉
篠原悠希　霊獣紀〈蛟龍の書(上)〉
篠原悠希　霊獣紀〈蛟龍の書(下)〉
篠原美季　古都妖異譚〈玉手箱～シール オブ ザ ゴッデス～〉
潮谷験　スイッチ〈悪意の実験〉
潮谷験　時空犯
潮谷験　エンドロール
潮谷験　あらゆる薔薇のために
島口大樹　鳥がぼくらは祈り、
杉本苑子　孤愁の岸(上)(下)
鈴木光司　神々のプロムナード
鈴木英治　大江戸監察医
鈴木英治　望みの薬種〈大江戸監察医〉

杉本章子　お狂言師歌吉うきよ暦
杉本章子　大奥二人道成寺〈お狂言師歌吉うきよ暦〉
ジョン・スタインベック　齊藤昇 訳　ハツカネズミと人間
諏訪哲史　アサッテの人
菅野雪虫　天山の巫女ソニン(1)　黄金の燕
菅野雪虫　天山の巫女ソニン(2)　海の孔雀
菅野雪虫　天山の巫女ソニン(3)　朱鳥の星
菅野雪虫　天山の巫女ソニン(4)　夢の白鷺
菅野雪虫　天山の巫女ソニン(5)　大地の翼
菅野雪虫　天山の巫女ソニン　巨山外伝〈予言の娘〉
菅野雪虫　天山の巫女ソニン　江南外伝〈海竜の子〉
鈴木みき　日帰り登山のススメ〈あした、山へ行こう！〉
砂原浩太朗　いのちがけ〈加賀百万石の礎〉
砂原浩太朗　高瀬庄左衛門御留書
砂原浩太朗　黛家の兄弟
ラトナ・サリ・デヴィ・スカルノ　選ばれる女におなりなさい〈デヴィ夫人の婚活論〉
砂川文次　ブラックボックス
瀬戸内寂聴　新寂庵説法　愛なくば
瀬戸内寂聴　人が好き［私の履歴書］

講談社文庫 目録

瀬戸内寂聴 白 道
瀬戸内寂聴 寂聴相談室人生道しるべ
瀬戸内寂聴 瀬戸内寂聴の源氏物語
瀬戸内寂聴 愛する能力
瀬戸内寂聴 藤 壺
瀬戸内寂聴 生きることは愛すること
瀬戸内寂聴 寂聴と読む源氏物語
瀬戸内寂聴 月の輪草子
瀬戸内寂聴 新装版 寂庵説法
瀬戸内寂聴 死に支度
瀬戸内寂聴 新装版 蜜と毒
瀬戸内寂聴 新装版 花(か)怨(えん)
瀬戸内寂聴 新装版 祇(ぎ)園女御(おんにょうご)(上)(下)
瀬戸内寂聴 新装版 かの子撩乱
瀬戸内寂聴 新装版 京まんだら(上)(下)
瀬戸内寂聴 いのち
瀬戸内寂聴 花のいのち
瀬戸内寂聴 ブルーダイヤモンド〈新装版〉
瀬戸内寂聴 97歳の悩み相談
瀬戸内寂聴 その日まで
瀬戸内寂聴 すらすら読める源氏物語(上)(中)(下)
瀬戸内寂聴・訳 源氏物語 巻(まき)一(いち)
瀬戸内寂聴・訳 源氏物語 巻(まき)二(に)
瀬戸内寂聴・訳 源氏物語 巻(まき)三(さん)
瀬戸内寂聴・訳 源氏物語 巻(まき)四(し)
瀬戸内寂聴・訳 源氏物語 巻(まき)五(ご)
瀬戸内寂聴・訳 源氏物語 巻(まき)六(ろく)
瀬戸内寂聴・訳 源氏物語 巻(まき)七(しち)
瀬戸内寂聴・訳 源氏物語 巻(まき)八(はち)
瀬戸内寂聴・訳 源氏物語 巻(まき)九(く)
瀬戸内寂聴・訳 源氏物語 巻(まき)十(じゅう)
瀬尾まなほ 寂聴さんに教わったこと
先崎 学 先崎 学の実況！盤外戦
妹尾河童 少年H(上)(下)
瀬尾まいこ 幸福な食卓
関原健夫 がん六回 人生全快
瀬川晶司 泣き虫しょったんの奇跡 完全版〈サラリーマンから将棋のプロへ〉
仙川 環(たまき) 幸福の劇薬〈医者探偵・宇賀神晃〉
仙川 環 偽装診療〈医者探偵・宇賀神晃〉
瀬木比呂志 黒い巨塔〈最高裁判所〉
瀬那和章 今日も君は、約束の旅に出る
瀬那和章 パンダより恋が苦手な私たち
瀬那和章 パンダより恋が苦手な私たち2
蘇部健一 六枚のとんかつ
蘇部健一 六とん2
蘇部健一 届かぬ想い
曽根圭介 沈底魚
曽根圭介 藁(わら)にもすがる獣たち
田辺聖子 ひねくれ一茶
田辺聖子 愛の幻滅(上)(下)
田辺聖子 うたかた
田辺聖子 春情蛸の足
田辺聖子 蝶花嬉遊図
田辺聖子 言い寄る
田辺聖子 私的生活
田辺聖子 苺をつぶしながら
田辺聖子 不機嫌な恋人

2024年3月15日現在